小塞缪尔·斯科维尔

追寻野蜂蜜

自然物语丛书

【美】小塞缪尔·斯科维尔 著　董继平 译

青海人民出版社

图书在版编目（CIP）数据

追寻野蜂蜜 /（美）小塞缪尔·斯科维尔著；董继平译 . -- 西宁：青海人民出版社，2018.12
（自然物语丛书 . 第二辑）
ISBN 978-7-225-05760-6

Ⅰ.①追… Ⅱ.①小… ②董… Ⅲ.①随笔—作品集—美国—现代 Ⅳ.① I712.65

中国版本图书馆 CIP 数据核字 (2019) 第 011312 号

自然物语丛书（第二辑）

追寻野蜂蜜

（美）小塞缪尔·斯科维尔　著

董继平　译

出 版 人	樊原成
出版发行	青海人民出版社有限责任公司
	西宁市五四西路 71 号　邮政编码：810023 电话：（0971）6143426（总编室）
发行热线	（0971）6143516/6137730
网　　址	http://www.qhrmcbs.com
印　　刷	陕西龙山海天艺术印务有限公司
经　　销	新华书店
开　　本	850mm×1168mm 1/32
印　　张	10
字　　数	190 千
版　　次	2019 年 6 月第 1 版　2019 年 6 月第 1 次印刷
书　　号	ISBN 978-7-225-05760-6
定　　价	32.00 元

版权所有　　侵权必究

总序

董继平

自然文学,也称"生态文学""环保文学"。自古以来,自然就作为人类的书写对象而频频出现在各类文本中:起伏的群山、连绵的森林、奔流的江河、辽阔的草原、静谧的湖泊、变换的季节、习性各异的动物和千姿百态的植物……由此,自然成为世界文学史上一大永恒的主题,千百年来,由自然产生的杰作不在少数,那些名篇佳什或天马行空，或流光溢彩，或细致入微，影响甚大且余音不绝，这一传统延续至今。

在中国，至少有两部世界级的自然文学名著深深地影响过国人：一部是法国博物学家、文学家法布尔（Jean Henri Casimir Fabre,1823—1915）所著的《昆虫记》，作者以锐利的眼光、细腻的笔触娓娓讲述了昆虫之美，把鲜为人知的昆虫世界活脱脱地展现在读者眼前；另一部是美国诗人、超验主义作家梭罗（Henry David Thoreau,1817—1862）所著的《瓦尔登湖》，作者用心灵之语向世人述说他在湖畔的生活，以及一个思想者、一个孤独的隐士融入自然的精神状态。其实，优秀的外国自然文学作品还远不止这两部，只不过由于我们长期的忽视，未及发现和挖掘而已。

近代自然文学的产生、发展和繁荣自有其根源，绝非偶然。从工业时代开始，人类为摆脱低下、落后的生产方式而不断追求现代化，随着这一进程不断加速，自然生态也深受其影响，不断恶化。在面对日趋严重的生态破坏问题的时候，人们就更加渴望回归自然的怀抱，以科学、理性的态度去善待大自然。在这种情况下，近代自然文学就应运而生。

美国自然文学的缘起

在世界自然文学的发展过程中，没有哪个国家像美国自然文学那样发达，那样繁荣，其自然文学的成就之大、场面之壮观，在全球范围内可谓一枝独秀。区区 200 年的时间里人才辈出，佳作纷呈，形成了群星璀璨、层出不穷的局面，让人目不暇接。美国自然文学的问世与发展，也自有其渊源。当年，与欧洲那片老大陆相比，美洲这个新大陆尚属蛮荒之地，但在 1789 年美国建国以后的那几十年里，工业飞速发展，经济建设一路突飞猛进，经济实力也渐渐迎头赶上欧洲老牌工业国。

然而，正是在那几十年的飞速发展中，美国却为现代化进程付出了牺牲自然环境的沉重代价，其自然资源遭到了掠夺性开发，生态环境遭到极大的破坏。比如，1869 年竣工通车的那条横跨美国大陆的铁路，一方面带活了沿线的经济，为美国的进步和发展做出了巨大贡献，另一方面却让曾经在大陆上到处漫游的野牛加速消失。这条铁路建成通车之后，大批猎人便蜂拥来到原来野兽出没的蛮荒之地，致使美洲野牛种群急剧减少。在这样的情况下，美国第 26 任总统西奥多·罗斯福在他的《美洲野牛的故事》一文中曾经有过详细的描述：

"……铁路对于猎人不可或缺，为他们提供了前所未有的廉价交通工具；同时，市场对野牛皮长袍的需求也有增无减，原本数量巨大的野牛又相对容易猎杀，于是就吸引了一群群冒险者赶来狩猎，掀起了一场世所罕见的野牛大猎杀，结果在极短的时间内，这种原本众多的大型动物被消灭了，这是前所未有的——好几百万头野牛遭到了杀戮……在那场大规模杀戮开始之后的 15 年内，巨大的野牛群体几乎消失殆尽。如今在美国大陆上，据说很可能只剩下 500 群野牛，而且自从 1884 年以来，已经没有一群野牛的数量超过 100 头了。"

面对自然环境的日趋恶化,一批有识之士便开始为保护自然而积极奔走、大声疾呼,而美国人民也逐渐认识到日益逼近自己生活的诸多生态问题。大约在19世纪50年代至20世纪20年代这70年间,美国社会兴起了一场声势浩大的自然环保运动,其影响之大,覆盖面之广,持续时间之长,均令世界瞩目。在这场运动中,一些相关人士著书立说,大力宣传自然生态环保理念,从客观上促成了自然文学的蓬勃发展。此间,不仅大家辈出,而且还逐渐形成了美国文坛上的"自然文学"这一特殊文体,并蓬勃发展。到了20世纪下半叶,环境保护运动在美国达到了鼎盛,同时也在全世界范围内不断扩展,随着这一运动的不断深化,自然文学愈加受到人们的关注,并形成了一个庞大的作者群体。这些作家均以自然为写作主题和对象,着重以科学的方式来揭示和探讨人与自然的关系,号召人们走进荒野,倡导人与自然建立亲密联系,保护大自然的完整性和野性,呼吁人们以更平等、更和谐的方式来处理人类与自然之间的关系。

美国自然文学的三位先驱

尽管有些文学史家把约翰·史密斯(John Smith,1580—1631)所著的《新英格兰记》和威廉·布雷德福(William Bradford,1590—1657)的《普利茅斯开发史》认为是美国自然文学的最早雏形,但真正意义上的第一位先驱当属博物学家威廉·巴特拉姆(William Bartram,1739—1823)。巴特拉姆也算出生于自然文学世家,他的父亲是"美国植物学之父"——约翰·巴特拉姆，因此威廉·巴特拉姆从小便受家学的熏陶，一边在父亲的植物园中徜徉，一边倾听鸟语、享受花香。从严格意义上讲，威廉·巴特拉姆算得上美国自然文学上的第一位大家，在其代表作《旅行笔记》中，他以细致而生动的笔触描述了尚处于原始状态的美国东南部的自然风景，用亲身感受讲述了那里的自然荒野之美。这部著作于1791年一问世，便在欧洲引发了强烈的反响，颇得好评，即便是柯勒律治那样的英国浪漫主义大诗人也对其大加赞赏。更重要的是，他在《旅行笔记》中告诉我们，地球上的一切生物绝非呆若木鸡，相反它们很聪明："如果你留心一下任何动物，就会发现它们的效率高得让人震惊。它们行动前会精心策划，而且富有恒心、毅力和计谋。"这样的观点，无非是要让我们去尊重自然和自然中的生命。

当然，美国自然文学的先驱不止巴特拉姆，除他之外，还有热爱鸟类、毕生沉浸于荒野的亚历山大·威尔逊（Alexander Wilson，1766—1813）和约翰·詹姆斯·奥杜邦（John James Audubon, 1785—1851）。威尔逊是自然主义者，原籍苏格兰，热爱描写和绘画鸟类，被后来的博物学家尊为"美国鸟类学之父"。他所著的九卷有关描述鸟类的著作《美国鸟类学》（1808—1814）内有彩页，比另一位先驱奥杜邦的著作要早将近20年。如今在北美大陆上，有多种鸟类就是以他来命名的，比如威尔逊鸫和威尔逊鹬。约翰·詹姆斯·奥杜邦是美国著名画家、博物学家，原籍法国，他深入荒野研究鸟类，其绘制的鸟类图鉴被尊为"美国国宝"。他一生留下了无数画作，每部作品不仅是科学研究的重要资料，也是不可多得的艺术杰作。他出版了《美洲鸟类》和《美洲的四足动物》两本画谱，其中《美洲鸟类》被誉为"19世纪最伟大和最具影响力的著作"。这两位先驱的作品对后世野生动物绘画产生了深远的影响，同时也对普通公众产生了巨大的吸引力，至今仍被频频引用。

超验主义和自然文学团体的形成

真正形成了团体、在一定的哲学观念影响下投身于自然的作家，则是美国文学史上的那批著名的超验主义者。

超验主义（transcendentalism）兴起于19世纪30年代的美国新英格兰地区，又被称为"美国文艺复兴"，深刻地影响了后来的美国文学和哲学的发展。超验主义的核心观点：主张人能超越感觉和理性而直接认识真理，强调直觉的重要性，认为人类世界的一切是宇宙的一个缩影——"世界将自身缩小成为一滴露水"（爱默生语）。

超验主义的领袖拉尔夫·沃尔多·爱默生（Ralph Waldo Emerson,1803—1882）在他那篇著名的《论自然》中提出了他对自然的观点，他不仅认为"自然是精神之象征"，还认为"我们从自然中学到的知识，远远超出我们能够任意交流的部分"，对后世影响甚大。不仅如此，他还认为，宇宙是大自然与人的灵魂的结合，人通过灵魂与自然和谐一致。只有接近自然、感受自然，人的灵魂才能真正体会到存在的价值。

而超验主义的另一位主将亨利·大卫·梭罗（Henry David Thoreau, 1817—1862）则更是身体力行，他在爱默生的影响下深入自然，只身来到寂静的瓦尔登湖，搭建起小木屋，把自己的灵魂寄托在湖泊和山林之中。那时，他或在荒野中散步，或在树林中观察，或在湖畔沉思，悠然地体验和描写自然之美，把人与自然的关系都隐没在那些朴素的文字中。根据《美国遗产》杂志1985年的一项调查报告显示，在"十本构成美国人性格的书"中，梭罗的《瓦尔登湖》竟位居榜首，可见其影响之大。除了《瓦尔登湖》，梭罗还写下了许多涉及自然的散文和日记，他用淡淡的笔调娓娓倾诉自己的自然情怀，文字尽显自然之美，同时充满诗意或哲理。比如他的长篇散文《秋色》《散步》等篇什便是这方面的杰作。

爱默生和梭罗自不待言，在超验主义阵营中，还有一位中国读者几乎都不知道的女作家——玛格丽特·富勒（Sarah Margaret Fuller, 1810—1850），作为这个阵营中的女将，她在1843年的夏天摆脱了尘世的喧嚣，把自己的灵魂浸入北美五大湖区那湛蓝的水中，以优美的笔调写下了自然散文集——《湖上夏日》。

同一时期，还出现了一位中国读者耳熟能详的美国自然文学作家，那就是大诗人沃尔特·惠特曼（Walt Whitman, 1819—1892）。惠特曼也深受爱默生的影响（有评论家认为他也是超验主义者），他写下了不少涉及自然的诗篇和随笔。他在诗集《草叶集》中，极力赞颂自然的神奇、壮丽和伟大。他认为，大自然具有灵性，大自然的一切，包括山川、星辰和草木等都有"目的性"，它们无时不在做着"向上运动",而且大自然中的一切是平等的。惠特曼的散文集《典型的日子》更是体现了自然之灵,尽管这部作品以日记形式写成,但字里行间散发出泥土和青草的芳香,让作者那种静静地观察、倾听、体验自然的形象跃然纸上。

两个名叫约翰的自然文学大师

19世纪的最后20年里,美国自然文学界出现了两位大师——"两个约翰":"鸟之王国中的约翰"——约翰·巴勒斯(John Burroughs,1837—1921)和"山之王国中的约翰"——约翰·缪尔(John Muir,1838—1914)。"两个约翰"是美国早期环保运动的领袖,他们分别奔走于美国东部和西部,为建立和谐的自然秩序而不懈努力。

巴勒斯是博物学家、鸟类学家,生活在东部的卡茨基尔山区,擅长描述鸟类生活,各种鸟儿在他的文字中栩栩如生,被誉为"美国乡村的圣人"和"美国自然文学之父"。他以自己长期生活的哈得孙河谷和卡茨基尔山区为中心,把自己探索自然的经历和体验写成了文字,先后出版了《醒来的森林》等25部作品集,均为传世之作。其自然文学作品影响巨大,就连曾任美国总统的西奥多·罗斯福都尊敬地宣称:自己是"读着巴勒斯的书长大的"。

缪尔则是地质学家,也是一个永远在路上的行者,这位"美国国家公园之父"以考察、研究和描写美国西部山区的风物见长,山峦与森林在他笔下熠熠生辉。经过他的奔走呼吁,美国西部的一些原本计划开发的美丽山林得以保存下来，比如约塞米蒂山谷，就是在他的大力游说之下，才没有遭到过度开发的破坏，后来还被辟为国家公园。

"两个约翰"著述众多，成就巨大，对美国乃至世界的生态环保思想产生了深远的影响，成为美国文化的重要遗产。

20世纪之交的作家和作品

从19世纪末到20世纪初，美国自然文学达到了一个前所未有的巅峰：除了"两个约翰"，还涌现出了一大批杰出的自然文学家。尽管他们的职业各不相同，但他们都有一个共同的爱好，那就是热爱大自然。

女作家玛丽·奥斯汀（Mary Austin,1868—1934）则独辟蹊径，她避开自然文学中通常描写的山水，深入美国西南部沙漠，研究印第安人的生活方式，以女性细腻的笔触向人们展示了荒漠之美与灵性。其代表作为《少雨的土地》。

19世纪至20世纪之交是美国自然文学的一个高峰，许多作家和博物学家纷纷投身于自然文学创作，就连西奥多·罗斯福（Theodore Roosevelt,1858—1919）——老罗斯福总统那样的政治家也客串了一把作家，推出了好几部具有影响的著作。罗斯福是第一位对环境保护有着长远考量的美国总统，他在执政的7年间，采取一些有利于国家经济建设和资源保护的措施。首先，他将7800公顷土地转为国有，从而为后人保存了大量的森林、公园、矿藏和水力等自然资源。其次，在1904年3

月14日,他在佛罗里达州设立了第一个国家鸟类保护区,成为野生动物保护系统的雏形。第三,1905年,他敦促美国国会批准成立美国林业服务局,管理国有森林和土地。第四,在他当政期间(1901—1908),美国设立的国家公园和自然保护区面积共约78.5万平方公里,超过了所有前任总统设立之总和,其中著名的有大峡谷国家公园等。

埃诺斯·米尔斯(Enos Abijah Mills,1870—1922),"落基山国家公园之父",他在落基山中定居,生活了二十余年,充当自然导游,长期跟野生动物打交道,写下了十多部自然文学著作。他还前往美国各州发表演讲、举办讲座,号召人们保护自然生态和野生动物,不遗余力地促进美国政府建立落基山国家公园。正是在他的力促之下,落基山国家公园才在1915年得以开张迎客。米尔斯在书中娓娓道来,讲述自己与野生动物亲密接触的经历,读来让人倍感亲切。同时,他的作品融合了科普信息、田野观察和个人轶事,为读者提供了一种与众不同、别开生面的自然指南。

小塞缪尔·斯科维尔(Samuel Scoville Jr.,1872—1950),美国博物学家、自然文学家,自幼热爱自然。尽管他的本职是律师,却在博物学领域取得了不小的成就。他以青少年为主要读者,写下了多部自然文学著作。

20世纪中期的作家和作品

20世纪上半叶,美国自然文学似乎有些沉沦,这是因为两次世界大战的战火让人们的关注点转向了社会问题,无暇顾及自然生态,因而此间自然文学大作相对不多。然而到了二战之后的 20 世纪中期，美国又出现了两位极有影响力的自然文学作家：奥尔多·利奥波德（Aldo Leopold,1887—1948）与蕾切尔·卡逊（Rachel Carson,1907—1964）。其实，奥尔多·利奥波德和蕾切尔·卡逊并不是专业作家，职业也与文学创作无关，但由于当时的生态问题日益严重，他们的生态良心迫使他们动笔写书，担当起向公众宣传环保的职责。时至今日，他们的著作在全球范围内依然具有极大的影响。

奥尔多·利奥波德本来是林业学家、生态学家，长期致力于土地研究，也是美国享有国际声望的科学家和环境保护主义者，被称为"美国新保护活动的先知""美国新环境理论的创始者"。他的代表作《沙乡年鉴》在 1949 年出版，这部著作文笔优美，富有诗意，向读者完整地传达作者的土地伦理观，引起各方的重视，成为美国自然文学史上的一个里程碑。

蕾切尔·卡逊是海洋生物学家，她在 1935—1952 年供职于美国鱼类及野生生物调查所，这就使得她有机会接触到诸多环境问题，从而引发深层次的思考。她出版过若干部著作，其中在 1962 年出版的《寂静的春天》引发了美国乃至全世界的新一轮环保运动。《寂静的春天》一书，以通俗的语言、生动的案例向公众揭示了盲目的经济发展对生态环境带来的恶果，对半个多世纪以来的美国人的自然生态观念产生了巨大的影响。

20世纪下半叶以来的作家和作品

从20世纪六七十年代至今，美国的环保运动已沉淀为一种观念，自然文学也随之而不断深入、扩展，呈现出百花齐放的繁荣局面，其间景象纷纭，作家众多，作品不断，且各具特色：爱德华·艾比（Edward Abbey, 1927—1989）的《大漠孤行》（*Desert Solitaire*）、玛洛·摩根（Marlo Morgan, 1937—）的《旷野的声音》（*Mutant Message Down Under*）、约翰·海恩斯（John Haines, 1924—2011）的《星·雪·火》（*The Stars, the Snow, the Fire: Twenty-five Years in the Northern Wilderness*）、巴里·佩洛斯（Barry Lopez, 1945—）的《北极梦》（*Arctic Dreams*）、杰克·贝克隆德（Jack Becklund）的《与熊共度的夏天》（*Summers with the Bears*）……

爱德华·艾比是美国著名生态文学作家，对环境运动影响极大，极具争议性。他生活在美国西南部，著书立说，抨击人类肆意破坏自然生态的行为，尤其是"唯发展论"。《大漠孤行》是艾比在做国家公园管理员时的工作记录，其中包含了他对沙漠景色和个人生活的诗意描写，展现了沙漠的魅力。同时他又犀利而饱含感情地指出开发对公园的破坏，使人重新审视人类与自然、发展与自然之间的关系。

约翰·海恩斯是著名诗人、"阿拉斯加桂冠诗人"，他在阿拉斯加建有牧场，二战退役后在那里隐居了四十余年，著有诗文集多种，其中最出名当属自然随笔《星·雪·火》。几十年间，他与星、雪、火为伴，与野生动物为伴，历经25年写成这部荒野手记，因此它既是雪地的"荒野生活指南"，也是北地生活指南。

巴里·洛佩斯是著名自然文学家和小说家,作品多涉及自然,自然文学作品主要有虚构(代表作《荒野笔记》)和非虚构(代表作《北极梦》)两大类。《北极梦》以饱富感情、充满诗意的文字,讲述了作者游历北极的见闻与联想——人与动物的故事、北极的历史、深刻的人生哲理……作者试图告诉读者如何做人,如何与大自然亲密相处,如何明智地生活在大地上。

自然文学的特色

非虚构与虚构:叙事和抒情为自然文学的两大写作手法。在自然文学作品中,或以叙事为主,或以抒情为主,或两者并重,从而形成了自然文学中非虚构和虚构两大类。非虚构作品大多以散文随笔写成,其中有抒情,也有叙事,语言流畅、精彩,适于大众阅读。这类作品几乎是作者亲历记,可读性和故事性极强,同时又融文学性和科普性、知识性和趣味性为一体,这也是它长盛不衰的原因之一。虚构性作品是指作者在尊重自然规律、纪实性描述的基础上,加入了一些虚构成分,创作出尤其是以动物为主题的自然故事,其情节引人入胜,文字叙述流畅,寓意发人深思。作者以客观的态度、生动的语言向读者不动声色地阐明人与自然的关系,教导人们要尊重自然、保护生态,颇有教育意义。美国著名作家杰克·伦敦的《荒野的呼唤》,就是这类虚构性自然文学中的一篇代表作。

作家构成:自然文学有一个引人注目的特点,那就是作者来自各个不同的领域，他们或许并非专业作家，大多数是博物学家、环保主义者、科学家，甚至还有政治家……比如，梭罗是诗人、散文家，巴勒斯是鸟类学家，缪尔是地质学家，罗斯福是政治家，米尔斯是自然向导，小塞缪尔·斯科维尔是律师，利奥波德是林业学家，卡逊是海洋生物学家，艾比是国家公园管理员……

强烈的地域性：自然文学多半具有强烈的地域色彩，即作家长期深入或驻扎在某一地域，对当地的山川、谷地、森林、动植物等生态环境进行细致入微的考察和研究，最后有感而发，形成作品。其中，美国东部的新英格兰地区尤其是马萨诸塞州，堪称"自然文学的策源地"，先后涌现出了大批作家和作品。每一位作家会有自己特定的考察、写作地域或地点，比如梭罗的马萨诸塞州瓦尔登湖、科德角等，巴勒斯的纽约州卡茨基尔山区和哈得孙河谷，缪尔的加利福尼亚州约塞米蒂山谷，米尔斯的科罗拉多州落基山区，艾比的亚利桑那州荒漠，海因斯的阿拉斯加州荒野……他们写下的文字大多是亲历记，绝非道听途说的作品，均为可读性和故事性极强的散文，或者在尊重自然规律的基础上进行一定虚构的小说，融文学性和科普性、知识性和趣味性为一体，深得读者喜爱。

自然文学在中国

近十余年来，随着国人对自然的认识逐渐提高，自然环保概念在中国也得到一定的深化，不过在这样的情况下，也出现了一些所谓的"自然文学"。但在我看来,目前这样的"自然文学"不过是一种噱头。

首先,国内很多地方的自然生态其实早已遭到了难以恢复的破坏,即便是要修复,至少也要几十上百年的时间,因此缺乏真正完整的生态链——即使有森林,但林中已没有大型动物——人类毫不留情地占据了野生动物的生存空间。因此,真正意义上的"自然环境"仅存于少数极其偏远的地区,一般人难以抵达。

其次,作家创作缺乏自发性和自觉性,也缺乏生态良知。许多作家即便是创作了一些关于自然的文本,那也往往是应景之作,并非自发而为之,而且他们还缺乏对自然深层次的体验。因此,这样的作品虽涉及自然,却也仅仅是触及皮毛之作。这一点恰好也反映了目前国内普遍存在的一个认识误区,即很多人认为,凡是涉及自然的文学作品便是"自然文学"。

一般作家往往缺乏深入山林甚至独居山林的勇气和耐心,不会像梭罗那样把身心沉浸在静谧的湖水中,或在山林间漫步,长时间观察一棵树、一片叶子在秋天如何变黄或变红,或在田野上品尝野果,接受造物主对人类的馈赠;更不可能像美国"落基山公园之父"埃诺斯·米尔斯那样,在长达20年的岁月里,数百次往来于山林间,或在山间小木屋观察生活在屋檐上的那窝小蓝鸲,或在林间溪畔追踪转移巢穴的丛林狼,或在群山深处拯救遭遇不幸的幼熊……

在国外,自然文学远比中国要走得早,也走得远,自然及自然文学类作品为数众多,虽在国内有一些介绍,但其深度和广度均还不够,仅就美国自然文学而言,目前已经介绍到中国的作品也不过是极少一部分。这套"自然物语丛书"的宗旨就是填补这一空白,计划收入那些在中国未曾出版、以前出版过但译文不佳、颇具收藏价值的外国自然文学(以自然文学大国美国为重点)作品,突出作品的原创性、故事性、科普性和可读性。这样的作品既是文笔优美的文学作品,也是趣味性极强的科普读物,对于加深中国读者对自然的认识肯定有莫大的帮助。目前,国民对自然的兴趣方兴未艾,绿色环保的理念进入了大、中、小学课堂,不过多数国民对自然的认识还停留在初级阶段,存在着很大的局限性和片面性。因此阅读自然文学作品就成为帮助其重新认识自然最主要、最有效的方式之一。而"自然物语丛书"恰好能满足广大国民在这方面的需求,能帮助他们加深对动物、植物、季节及山川风物等自然细节的认识。出版"自然物语丛书"的主要目的,借用美国自然文学家巴勒斯的一句话,那就是"我的书不是把读者引向我本人,而是把他们送往自然"。更重要的是,由于"自然物语丛书"行文流畅、内容有趣,融故事性和科普性于一体,因此适合男女老少各阶层的读者赏读。

我相信,在处于经济飞速发展、生态问题不断恶化之后又得到逐渐重视和解决的中国,在当今"美丽中国"和"绿水青山就是金山银山"等鲜明的生态思想的指导下,优秀自然文学读物对于协调人与自然关系具有非常积极的意义。

让我们善待自然

董继平

在持续了两百多年的美国自然文学史上,各类名家层出不穷,诞生了大批以亲历纪实性为特征的非虚构作品,其中,亨利·大卫·梭罗(Henry David Thoreau, 1817—1862)、约翰·巴勒斯(John Burroughs,1837-1921)、约翰·缪尔(John Muir,1838—1914)、埃诺斯·A·米尔斯(Enos Abijah Mills,1870—1922)、奥尔多·利奥波德(Aldo Leopold,1887—1948)、蕾切尔·卡逊(Rachel Carson,1907—1964)等大家,在他们一生所致力的田野调查中,为我们留下了诸多自然著作,这些传世之作内容精彩、文笔优美,其中既有深入自然进行探索性的叙述,也有对自然及其季节的变化的抒情、遐想和哲思,尽管风格迥异,但均成了自然文学的典范之作，在文学史上留下了光辉的一页。

小塞缪尔·斯科维尔（Samuel Scoville Jr.，1872—1950），美国博物学家、自然文学家、律师，出生于纽约州的诺维奇，其外祖父是美国著名的牧师、演说家亨利·沃德·比彻。小塞缪尔·斯科维尔自幼热爱自然，成年后，尽管他的本职工作是律师，长期在办公楼中研究案情和法律文件，但他在博物学领域取得了很大的成就。他长期生活在美国东部的康涅狄格、宾夕法尼亚，并以此为中心，不断探索周边地区的荒野，进行田野调查，足迹远至新泽西、马萨诸塞、缅因、弗吉尼亚、佐治亚和佛罗里达，甚至远及加拿大，其著述众多，内容多涉及自然，分为虚构和非虚构两大类，虚构作品主要有《荒野中的童子军》（1919）、《蓝珍珠》（1920）、《动物奇谭录》（1922）、《印加翡翠》（1922）、《动物奇谭录续集》（1924）、《红钻石》（1924）、《逃跑的日子》（1927）、《荒野之主》（1928）、《蛇血红宝石》（1932）等；非虚构作品主要有《联邦士兵的英勇业绩》（1915）、《亚伯拉罕·林肯的故事》（1918）、《户外俱乐部》（1919）、《日常探险记》（1920）、《人与兽》（1926）、《追寻野蜂蜜》（1929）等。他的作品的读者以青少年为主，多年来在美国青少年读物中具有一定影响。

《追寻野蜂蜜》（1929）是小塞缪尔·斯科维尔最著名的非虚构类自然文学作品之一，自出版以来畅销至今，经久不衰。这部作品共12.3万字，由12篇随笔作品构成，记录了作者在多年的田野调查中所遭遇的种种经历和奇遇。作者以美国东部为中心，不断深入荒野进行探索，足迹遍及宾夕法尼亚、康涅狄格、缅因、弗吉尼亚、佐治亚、佛罗里达等州以及加拿大。在多年来的野外经历中,他以娓娓道来的方式描述了诸多真实的故事,对大自然的探索历程进行了回顾,读来引人入胜,妙趣横生。他的笔下,既有对原始的大沼泽所进行的多次探索,也有对无名荒岛和被湮没的古道的探索,更有对诸多珍稀鸟类、鸟巢甚至响尾蛇巢穴的探索,其行文流畅,情节生动有趣,向读者展现了不同时令中的不同自然场景,以及作者本人所经历的种种故事:

在作者的故乡——康涅狄格的康沃尔起伏的群山中,充满了种种关于野生蜜蜂树的故事。在当地,发现一棵蜜蜂树,就无异于发现了宝藏。一个高手采用令人意想不到的特殊手段来追踪野蜜蜂,从而确定蜜蜂树的位置,获取一窝窝野蜂蜜……

在佐治亚和佛罗里达两州之间,横亘着一片大沼泽,那就是美国的原始处女地奥克弗诺基大沼泽。作者初次深入沼泽腹地探访,就遭遇了潜伏在水底的巨型杀手短吻鳄,那条大鳄跃出水面,差点儿将小船掀翻;体形硕大的毒蛇悬挂在盘卷在树枝上晒太阳,却不料从枝头落到小船上,发出威胁的嘶嘶声……

以"美国鸟类学之父"亚历山大·威尔森命名的黑头威森莺,十分罕见,其巢穴最为珍稀难觅。作者不辞辛劳,在多年的田野调查中一直追踪这种鸟儿,试图发现其巢穴,其间充满了苦乐。令人意想不到的是,在苦苦追寻了七年之后,他竟然在自己新购置的土地上发现了其巢穴……

在五月岬的外海上,隐藏着一个无名荒岛,那里聚集着众多海鸟及其巢穴,其中一些堪称罕见。一群人结伴前往探索,先后发现笑鸥、黑剪嘴鸥、黑浮鸥、大黄脚鹬的筑巢之地,鸟蛋和幼雏密集得让人无法下脚。而且,在整个荒岛上,他们还意外地发现了当地罕见的笛鸻蛋……

在荒地的深处,作者拥有一幢小木屋——"遥远小屋",小屋周边生活着很多野生动物,它们跟作者结下了友谊:美洲鹑听到他的呼哨,便会主动现身;猫鹊会飞到前门廊,啄食餐桌上的面包屑,毫不怕人;野猫也频频光顾小木屋,对他的召唤发出低吟而友好的回应……

奥克弗诺基大沼泽的腹地,隐藏着一个迷失之岛,多年来,各种传说甚嚣尘上。作者在第二次深入沼泽时,在向导的带领下,专程前往探寻这个神秘岛,一路上,各种奇异的鸟类展现在眼前,历经5个小时,他们终于登岛,但返回时,在降临的夜幕中,他们陷入了水道、小岛和泥沼构成的迷宫之中……

康沃尔的群山中,潜伏着大量响尾蛇,它们时常出没,给当地居民带来了危险。在米赛里山上,一个响尾蛇蛇穴尤其著名,常常让人谈之色变。作者多次前往那个蛇穴探访,在与毒蛇接触的过程中,尽管他成功地抓住了一些毒蛇,但其间也经历了种种意想不到的危险……

在作者第三次深入奥克弗诺基大沼泽时,他探索了弗洛伊德岛上神秘的印第安人的土墩,然而,夕阳西沉之际,远处突然传来吸血鬼一般恐怖的叫声,由远而近,让人惊悚;划着小船在湖泊中游荡之际,一条大毒蛇在前面水道的树枝上挡住了去路,情急之际,他举枪将其击成两段……

作者与朋友结伴,前往南方的弗吉尼亚探索鸟巢,一路上各种鸟类频频闪现：棕头䴗、美洲雀、小嘲鸫、黑白森莺、鱼鹰、红头美洲鹫……其间，他们还遭遇了一群乌鸦对宿敌大雕鸮的穷追猛打。就在那一天搜寻即将结束时，他们意外地发现了苦苦寻觅多年的灰蓝蚋莺巢穴……

6月，作者独自一人从故乡康沃尔出发，沿着一条早被湮没的古道，前去探寻一座古老的房子。途中，他频频遇见古老的房子，各种旧事也浮现在眼前；鲜美的野花和奇异的鸟儿不断出现，在穿越了那个鸟语花香的仙境和隐藏的湖泊之后，他突然来到了一条喧嚣的州立公路上，仿佛重返人间……

有一年春天，一群人出发去探寻一只横斑林鸮的巢穴，那只机警的鸟儿飞走后，他们从其巢穴中发现了3枚蛋。在沼泽地，平时难得一见的佛罗里达水鸡、王秧鸡竟然主动现身，原来，为了保护巢穴，它们试图将搜寻者引开。探索鹰巢之际，两只老鹰竟然从高空朝着探索者猛扑下来……

游隼——在美国东部被称为"鸭鹰"，作者两度前去探索其巢穴，一次未果，一次则发现了一窝雏鹰，但那只正在哺育后代的雌隼已经飞走，飞上天空之际，它对一只红头美洲鹫展开捕猎、攻击，美洲鹫受创之后落荒而逃。而此时，巢穴中，一只雏鹰翻倒在悬崖边上，随时可能掉进深渊……

在这部自然随笔中，作者绘声绘色，为我们讲述了自己在荒野中的种种经历，与我们分享了诸多乡间野趣，表面上是一个个故事，实际上却有着深层次的考量：在人与自然的频频接触中，人类一方面需要深入了解自然之道，另一方面则需要更好地对待自然。比如，他三度深入大沼泽进行探索，向读者精心描绘了一个野生动植物的"世外桃源"，其潜台词无非是要人类更加自发、用心地呵护那个原生态的自然王国，如若不然，我们便会失去这样一个天然的动植物园；他在对各种鸟类、鸟巢寻访时，会不断对其进行细致的记录和描写，一则是加深读者对它们的认识，再则是试图唤起读者对其进行保护。

因此，从这层意义上来说，小塞缪尔·斯科维尔虽然是在虚构自然故事，实际上他讲述的却是现实中发生的非虚构的真实故事。尽管他在书中讲了千言万语，但对读者说的其实只有一句话，那就是：让我们善待自然。

2018 年 6 月于重庆云满庭

追寻野蜂蜜

contents

第1章	追寻野蜂蜜	1
第2章	初访大沼泽	29
第3章	寻找黑头威森莺	53
第4章	荒岛寻鸟记	81
第5章	荒地的朋友	105
第6章	再访大沼泽	125
第7章	响尾蛇穴探寻记	147
第8章	三访大沼泽	175
第9章	蚋莺巢穴探寻记	195
第10章	古道探索记	213
第11章	鸟巢探寻记	239
第12章	游隼探索记	267

第 1 章　追寻野蜂蜜

Wild Honey

康沃尔的乡野流传着蜜蜂树的传奇故事：一个高手用令人意想不到的手段频频找到蜜蜂树，收获了大量蜂蜜；一位老助祭面对偷窃自家野蜂蜜的男孩，宽宏大量，用皆大欢喜的手段解决了问题……头顶的月光深入荒地，蛙鸣和鸟语此起彼伏，或紧张或匆忙，或散乱或和谐。这片乡野曾经到处点缀着制铁厂、锯木厂、住宅和小酒馆，尽管早被遗忘，但仍有无数隐秘的小径四通八达，探索每一条小径，都会很有收获。荒地中，松莺的巢穴完美地隐藏在树上，旱叶百合的头状花序日复一日地蓬起，杀手植物猪笼草和毛毡苔等待昆虫自投罗网，铁泉尝起来具有药味，绿霸鹟深深地隐藏在巢穴……不经意间，草原林莺的巢穴和夏葡萄、臭菘又一一闯入眼帘。突然，一群逃亡的蜜蜂飞过来，落在枯死的松树上，开始建立新家……

一个追寻蜜蜂树的高手

五月的蜂群
价值等于大量干草。

六月的蜂群
价值等于银匙。

而七月的蜂群
价值则不如苍蝇。

这是一个关于那种价值等于银匙的蜂群的故事,在一年中最漫长的一天,在 12 点 45 分,太阳当顶的时候,这个蜂群飞进了我的生活。

多年以前,当我还是生活在康涅狄格的男孩时,一棵蜜蜂树就成了乡间生活中浪漫的传奇之一。北美洲本土唯一的群居蜂是大黄蜂(bumble bee),它大约有50个种类。而我们的另一种群居蜂——蜜蜂,则是几个世纪之前从欧洲带过来的。尽管如此,这些蜜蜂在本质上依然充满野性,每一年有一群群蜜蜂逃离农场,飞往野外的树林,从此快乐地生活在空洞的树木中,而不是在以前那些防水、防鼠、防蛾子的蜂箱里。大人或男孩,如果运气够好的话,就能偶然碰到这样一棵蜜蜂树。他们要是真碰上了,就会发现呈现着褐色、白色、金色和琥珀色的甜蜜的宝藏。

在这些宝藏当中,最好的当属白车轴草(white-clover)蜜,这种蜜的颜色与白车轴草花本身的颜色一样;接下来是蜜蜂从椴木(basswood)——我们在康涅狄格称之为椴树(linden tree)绽放的花朵中采来的那种蜜,其透明、芳香;苹果花蜜呈金色,红树莓(red-raspberry)蜜呈琥珀色,则又次之;最后和最新的是那种胡桃色的蜜,那种蜜颜色深暗,具有一种古怪的、浓郁的麦芽般的味道,那是蜜蜂从荞麦(buckwheat)地里采来的,到了夏天,那些荞麦地犹如一片片积雪,到处点缀在山坡上。

克里姆山(Cream Hill)——康沃尔(Cornwall)的27座山丘之一,是我的家庭农场所在之地,那里流传着诸多蜜蜂树的传奇故事。比如,在一个星期天下午,我的祖父就在他的花园中发现了一棵蜜蜂树,第二天,他就从那棵树上收获了大约23公斤的蜂蜜。

当地的居民老裘德·艾伦（Jud Allen）是艾伦助祭的儿子，他生于《独立宣言》(Declaration of Independence)发布的那一年。在我的孩提时代，他就成了康沃尔伟大的寻蜂人。他的父亲，即那位善良的助祭，在25岁时娶了一位48岁的女人为妻，而在她死后，为了平衡这件事情，他又在59岁时迎娶了一位25岁的新娘，而裘德就是在他第二次婚姻时所生的孩子。就在裘德出生前不久，他的母亲十分渴望吃到蜂蜜，以至她的助祭丈夫不得不一路开车前往戈申（Goshen），去那里给她弄到一些蜂蜜，以满足她的渴望。

因此，裘德始终相信，自己对蜜蜂的热爱就源于当年父亲开车寻找的那种蜂蜜。说来奇怪的是，蜜蜂们无论如何都不会蜇他，他比康沃尔的任何人更了解蜜蜂，而且还找到了更多的蜜蜂树。

有一次，他正悠闲地坐在自家的门廊上，突然注意到一些蜜蜂掠过他，朝着一棵巨大的白栎（white oak）的那个大致方向飞去，而那棵树就在豪萨托尼河（Housatonic River）的对岸，于是，他赶忙划着小船过河，最终确定了有一群蜜蜂在那棵树空洞的顶端安营扎寨。

有时候，他仅仅依靠自己敏锐的眼睛和耳朵，穿过树林而搜寻蜜蜂树。在别的时候，他会使用一个蜜蜂盒——一个用纸板糊成的盒子，里面装着一点儿蜂蜜，再从野花上捕来一些蜜蜂，给每一只蜜蜂都系上一根用原棉制成的标签，将其关在盒子里。当那些蜜蜂在盒子里吃饱了蜜，他就会释放其中的一只，那只被释放的蜜蜂旋绕一阵，辨清方向之后，就会以一条最短的捷径迅速飞向其巢穴所在的那棵树。此时，这个老头尽可能用眼睛追踪，沿着这条蜜蜂飞行的路线前进几百米，然后再释放另一只蜜蜂，继续追踪其飞行线路，如此循环往复，一路追踪下去，直到他能够凭借眼睛和耳朵确定蜂群的位置，从而接近那棵蜜蜂树。

有时候，一个蜂群还会使用老房子，或者占据一个废弃不用的房间来作为蜂巢。两年前，我的兄弟在我曾祖父的房间里移除一块镶板时，就有过惊人的发现：那个房间的整个一侧竟然布满了大块的蜂巢。

康沃尔最著名的蜜蜂树故事

康沃尔最著名的蜜蜂树是在李奇微（Ridgway）助祭的农场上发现的。这位助祭头发雪白，面庞温和而亲切，一如其本性。然而，可别看这个老头心地善良，他却深谙怎样可以保护自己的权利。有一年，在11月一个寒冷的日子，他突然听见响尾蛇山（Rattlesnake Mountain）传来了一阵斧子声，那片远远的山坡是属于自家的林地，于是他循着声音，沿着一条小径赶上去，而那种小径是每个新英格兰农场拥有的合法财产的一部分，十分隐蔽。结果，他在那里发现了村子里的两个坏小子拿着斧子，带着4个铁皮桶，正在砍伐一棵大栗树（chestnut tree），原来，他们在那棵树上发现了一群蜜蜂，想将那里的蜂蜜据为己有。

在康涅狄格，未经允许而在别人的土地上砍树是犯罪行为。因此，这位助祭不慌不忙，不声不响，舒舒服服地坐在一根木头后面，等着那两个男孩苦干了一个小时砍倒那棵树、劈开坚韧的树干并从树干中砍出了滴下的蜜蜂的宝藏的时候，他才走上前去干预。

"孩子们，"他说，"你们干了一桩非常严重的事情。现在你们都回家去吧，明天早晨再到我的家里来，我要算一算这棵树究竟值多少钱。"

于是，那两个男孩扔下几只铁皮桶，耷拉着脑袋离开了，而这位老助祭立即动手用铁皮桶装满蜂蜜，带回家去。第二天，当那两个男孩来到他的房子，他宽宏大量地给了他们一人一桶蜂蜜，并告诉他们说，经过反复思考，他最终决定不再追究此事，不用让他们为砍倒的那棵树赔一分钱。

如今，这位善良的助祭已经在绿色的山腰上长眠了很多年，与他一起长眠在那里的，还有那些因辛勤劳动而获得了回报的康沃尔居民。而那两个坏小子也变成了品行良好、富裕的公民，成家立业，成为孩子们的父亲，但从那一天开始到现在，他们就再也没有在乎过蜂蜜了。

不久以前，我自己有了发现蜜蜂树的最近一次经历——在距离宾夕法尼亚的哈弗福德市（Haverford）不远的一片树林中，我发现了一群蜜蜂。当时，一帮极度渴望深入荒野的探险者将那里命名为"舍伍德森林"，这些探险者均未年满9岁，他们把我推举为队长，带领他们出行。在一个假日或者一个星期天下午，我们会去那里漫游，希望在一定程度上听到罗宾汉（Robin Hood）或者威尔·史考烈特①（Will Scarlett）在巨大的山毛榉（beech tree）中间吹响号角，或者去遇见小约翰②（Little John）或塔克修士③（Friar Tuck）追猎那些暗褐色的鹿。

  5月的一天下午，在那片树林中，当我们在暮色中动身回家，我们看见了一棵栎树上悬挂着一大片金褐色的蜜蜂，这个蜂群大小如同一个容量约为35升的圆形篮子，很可能是从附近的某个农场逃出来的。

  还有一天，我们这帮人游历到这片荒地，在我曾经建造在那里的第一座小木屋前停了下来，这座小木屋有两个壁炉和一道秘密的楼梯，但不幸的是，就在大战前，一场森林大火将其给焚毁了。那一天，我们发现一群蜜蜂沿着烟囱飞了进来，悬挂在我们的桌子上空的屋梁上。我们就坐在下面，几乎不敢大声说话，只能悄悄低语，生怕惊扰它们，要知道，在这样一个狭小的房间里，一群蜜蜂因为受惊而骤然分散开来，真的很危险。

  这些年后，我因为发现了第一棵蜜蜂树，也许就让我成了第一个真正的观察者——在森林深处，我确确实实看见了一群野蜜蜂占据了一棵树，在那里构筑家园。

---

①②③均为英国传说中的侠盗罗宾汉的手下。

荒地之夜，蛙鸣鸟语此起彼伏

　　这一切始于一年中最漫长的一天，正如这样一个日子应该显现的那样，当黎明刚刚露出美丽可爱的色彩时，我就产生了一种渴望，那种渴望让我烦躁不安，迫使我前往"遥远小屋"——我那座位于这片荒地深处的小木屋，它坐落在松林间的棕色溪流畔。于是，我在仲夏节前夕（Midsummer Eve）到达了小木屋，而在这个时节，迅疾的溪流在月光下匆匆流淌着向前延伸，犹如镀上了银色的天鹅绒。沿着溪岸，枫香树（sweet gum）和红花槭（swamp maple）的叶子形成了幽暗的绿色网状物。

　　头上，某种我无法辨别的鸟儿发出陌生而野性的鸣叫，紧接着，它在很远的距离外又重复鸣叫了几秒钟，显示出它多么迅速地飞越了上面深紫色的天空，到达了别处。

　　光滑的水面上，摇曳的树影投射下一个烦躁不安的魔幻图案。一只新泽西雨蛙（pine-barren pickerel frog）浑身翠绿、金黄而又紫黑，打着呼噜，还有其他一些我不熟悉的蛙类也在鸣叫，发出几个高亢、令人吃惊的音符，听起来就像是两块木板拍在一起时发出的声音。随后，一只三声夜鹰（whippoorwill）突然发出那种紧张、匆忙的音符，穿过黑暗从远处一阵阵传过来，很快就得到了小木屋附近的另一只三声夜鹰的回应。那些喜欢在夜间活动的鸟儿一次又一次地鸣叫，重复它们那由三个部分组成的音符，而每一个音符后面都带有轻微的咔嗒声，听起来匆匆忙忙，仿佛那些鸟儿害怕在自己唱完之前就被打断了。随着野性而美妙的旋律穿过黑暗而颤动时，在我看来，月光本身仿佛被谱成了曲。当那些音符停下来后，孤寂的荒原就犹如在静静地沉睡。接着，当圆月爬上天空，从遥远的泥沼和金绿色的池塘中就传来了迟到的雨蛙（hyla）那清晰的声音，那声音犹如细小的银铃，发出或散乱或和谐的乐声。

当树蛙停下来呼吸，它们仿佛在等待那个时刻——迸发出呱呱、嘎嘎的音符，形成一派完美的喧嚣。说来惭愧的是，在我最初独处于这片荒地的一天晚上，我在孤寂的沼泽中听到了那些蛙类的鸣叫，当时我还深信它们是一群野鸭呢，为了去追寻它们，我在涉水穿越泥沼时差点儿淹死自己。尽管如此，那些声音始终像鬼鬼祟祟的磷火，越来越远地退入沼泽深处，最终我不得不折身涉水回来，浑身湿透，不过此举也更明智，避免了在沼泽中遭遇不测。

最终，当蛙类的喧闹像开始那样而突然停下时，我就在小木屋中爬出睡袋，穿上衣服，头顶着月光，沿着一条弯弯曲曲的小径前行。在柔软的黄草丛中，这条小径穿过一片小小的低洼地，那里距离我的门廊还不到 45 米，冬天时是鹿群的栖息地。就在这片洼地的边缘上，我发现了一大片我希望看到的野花，它们呈现出酒红、金黄、象牙白和浅绿等色彩，从一大片有着深红色条纹、充满了水的空心叶子中生长出来。我跪在月光下，为这些猪笼草（pitcher plant）所展现的美而心醉神迷，我毕竟有整整 3 年都不曾见过它们开花的样子了。

看见这些猪笼草，我就想起我的另一次发现之旅。那一天，我最终发现猪笼草在绽放，便沿着小径一路前行，弯弯曲曲地穿过一蓬蓬赭色的草丛才停下来。分开草梗，我仔细搜索了一阵，却一无所获。接着，当我来到最后一蓬草的时候，一只小鸟犹如影子般偷偷地溜走了，同时发出一个报警的音符，那音符尖锐得犹如两块鹅卵石碰撞在一起时发出的咔嗒声。我面前的月光下，显现出一个用草丝编织而成的深深的巢穴，里面容纳着4枚白色的鸟蛋。鸟蛋较大的一端有褐色的斑点，在月光下犹如展现在金粉色珠宝盒子里的珍珠。一片片枯叶穿过这个鸟巢的构造而编织起来，这就是马里兰黄喉地莺（Maryland yellow throat）巢穴的典型标志，这种莺很奇特，仿佛戴着一个化装舞会的面具，其歌声听起来就像"巫术、巫术、巫术"。当我一如既往地俯下身子，更为仔细地研究那些处于美丽的环境中的精致的小小鸟蛋时，我就感到自己意外收获了一个宝库，那种感觉肯定就像那些掘开一坛金子，或者偶然发现一箱金币的人所体验的那样。

接下来，是一个人在这片荒地中一夜的安眠，深深地呼吸那从远方越过上百万棵松树飘来的芳香气味。

曾经的制铁乡野，隐秘的小径纵横

第二天早晨，我在日出之前就起了床，从小木屋的一个窗户向外探望，看见一片绿色夹杂着血红色的海洋，那是胭脂栎（scrub oak）新发的叶片和玫瑰色的穗状物所形成的，而就在它们上面，油松（pitch pine）犹如巨大的绿色碧玺高高地耸立，山杨（aspen）的叶片也到处显出一块块纯净的翠绿色。

我从另一个窗口探望出去，则看见了那条溪流，它展现出那十足的美，摄人心魄，让我几乎喘不过气来。薄雾笼罩着闪烁的水，呈现出一种子夜的紫罗兰色调，悬垂的树木叶片透过那一圈圈上升的毛茸茸的雾霭，展现出精致的绿色，色调混合而又变幻，深浅不一。

片刻之后，我就从那雪松（cedar）木头搭成的小平台上，深深地潜入柔和的水中，水波犹如丝绸一般轻拍着我的身子，而与此同时，它那洁净的刺痛感犹如冰冷的火焰，穿过我的每一块肌肉和每一根神经而震颤。

随后，我吃完早餐就开始了探索。早在一个半世纪以前，这片荒地的那个区域还是一片辽阔的制铁乡野。新里斯本制铁厂（New Lisbon Forge）建于1730年，而位于4.8公里之外的玛丽·安制铁厂（Mary Ann Forge）则建于1789年。如今，玛丽·安制铁厂留下的废墟只不过是树林中的一堆熔渣和一些空地。这些制铁厂统统消失了，那些用短命的油松建成的古老宅邸也消失了，曾经生活在这片荒地的男人和女人被遗忘了。尽管如此，在这片曾经属于他们的土地上，他们生活的一个符号和封印却永远留了下来。一条条小径穿过树林，越过泥沼，朝着四面八方延伸，这些小径曾经通往那些被遗忘的制铁厂、锯木厂、住宅区和小酒馆。如今，这些小径依然越过这片荒地而四处延伸，它们在绿玉色的湖泊畔，在那令人愉快的迅疾的棕色溪流两岸，在四周环绕着松树、紫树（blackgum）和白扁柏（whitecedar）的小块空地处就不再延伸了。其中一条小径通往昂格哈特（Ong's Hat）——一家曾经闻名全州的旅馆。如今，在那家旅馆曾经所在之处，仅有一棵巨大的星毛栎（postoak）和一小片空地。另一条小径通往上磨坊（Upper Mill），那里如今只是一个小湖岸边的一道绿色土堤。附近，有一家古老的小酒馆，是用那种不会腐烂的雪松木头建成的，其中的一根木头上刻着"1720年"的字样，它曾经在通往珀思安波夫（Perth Ambov）古老的牛道上。查理·罗杰斯（Charlie Rogers）——一个小个子的苏格兰人，我的一个好伙伴，就独自生活在那里，他还保留着一个古老的习惯：每一周要阅读一份来自英国格拉斯哥的报纸。他在沙子里面发现了乔治三世（George the Third）时代的小硬币，还在湖泊沿岸捡到了印第安人制作的箭头，他都给我保留了下来。其他小径通往羊栏山（Sheep Pen Hill）上废弃的定居点，也通往那具有响尾蛇巢穴的米赛里山（Mount Misery），还通往道博尔特拉博尔（Double Trouble）、树胶泉（Gum Spring）、斯托普赛杰德朗（Stop th' Jade Run）和苹果馅饼山（Apple Pie Hill）。此外，还有很多小径通往无人知晓的地方，对于我，这片荒地给我带来了众多欢乐，其中之一就是去探索这些小径。我知道，有一条小径始于一块危险的木板，而那块木板是从一家老磨坊的窗口远远地倾斜下去的，引导着小径环绕3个泥沼，弯弯曲曲地穿过原始森林——在冬季，你也许会在那里碰见这片荒地的灰鹿。

这条小径结束于一个落寞的小湖，湖里隐藏着黑鸭（black duck），不时还能听见麻鸭（bittern）发出的那种隆隆的鸣叫。

一棵倒下的树下有条小溪，其根距离水面很高，于是我们就把那棵倒下的树命名为"树顶桥"（Treetop Bridge）。这条小径蜿蜒着穿过山滩桃金娘（sand myrtle），穿过这片荒地特有的那种帚石南（heather），其尽头在铁泉（Iron Spring）。至于印第安小道（Indian Trail），我只能追溯它的一部分。早在白人进入这片乡野之前，这条小径就被印第安人使用了很久，它越过雪松沼泽通往硫磺泉。此外，还有很多其他小径，而要探索每一条小径无疑都会有一次历险。

偶遇松莺巢穴和旱叶百合

今天，我打算去探索一条深陷在地表之下足足有60厘米的小径，而正当我在树顶桥动身越过那条溪流的时候，某种事情就发生了，这就让我深信那个仲夏节（Midsummer Day）不仅很漫长，而且还让我幸运连连。

大约在27米开外，我看见一只松莺（pine warbler）飞向一棵油松的枝条，那里距离地面大约4.5米，那只松莺是这片荒地之鸟，喉咙和胸脯为浅黄色，背部为绿棕色，上面具有浅白色的覆尾羽。它所唱的歌是一种颤声，几乎就像棕顶雀鹀（chipping sparrow）发出的那种颤声，只是更美妙、更突然。松莺是在春天最早归来的莺类，甚至先于黄桐莺（yellow palm warbler）到来，大约在3月24日到达这里，是这片荒地的3种最丰富的莺类之一。另外两种分别为草原林莺（prairie warbler）和马里兰黄喉地莺。尽管松莺的数量众多，但其巢穴隐藏得如此完美，很难发现，因此只有极少数爱鸟者才见过。

当我观察这只松莺时，我确确实实看见它衔着食物前往一个隐藏好的巢穴。于是，我匆匆赶往那棵树，在那里，除了一段悬晃在枝条上的绳状物，却无法看见任何巢穴存在的迹象。于是，我爬到粗枝上，才终于有了发现。我注视着那个隐藏得最美丽、可以任由人想象的巢穴之一：巢穴被置于两根细枝之间，其方式如此隐蔽，以至我从下面根本无法察觉它的存在，而且，它被如此密集的松针遮得严严实实。因此，如果不是那只鸟儿自己向我泄露了秘密，我从上面也根本看不见。这个巢穴用雪松树皮和一条条野草茎梗优美地构筑而成，里面铺垫着精细的根须和一点儿毛发，内部还覆盖着蜘蛛的卵囊和羽毛——这是松莺筑巢时始终会使用的材料，在这一点上，它与黄桐莺、黄腰白喉林莺（myrtle warbler）和黑顶白颊林莺（blackpoll warbler）一样。那段凌乱地悬挂在下面的绳状物，将巢穴的一部分紧紧地系在那根粗枝上，而在巢穴里面，有两只羽毛尚未丰满的幼雏。

我久久打量着这个巢穴，心中充满愉快之感，只有爱鸟者偶然遇到某个罕见的鸟巢时，这种愉快感才会产生。最终，我从树上爬下来，越过"树顶桥"，沿着一条小径弯弯曲曲地前行，穿过那些只有在这片荒地才能找到的野花。其中，旱叶百合（turkey beard）那巨大的圆锥形花朵犹如一阵阵吹出的雾气，满地都是。在这片荒地，夏天有可能多次"入侵"和"撤退"，然而当旱叶百合在翠绿色的背景之下摇曳、翩翩起舞时，夏天就会久久地驻足于此。

旱叶百合的头状花序是由无数细小的五瓣花朵构成的，那浑圆的白色花蕾日复一日蓬松起来，直到大片花卉长得如同人的拳头一般大小。远远望去，那些花朵看上去是白色的，但是，当把它与代表这片荒地的白杜鹃（whitea zalea）相比较的时候，就正如群星中的娄宿三[①]（El Nath）——那些花瓣看起来像覆上了一层浅金色的薄膜。

那头状花序生长在一根绿茎上，那根茎大约有45厘米高，上面长满粗毛，犹如沼泽草（marsh grass）从一大簇叶片中向上生长。尽管旱叶百合散发出一股腐尸般的气味，但它也赋予这片风景一种难以描述之美，始终让我想起这片荒地中的那些干燥、炎热、美好的日子。那种檀香气味，飘散在草原林莺歌唱的炎炎夏日。那种莺歌中，有7个细如金属丝的音符，在音阶上面升起而不是下降，还有红眼雀（chewink）的歌声，那种鸟儿整天孜孜不倦地唱出"你喝茶——茶——茶，你喝茶——茶——茶"的歌声。

---

① 白羊座中最亮的星。

发现昆虫杀手毛毡苔和绿霸鹟巢穴

更远处,就在小径的中央,生长着一大片山羊豆(goat's-rue),相比那有着玫瑰红和浅金色的蝴蝶花以及犹如褪色丝绸和象牙般的羽扇豆(lupin),它绽放得要晚一些。我的四周,簇拥着马氏南烛(staggerbush)那没有气味的白色花朵,其状若瓮,具有粉红色的茎和粉红色的萼片,类似早期茁发的甸杜(cassandra)一样,但它的花朵要小一些,成排生长,散发出一种犹如铃兰(Lily of the valley)的芳香。

当这条小径一路延伸,接近潮湿的地面时,我的眼睛捕捉到了金绿色的二歧三芒草(Hudsonia),在它们中间,有一点儿泥沼,泥沼似乎铺垫着一种奇异的蔷薇色的天鹅绒。我靠近时,才看见整个洼地里铺盖着千百棵抹刀状的毛毡苔(sundew),这种植物扁平的叶片覆盖着粉红色的毛,每片叶尖上有一颗细小的、闪烁的黏性液体。无论什么时候,只要有不走运的昆虫歇落到其中的一片叶子上,其脚便会立即陷入那致命的露珠而无法自拔,而且叶子上的那些毛会形成一个网状物将其裹住。与此同时,那片叶子本身也会不断卷曲起来,防止猎物逃走,直到受害者被这种凶猛的小植物吸干,它的毛才会张开,叶片才会舒展开来。

猪笼草那空心的叶子中充满了水,里面铺衬着全都指向下面的刺,也会诱捕昆虫并将其吃掉,然而,它给人的印象却不如毛毡苔那般深刻——毛毡苔毕竟显示出了那种绝顶的智力。在这片荒地里，在我的小木屋所在的这个区域，也可以发现那种珍稀的丝叶毛毡苔（thread-leaved sundew），它那狭窄的叶片很长，犹如线一般，却跟它那叶子扁平的姐妹一样，对于昆虫相当致命。

走过毛毡苔，我转身走进树林去饮水，沿着一条弯弯曲曲的小道而行，前往溪岸。在那条溪流的下面，小道呈Z字形一路向前延伸，来到有两棵白扁柏守护的一个小洼地里才告结束。那边的溪岸下，就是那深沉而如玻璃一般清澈的泉水了。泉水底部，雪白的沙子呈现出金黄色的条纹，显现出铺垫在这片乡野下面的铁矿的存在，与此同时，那冰冷的水尝起来具有一种稀奇古怪的强烈的药味，但你品尝片刻之后，就会喜欢上它，甚于喜欢棕色的雪松溪水的那种甘美、柔和的味道。

离开那道泉水之后，我沿着一条古老的公路前行，但早在很久以前，这条公路就被废弃了，以至道路中央都长出了参天大树。尽管如此，路上却依然露出另一个世纪的轻便马车和科内斯托加式篷车（Conestoga wagon）留下的辙迹。这条古老的公路把我引向下磨坊（Lower Mill）。在一棵孤零零的松树下，我久久地坐在那里，放飞遐思。曾几何时，这里有大片的松林，但都一一倒在了人类的斧子之下，而这棵松树就是最后的幸存者。当我坐在这里，我瞥见了一只幽暗的棕灰色鸟儿，它静静地栖息在一棵星毛栎的粗枝上，背上有两根白色的覆尾羽。正当我观察它的时候，它突然拉长了那种强调的声音，慢吞吞地说出了它的名字："皮——啊——威。"为了更仔细地观察它，我离开了小径，而我似乎凭借着某种奇迹，在那根粗枝末端，瞥见了一个好像是覆盖着地衣的大瘤结的东西。让我无比高兴的是，我意识到有这样一个奇迹发生了：在我的一生中，我第二次发现了绿霸鹟（wood pewee）的巢穴！尽管这种巢穴的体积较大，却很不容易发现，几乎跟确定蜂鸟（hummingbird）的位置一样困难，因为它的外面好像装饰着绿色和灰色的地衣。当我小心翼翼地从下面仔细检查它的时候，那只亲鸟穿过那棵树轻快地飞掠而来，歇落在巢穴上面，用它那圆圆的黑眼睛严厉地盯着我。只是当我爬到粗枝上时，它才偷偷溜走，允许我俯视它的3枚蛋——那是我们的野鸟蛋中最美丽的。那些蛋均为纯白色，较大的一端环绕着一圈乌贼棕色的大斑点，上面隐隐约约地覆盖着一圈浅紫苏色的小斑点。这些蛋跟桥绿霸鹟（bridgepewee）和菲比霸鹟（phoebe）的那些更常见的白色蛋几乎大小相仿。这个巢穴距离地面大约4.5米，其本身由草构成，里面铺垫着细细的根须，外面则用茅草夹杂着地衣覆盖起来，用蜘蛛网缠在巢穴上。巢穴有一个小口子，比一美元的银币稍大一点儿。

偶遇草原林莺、夏葡萄和臭菘……

即便是发现了松莺和绿霸鹟的巢穴，我的好运也才刚刚开始，因为正当我穿过树林，沿着那条沉陷的小径前行时，恰好从我前面的一片狭叶山月桂（sheep-laurel）丛中，一只雌性草原林莺突然飞了出来，它那展开的翅膀古怪地颤动，而那种颤动始终是筑巢之鸟的标记。尽管我知道它的巢穴肯定就在附近，但经过长久的搜寻也没能找到。最后，我平躺在地上休息，正向上仰望之际，猛然瞥见了那个巢穴，原来它就优美地隐藏在酒红色的花朵和常青的叶片下面。当我分开细枝，注视那个巢穴时，我这才发现自己以前从没见过如此美丽的鸟巢。它里面铺垫着肉桂蕨（cinnamon fern）那奶油棕色的软毛，那些软毛上有4枚蛋，蛋上面露出淡紫色和黄褐色的状纹。此时，那对亲鸟一次又一次焦急地围绕着我而轻快地飞掠，距离我如此之近，以至我都能清楚地看见雄鸟背部中间的红褐色标记、眼睛上面的黑线、白色的尾羽，还有那将草原林莺区别于其他莺类的典型标志——阳光黄的身体下部。身侧展现出浓郁的黑色条纹。纹胸林莺（magnolia warbler）、加拿大威森莺（Canada warbler）和栗颊林莺（Cape May Warbler），其黄色的身体下部都带着黑色条纹，但唯有草原林莺才拥有这些仅限于身侧的条纹。

　　最后，我又动身出发，却不料偶然经历了一场新的奇遇。这都始于一阵令人愉快而又无名的芳香袭来。于是，我从那条沉陷的小径爬上来，不断抽吸鼻子，直到那阵芳香把我引到一个小小的林间空地，在往昔的日子里，也许有座房子在那里。那芳香犹如云雾一般朝我飘来，美妙得难以描述，却带着一种精致和刺激的清新，但至于它究竟源于哪一丛灌木、哪一棵树或者哪一朵花，我一头雾水。

于是，我像一只猎犬不断嗅着空气，一路循踪而去，终于抵达了一棵低矮的桉树（gum tree），那棵树的上部覆盖着那种藤蔓的三叶形叶片，从诺亚（Noah）知道它对自己有害的那个时代起，那种藤蔓就比其他任何植物受到了人类更多的赞美或指责。这株藤蔓坚韧的茎和宽大的叶片纠缠在一起，覆盖了那棵树的一侧，下面部分毛茸茸的，通过这一点，我认出了那是夏葡萄（summer grape）。在这个国度的这个区域，生长着4种野生葡萄：河岸葡萄（frost grape），这种葡萄的一串串果实的个头还不如小小的樱桃（cherry），需要霜降来催熟它们那种难以入口的酸味；河葡萄（river grape）光滑、闪亮的叶片犹如爬山虎（Japanese ivy）的叶片，其小小的红色果实或许是我们的小葡萄的先驱；芳香的美洲葡萄（fox grape）一串串散乱地生长，深得主妇们的赞誉，是制作果冻的好东西；最后一种，也是最好的一种葡萄，即夏葡萄，其深蓝的果实一串串紧实地生长，是康科德葡萄（Concord grape）的祖先。

在那些绿叶下面，一簇簇浅黄色的花朵悬挂在酒红色的茎上，那些花如此之小，因此几乎要用显微镜才能看到。然而，正是从那些细小的花朵里面飘逸、喷涌出一种芳香，美妙地弥漫在周边好几百米的空气中，超越了《被保佑的阿拉比》[①]（*Araby the Blest*）

[①] 美国作家安妮·埃利奥特·特朗布尔（1857—1949）的小说作品。

的所有芳香。

当我站在那里，大口大口地呼吸那难以媲美的芳香，我就听到从附近的一棵树上传来了猩红丽唐纳雀（scarlet tanager）那缓慢、热烈的歌声。它唱着，仿佛它过于热爱自己的音符之美，以至舍不得匆匆唱出来。从天空还传来了那寻觅产下蛋的夜鹰（nighthawk）的歌声，那"皮恩特——皮恩特"的音符不绝于耳。就像它们的北方兄弟三声夜鹰一样，它们也在光秃秃的地面上筑巢，却让人看不见任何巢穴的迹象。那种藤蔓使用了魔术，让这片荒地的整个区域都迷醉。我最终离开那里，沿着小径前行，来到了一条模糊的小道，这条通往 800 来米之外的溪流之处。然而这一天尚早，于是，我就决定继续探索这条小小的弯路，然后再回到我行走的那条主要小径上。这条弯路绕来绕去，迷失在一个由众多泥沼构成的迷宫中，随后才抵达那条溪流，其间却让我经历了一场也许只有植物学家才会感兴趣的奇遇：正当我转身回到更坚固的地面时，我偶然瞥见了一大片臭菘（skunk cabbage）——一年中最初绽放的花的宽大的绿叶，它们那弯曲的洋红色头角上布满了绿色和金色并早在 1 月，就在那封冻的地面之上向前"推进"。如今在宾夕法尼亚，臭菘并不那么过于罕见了，但是，对于英国昆虫学家来说，很普通的黄缘蛱蝶（mourning-cloak butterfly）仍是伟大的发现，因此，在这片松树荒地中，臭菘也如同蚊子兰（cranefly orchid）或者皇后杓兰（pink-and-white lady-slipper）在其他地方那样罕见。然而它就在那里，眼睛准确地看见了，鼻子也闻到了。

观察逃亡的蜂群在树上定居

回到我行进的小径上，一路又前行了 1.6 公里，突然，我在这一天的最后的、最佳的奇遇就降临了。这场奇遇始于一阵响亮的嗡嗡声，那种声音高而低沉，因此我起初还以为是一架飞机在头顶上掠过，于是我拉长脖子去观望。紧接着，在地面上空大约 6 米之处，我突然看见了一大群蜜蜂形成旋转的黑色涡流，穿过柔和而温暖的空气朝我飞来，于是我立即蹲伏在一片灌木丛后面，观察这个逃亡的蜂群，它远远地逃离了很多公里之外的房舍或蜂箱，振翅回到其遥远的祖先栖居的森林。这个蜂群显然预先派出了通讯员，确定了一棵树的位置，因为它径直朝着我稳定而持续地飞过来，丝毫没有显现出蜂群初次离开蜂箱时表现出来的那种停顿和犹豫。这些旋转的蜜蜂形成了一个圆柱形，也许有 1.8 米高，穿过空气一路扫过，发出那种在 400 来米开外就能听见的嗡嗡声，与此同时，我紧紧地蹲伏在一个灌木丛后面观察。随后，正当我认为它们会在我的头顶上飞过的时候，整个蜂群突然降落在一棵枯死的松树那光秃秃的树干上，那里距离我坐着的地方还不到 3 米远。那棵树高约 12 米，显然是在很久以前被闪电劈死的，因为它的表面露出了一道道深深的裂纹。一会儿，那些开始簇拥的蜜蜂就缠绕在树干上，在距离地面大约 4.5 米之处形成一大片棕色的集群。当我观察它们形成一个嗡嗡作响的圆形集群时，我唯一的念头就是想让它们在漫长的飞行之后歇落在那里休息，因为树干上除了那些裂缝，就再也没有什么迹象显现那棵树是空心的了。一会儿，随着那些后续的蜜蜂穿过空气匆匆飞来，不断加入群体，那个棕色的群体就变得越来越大。我最初看见它们的时候，是在12时45分，正是太阳当顶的时候。到了14时10分，所有的蜜蜂聚集在树上了，我最初听到的那种凶猛的嗡嗡声渐渐减弱，转换成了一种缓和的嗡嗡声。

突然，我注意到那个蜜蜂群体正在变小，于是举起望远镜对准它们观察，我这才发现，那个蜂群原来正在穿过敞开的裂纹爬进了树干。到了14时30分，所有的蜜蜂都爬了进去，到了14时40分，蜜蜂们就在一道大裂纹中飞进飞出，仿佛它们一生都生活在那棵树里面。这些蜜蜂没有休息片刻，甚至还没有熟悉自己的新家，就开始踏上了永无休止的采蜜之旅了。

我久久地坐在那里，观察它们来来往往地飞行，惊叹我所经历的好运。成百上千个观察者见过蜂群掠过，或者发现它们悬挂在树上，但根据我的阅读经验，我还不知道真正有人见过一群蜜蜂占据一棵树。

约翰·巴勒斯[①]（John Burroughs）在他的随笔《牧歌似的蜜蜂》中这样写道："据我所知，没有人见过蜜蜂在树林中搜寻居所。"

在这片荒地数百平方公里的领域中，我碰巧处于蜜蜂歇落的

---

① 美国著名博物学家、鸟类学家、自然文学家（1837—1921）。

那个准确的地点，这看起来似乎过于美好而显得不那么真实，然而这次经历就是这样的，对于我来说，这场从观察一棵蜜蜂树开始而发生的奇遇，成为一年中那个金色的日子的顶点。至于到了霜降来临时，这个蜂群及其蜂蜜宝藏究竟会有什么样的遭遇，这一点正如吉卜林[①]（Kipling）曾经说过的一样，那是另一个故事。

[①] 英国著名作家（1865—1936），曾获1907年度诺贝尔文学奖。

第 2 章　初访大沼泽

Trembling Earth

在美国佐治亚和佛罗里达两州之间，横亘着奥克弗诺基大沼泽，那是众多珍稀动植物的原始栖息地。沿着迷宫般的水道一路深入，景色渐渐大异、让人仿佛置身于另一个世界：有小百合、紫罗兰、麝香葡萄，野素馨到处绽放、飘香，大白鹭、沙丘鹤、美洲蛇鹈时而飞起，时而栖落，白眉食虫莺和小嘲鸫悠扬、婉转地唱起下午之歌，让人沉醉不已。秘密岛的看守人比利大叔常年生活在这里，熟悉当地的动植物。沼泽中，潜伏着巨型杀手短吻鳄，其貌似笨拙、实则行动迅速，当船篙戳到它的背上，它如同深水炸弹爆炸那样猛然跃出水面，差点儿把人掀翻到水里。在前往一个岛屿时，一条正在晒太阳的大毒蛇受惊，从枝头直接落到小船上，不断对人发出凶猛的嘶嘶声……

大沼泽中的大白鹭与沙丘鹤

迎接自己的 50 岁生日，人们有各种方式。有些人以实际行动来代替拍卖会，其他一些人则停止去吃自己喜欢的食物，改为主要以菠菜为生，直到死亡让他们免遭痛苦的折磨。

然后，也有那些不满足于得过且过、不满足于知足常乐的人，他们特别允许那些价格高昂的专家来寻找模糊不清的疾病，而专家们通常都会有所发现。年满半百的人所采取的所有这些计划，并没让我为之所动。对于我自己，人生中途的标志——因为我打算尝试活到一百岁，或者死去，意味着机不可失、失不再来。因此，自从我的 50 岁生日到现在，我就下定了决心，再也不会错失任何充满奇遇的经历。

蒙田①（Montaigne）曾经这样写道："倘若我必须被拖进老年，那将是走回头路。"对此，我深以为然，并且准备一步一个脚印，不断前行，尽可能去阻止、抵抗死亡——那个最终将推翻我们大家的没有牙齿的老巫婆。

因此，当我应邀前往位于佐治亚和佛罗里达之间那片巨大的沼泽，在它那几乎无人知晓的深处度过一周的时候，我就毫不犹豫地接受了邀请。

塞米诺尔印第安人曾经就生活在那里，他们将那片1500多平方公里的沼泽命名为"奥克弗诺基"（Okefinokee），在他们的母语中意为"颤抖的大地"。苏瓦尼河（Suwanee River）从那里发源后流出来，在那里，还能发现那种体色华丽的象牙嘴啄木鸟（ivory-billed woodpecker）——但到了如今，这种鸟儿几乎就像旅鸽（passenger pigeon）和卡罗来纳长尾小鹦鹉（Carolina paroquet）一样罕见了，当然，那里还能发现对于人类日常生活很陌生的其他飞禽走兽。而且，我要造访的那个岛屿曾经是塞米诺尔印第安人的根据地，他们最初就生活在那里，后来才被驱赶到南方的大沼泽地（Everglades）。即便是现在，那个部族的漫游者偶尔还会找到归路，到岛上拜访、凭吊那些苍凉的土堆。

在接受邀请一天一夜之后，我就站在了一条漫长的水道的源

---

①法国文艺复兴后最重要的人文作家（1533—1592）。

头,准备出发。那条水道弯弯曲曲地通向远方,深入这片沼泽神秘的腹地。当我盯着它那微微闪烁、漫长的路线时,我的血液中就涌进了一阵荒野的欢乐,很多次,每当我接近某个未曾探索过的荒野堡垒时,这样的欢乐都会油然而生。片刻之后,我就置身于另一个世界,那里的一切很陌生、很新颖。

在铜棕色的水映衬之下,岸上那些发白的草丛显现出浅赭色,而在其中,奇异的绿色和紫罗兰色的光芒不断闪烁,那种光犹如你在黑蛋白石里面所见到的一样。红花槭(red maple)那深红色的翅果,呈现出那洒在高耸的柏树(cypress)上的血色,还覆盖着一缕缕铁兰(Spanish moss),赋予这片风景一种忧郁而奇怪的痕迹。

水道两岸,点缀着一片片小百合(small lily),那种植物的珍珠白中带着一丝深红色,这片乡野的人们称之为"牛奶和酒",还有一丛丛积雪般的紫罗兰,在它们精致的花瓣中,具有那种犹如铅笔勾勒出来的图案,这些花卉当中,穿插着麝香葡萄(muscadine)和竹藤(bamboo vine),在岸上到处有。一阵阵香气,从野素馨(wild jessamine)那奶油黄的花朵上飘散,穿过空气袭来,这种植物类似北方的毛地黄(false foxglove),散发出的芳香与众不同。

从水道旁边的沼泽中,一只白鹭(white heron)突然振翅起飞,看上去犹如一只雪白的巨型蝴蝶拍动翅膀飞走,它的双腿纤细,呈黑色,嘴喙呈黄色,我认出那是一只美国白鹭(American egret)。在北方,我只是偶尔才会看见这种鸟儿的身影,它是罕见的来访者。而在这里，这类鸟儿数量众多，它们要么栖息在柏树顶端，要么从它们进食的沼泽飞起来，为这片风景增添了一丝几乎非人间所见之美。

接着，当我们在溪流中绕过第一个拐弯处，3只体形巨大的鸟儿便在我们的前面飞越水道，它们的体色呈阴影灰，赤裸的脑袋呈淡红色，有长长的双腿和嘴喙。跟那些飞翔时总是抽动脖子的鹭（heron）截然不同——这些鸟儿飞翔时直挺挺地伸展出脖子和双腿，古怪地呈现出一种僵直、呆板的外貌。它们跟我所见过的其他鸟儿都不同，我突然意识到，我第一次看见了沙丘鹤（sandhill crane），相比它那体形更大、几乎灭绝的兄弟美洲鹤（whooping crane）来说，尽管这种鸟儿并不那么罕见，却也非常稀少了，对于大多数鸟类学家，能看见它也算是一个重要事件。后来，我听到了它们发出的那种高昂的、喇叭似的音符："库克——啊——罗——欧——欧"，涟漪一般越过沼泽，犹如某种巨大的雨蛙（tree toad）的鸣叫。在这片沼泽中，这些鸟儿是最机警的动物之一，除了地面，它们从来不会歇落到其他任何地方，而且，它们还为附近其他所有的野生动物担当哨兵，用自己野性的音符来为邻居报警。

白眉食虫莺和小嘲鸫的下午之歌

在水道上行驶了几个小时之后，我们抵达了一个鱼鹰（osprey）的巢穴——在一棵高耸的柏树顶端，堆放着足足能装满一大车的树枝。在那里，我们离开了水道，使用一种古怪的三齿杆，即在这片沼泽中常常使用的那种撑船篙推动小船，沿着隐蔽的水路和秘密的记号，一路穿过沼泽深深的腹地，而在那里，到处点缀着数不清的小岛。就在此时，我几乎立即瞥见了另一种鸟儿——美洲蛇鹈（anhinga），对于我这个北方人，这种鸟儿很陌生，它还有一些别名，比如"水火鸡"（water turkey）或者"蛇鹈"（snakebird）之类。对于我，描述那种鸟儿的最佳形容词就是"狭窄"：它的背部又长又细，尾巴几乎长达30厘米，宽度却似乎不足5厘米，它那细长的身体赋予它一种奇异的、长矛一般的效果。美洲蛇鹈的常规飞行是振翅三次、翱翔一次。通常，在它受惊的时候，它就会不断盘旋而起，直到在天空中变成一个小点，但在其他时候，这种多才多艺的鸟儿会像鱼一样潜入水中，在水下游动。

刚刚经过第一只美洲蛇鹈，却不料我的向导和船夫——一个名叫庞吉·斯洛特（Pungie Slaughter）的杰出的猎熊人迷了路。他本来一直像一条线那样沿着蜿蜒、纠缠的水道而穿过这片沼泽的迷宫，此时却丢失了前进的路线，我们发现自己被一道覆盖着藤蔓的柏树之墙挡住了去路。我们在那些柏树之间弯弯曲曲地进进出出，突然就迅速拐进了一个隐蔽的小湖，这个小湖方圆大概只有12米，四周有密集的树木环抱，因此，直到我们漂浮在它那平静的水面上，我们才意识到它的存在。它就躺在那里，犹如一颗镶嵌在白金之中的海蓝宝石，如此孤寂而可爱地闪烁，以至我宁愿相信除了我们俩，这世上根本就不曾有其他人见过它的容貌。

午后金色的阳光穿过铁栏洒下来，我们头顶着阳光，久久地漂浮在水面上，一言不发。然后，我们终于极不情愿地掉转船头，朝着那个隐蔽的入口驶出去。而就在此时，从那个寂静的绿色池潭较远的岸上，一支充满水晶般清澈音质的歌响了起来，如水泡一般冒出，流淌着，还发出颤音，其中却具有一种高声回响的美妙，这让我想起了北方的水鸫（water thrush）的歌，因为我听到它在孤寂的森林中歌唱，那声音来自某棵翻倒的树木纠缠的根须中间，因此它的巢穴也肯定就在那里。然而，我在那片隐蔽的湖岸上听到的歌不属于任何鸫。因为在它的歌声深处，有某种奇异的抑扬顿挫之声，那是我从未在其他鸟儿的音乐中听到过的。那种音调在野性的旋律中结束，与多年前另一个美妙歌手的"在荒凉的仙境……迷人的魔幻窗扉"属于同一类。

此时，我们俩像寂静的石头一样，久久地坐在船上，希望瞥见那陌生未知的鸟儿的身影，然而它一直隐藏在我们的视线之外，躲在前面连绵铺展而去的那些纠缠的灌木丛中，始终不肯出来。然后，正当我害怕它会消失时，那个"歌手"竟然在水边的一丛纠缠的灌木中主动现身了。它的嘴喙暴露了它的身份：它是一只莺，但我从来不曾见过这种莺。它一度让我想起了那种脑袋上有条纹的食虫莺（worm-eating warbler），但这只鸟儿的眼睛上面有一道白色条纹，因此我最终确定它是白眉食虫莺（Swainson's warbler）。早在19世纪30年代，巴赫曼博士（Dr. Bachman）在查尔斯顿附近发现过这种珍稀的鸟儿，同时，他还发现了另一种以他命名的莺。就像以巴赫曼命名的那种莺一样，人们很多年来就再也没有见到白眉食虫莺的身影了，它几乎一直湮没无闻，直到19世纪80年代才被重新发现。这只白眉食虫莺的身体呈灰褐色，顶冠呈红棕色，而那条宽大的白线铺展在眼睛上面，且又贯穿眼睛而过，成为它最为显著的标志。

  当我们的这次旅行快要结束之际，夕阳犹如一粒巨大而炽热的红宝石，穿过树丛而闪烁。越过最后一片宽敞、开阔的沼泽，我们就来到了一片幽暗的柏树丛中。围绕着其中最大的那棵柏树转过去时，我们发现自己来到了一条隐藏水道的源头。那条水道很窄，几乎还不及我们的小船宽，但小船还是擦着两旁的灌木丛挤了过去，沿着那条水道向前推进了超过1.6公里，直到我们抵达那个秘密岛——这片沼泽所有未知岛屿中最美丽的小岛。

  就在我们登陆的时候，一只小嘲鸫（mocking bird）正唱着它的下午之歌，小嘲鸫堪称伟大的歌手，而此时我听到的是这种歌手中的一个杰出者的歌声，它赋予了最美旋律，因为我在它的歌声中数到了9个清晰的诗节，它才开始重复那支歌。同时，它也没有委屈自己去模仿其他任何鸟儿的歌声，因此它的歌独特、新颖。它那绚丽而悦耳的歌声让我不禁想起卡罗苇鹪鹩（Carolina wren）、褐弯嘴嘲鸫（brown thrasher）和美洲雀（cardinal grosbeak），它有着完全属于自己的一套"措辞"，展现出专属于自己的音律之美。

秘密岛的看守人比利大叔

那只鸟儿还没唱完,秘密岛的看守人比利大叔(Uncle Billy)就出来迎接我们了。他身材矮小,身高不及 1.5 米,嘴唇上面长着一撮颇具尚武精神的白色小胡子,一头竖起的白发,一双蓝眼睛充满渴望,嗓音柔和。他一次要在这片沼泽中生活好几个月,而且看不见一个人,因此看见我们很高兴,我们几乎立即就成了好朋友。他有一座小木屋,距离那座位于两棵槲树(live oak)之间的小平房大约 90 米,而我就待在那座小平房里面。他、庞吉和我大显身手施展厨艺,做了一些相当可口的美食。

"不是那样的,"晚饭之后,我们围坐在比利大叔平常用来烹调的小火炉旁,他说道,"我在这里没有时间去孤独。因为我总是需要那么多时间,去观察岛上来来往往的飞禽、绽放的花朵和形形色色的走兽呢。有时候,我还怕自己几乎没法跟上这些动植物的脚步呢。是的,"他继续说道,"我在这片沼泽生活了大半辈子,我想我会死在这里。我曾经离开这里去外面待了很长很长时间,为的就是看看我是否能习惯外面的生活,可是我在外面一分钟都不快乐,直到我回到这里,才开心起来。"

"比利大叔,你在外面待了多长时间呢?"我问道。

"就待了两天。"他回答。

在他的小木屋前面,我们坐在一条小小的长凳上,此时,柔和的黑暗犹如一种染色剂,正越过沼泽慢慢铺展开来,我能看见猎户星带（belt of Orion），那个强劲有力的猎人就在头顶上闪烁，参宿六（Saiph）那颗剑星（Sword Star）就在它的旁边，天狼星（Sirius）在犬星（the Dog）那凶残的双腭中闪烁着绿色的光芒。然后，就在那个星座下面，我瞥见了一颗靠近地平线边缘的陌生的未知的星星——在我的一生中，我初次看见了伟大的老人星（Canopus），就是那颗野性、亮蓝色的沙漠之星，只有在我们最南边的那些州里，才能看见它。

正当我们谈兴正浓之际，一群佛罗里达横斑林鸮（Florida barred owl）开始在远处呜呜地鸣叫起来，它们的音符听起来有些奇怪，就像是某只大狗发出的那种调子深沉的吠叫："呜——呜——呜——呜——啊。"突然间，那群横斑林鸮迸发出了完美的合唱，不过那种尖叫听起来真的让人有些不寒而栗，犹如基督徒越过死荫谷①（Valley of the Shadow of Death）的时候，听到从远处传来的那帮恶魔的声音。

随后，越过这个仅有800来米宽的狭窄的岛屿，这片沼泽黑暗的深处，传来了一阵深沉的、隆隆的吼叫声，那声音的末尾带着一个打鼾的音符，那是一种野性得难以描述、充满威胁、傲慢自大的声音。

"那是一只成年的雄性短吻鳄，"比利大叔解释道，"它是这片

---

① 《圣经》中的地名。

沼泽中最大的动物,就听听它这样吼叫吧。"在那条巨大的蜥蜴调子般深沉的咆哮之下,地面再次颤抖得厉害,爬行动物对哺乳动物的挑战,几乎就像狮子的咆哮一样颇具威胁。

终于,到我上床睡觉的时候了。

"等一下,我给你点一盏提灯。"老头说道。

"比利大叔,我不需要提灯,"我向他保证,"我只不过要步行90来米而已。"

"小子,"比利大叔认真地说,"路程是不远,但如果你不带提灯就去那里,你很可能就到不了那里。你看见墙上的那张皲裂的蛇皮了吗?"他指着一张华丽的菱背响尾蛇(diamond-back rattlesnake)的皮对我说。我定睛一看,那张蛇皮宽若我的双手,尾部有 21 个响环和一个芽状物。"喔,"他继续说道,"响尾蛇的宝宝会在夜间出来捕猎。我曾经在天黑之后沿着你要走的那条路前行,却不料听到了一阵嘎嘎声,那声音似乎来自我的四面八方,我只得一动不动地站着,就像冻僵了一样,同时大声呼唤跟我待在一起的里德·切塞尔赶快过来帮我。他闻讯立即就举着一支火把跑出来,我借着火光才看见,就在我前面不到的一米之处,拥有这张皮的那条蛇盘卷着。里德尽可能迅速地行动,但如果你让我来处理,就要快得多,因为在我看来,他的行动太慢了,仿佛花了 21 年才到达那里。他挥动火把,击中了那条老蛇,砸断了它的背脊。要是那条老蛇发出警告之后,我还向前移动一寸,那么,今夜我就埋葬在地下一米之深的地方了。"

"他说得对，"庞吉也对我忠告说，"你就拿一盏提灯吧，当你穿越那片矮棕榈（dwarf palmetto），你会高高地并骄傲地迈步的。"

无须说，我就拿上那盏提灯，很可能比任何拜访过秘密岛的人都更高、更骄傲、更缓慢地迈步走过去。

正当我抵达我要睡觉的那座小房子时，幽暗的淡紫色天空上闪烁着一丝光亮，一轮沉闷的橘黄色月亮的边缘，在幽灵般的槲树上空非常缓慢地、徐徐地向前推进。当它在天上渐渐升高时，树木在乌贼墨色和银色的水面上显现出黑色剪影，一种寂静的、非人间所见的美犹如一层薄雾，铺展在整个风景上面。

当我坐在门廊最高一级台阶上，难以置信地盯着那可爱的景色在我前面铺展开来的时候，那在薄暮时分欢迎过我的同一只小嘲鸫就展开了歌喉，开始低沉而充满睡意地唱了起来。接着，随着月亮爬上天空，它的歌声更加响亮。那一夜，在淡淡的金色月光中，它那野性的、悦耳的节奏在我耳际颤动，我沉沉入眠。

两度遭遇短吻鳄，有惊无险

第二天一大早，当晨曦刚刚开始穿过被遮蔽的树木透出光亮时，我就被另一只鸟儿的歌声唤醒了，那只鸟儿的歌声完全不同于小嘲鸫的歌，而且在其响起的过程中听起来要迷人得多。当时，从靠近房子的一棵巨大的湿地松（slash pine）顶端，传来了一种精致、柔和、纯粹的旋律，那种声音完全具有长笛般的特质，与飘过渐渐暗淡的北方牧草地的那种田雀鹀（field sparrow）之歌并无二致。这种音色中，也有你在隐夜鸫（hermit thrush）的歌声中听到的某种哀婉和精神性质的东西。于是，我赶紧穿上衣服溜出门去，确定了那个未知的歌手是一只松林雀鹀（pine-woods sparrow）——在它那个大家族中，它是最美丽的歌手之一。当光线渐渐亮起来，它就飞走了。尽管我仅仅在那天早上听到了它的歌声，但它那清澈的、水晶般透明的歌声至今还萦绕于耳际，成为我对这片沼泽的最佳记忆之一。

那一天，当我们越过沼泽中的大草地时，一只身材细长的暗色动物从一个小岛上匆忙溜进水中。当它迅速穿过灌木丛运动的时候，它那长着软毛的沉甸甸的身躯蜿蜒着前行，以至似乎在地面向前流动。庞吉确定那是一只水獭（otter），它在浅水中游动，我们顺着它从水里冒起来的那串气泡追逐了很久。

当太阳升高，沼泽渐渐温暖起来的时候，庞吉突然指着一个大约方圆3米的水潭，原来在水潭边上晒白的草丛中，有一团黑乎乎的东西。我举起望远镜对准那个地点，艰难地辨认出了那是一个巨大的锯齿状躯体的轮廓，黝黑得犹如死神。对于我，那个怪物般的身形上，有某种令人厌恶的东西——也许那是一种本能，是从很多个时代之前传下来的，那个时候，在原始的龙一般的动物中间，哺乳动物不过是逃命者和弱者。

当我们靠近那里，我能看见那只巨大的短吻鳄闭着眼睛。庞吉把船篙悄无声息地放进水里，迅速向前推动小船。突然，就在我们距离它还不到9米的时候,一只乌龟从一根木头上扑通一声溜进了水里。随着这个声音响起,那只短吻鳄脑袋上的两只阴暗的、深不可测的眼睛睁开了,难以捉摸地盯着我们。接着,那只鳄鱼便用它那弓形的四腿抬起身子,看上去很笨拙,但其实,它那貌似笨拙的形态掩盖了它真正迅疾的身手。

我曾经见过一只蟾蜍接近一只昆虫,而那只昆虫丝毫没有感觉危险的临近。那只蟾蜍对其捕猎时并不是一跃而起,而是迈着弯曲的四腿偷偷潜近,其动作鬼鬼祟祟、迅疾而又颇具威胁性。此时,当我观察那只短吻鳄移动的时候,它就让我想起一只猎食的巨型蟾蜍:它那弯曲、绷紧的四腿承受着躯体,可以出人意外地迅速向前射出,当我观看之际,我开始庆幸自己距离它很远,庆幸自己置身于它那黝黑的双颚所能攫取的范围之外。

又过了片刻,那只巨大的爬行动物就抵达了水潭边,溜进水里,溅起的水声很低,不过是麝鼠(musk-rat)发出的轻微的声音。一会儿,它的鼻端和两只凸出的眼睛就露在水面上,接着就消失了。

我们与这个沼泽地的黝黑之王第二次相遇,是在开阔的水域上,当时,在前面的某段距离开外,我们看见有某种东西,似乎是一根沉没的木头上的两个瘤节。

"那是一只成年的雄性短吻鳄,体形庞大。"庞吉说道。当我们接近的时候,那两个黑色的点状物突然消失不见了。庞吉立即弯下腰,直到把脑袋靠近水面,发出几声深沉的嘟哝声,模仿发情的短吻鳄发出爱情音符。随着庞吉的声音响起,那两个不祥的瘤节立即重新浮出水面,却在小船接近时重新潜入水下。

"让我拿着船篙去戳它一下吧,也许它会重新浮上来的。"我鲁莽地说道。

"现在我可绝不会去戳雄性短吻鳄了。不过,要是你喜欢的话,就去戳吧。"庞吉的话里明显带有反对的意味。

由于无知的愚蠢行为,也由于相信潜水权威人士声称短吻鳄绝不会攻击人类的说法,我就把船篙戳了下去,戳到隐藏在棕色的水下的那个怪物脊状的背上,发出刺耳的摩擦声,希望它会再次浮出水面。很快,它就果真浮出来了!当我刺戳那脊状的背部时,那只短吻鳄就像一枚深水炸弹那样,突然在我的身边爆炸般地跃出。伴随着巨大的溅水声,它弯曲着3米长的身子,以迅雷不及掩耳之势射出水面,犹如一条破水而出的黑鲈鱼(black bass)。我瞥见了它的尾巴不断地拍打,然后它那残忍的双颚就猛地咬合在一起。它距离小船如此之近,以至这个庞然大物猛然落回水里时,溅起的水花洒了我一脸。

庞吉见状,立即显示了自己迅速的行动。

"这可不是适合你我待的地方。"他一边解释道,一边从我无力的手中迅速夺过船篙,猛地一推,就让小船箭一般射到了远处,距离那只短吻鳄留下的大片泡沫有十几米远。再行驶了大约45米,他才让小船停下来,一脸严肃地盯着我。

"你再也不要那样干了,"他带着命令的口吻对我说道,"那只成年鳄鱼在咬你的手呢。要是它咬住你的手,它就会把你拖下去让你不断翻滚，直到你被淹死为止。接下来，它会把你藏在某一道堤岸下面，把你稍稍泡软之后，就把你吃掉。你今后再也不要去戳弄鳄鱼了。"

"好的，庞吉，"我气喘吁吁、惊魂未定地说，"要是你有那样的感受，我就再也不会那么干了。"从此以后，我的确就再也没有那么干了。

随后，庞吉告诉我，他跟海豚（porpoise）相遇的一次相似的经历。

"海豚就像鳄鱼一样，"他说道，"它们都具有一种突然性。有一次，我跟泽布·卡勒（Zeb Kahler）在里姆海峡（Limb Sound）钓鱼，看见两只海豚朝我们游过来。它们一如既往地在小船下面游动，我告诉泽布说我要用船桨去戳其中的一只海豚。'别那样干。'他警告我，但是我没听劝阻，还是那样干了。那两条海豚都有约3米长，我戳到了前面那只海豚肥硕的后背上。接下来，我们所知道的一切，就是我们躺在四五米远的一片平坦的泥淖地里，我们的小船则被抛到了更远处，而且还翻转了过来。原来，那两只该死的海豚在我们下面陡然上升，把我们和小船及其他东西都抛到了空中，甩出了大老远，我们仿佛是遭到了一枚鱼雷爆炸性的攻击。"

行进之际，一条大毒蛇落到了船上

就在我们遭遇短吻鳄的第二天，我再度历险，遇到了另一种爬行动物，对于我脆弱的神经而言，这次历险可以说比遭遇鳄鱼更难以对付。当时，庞吉和我正在努力搜寻通往布加布岛（Bugaboo Island）的小径，由于人们盛传那个岛上有鬼魂出没，据说还能发现象牙嘴啄木鸟，因此就吸引我们前往。当庞吉推着小船穿过灌木丛边缘的时候，我坐在船头，低着脑袋观望附近。而就在此时，我的身后砰地响了一声，仿佛有人把一截消防水管扔到了小船上，我很快就听到庞吉在喘气。接着，从我的背后传来了一个可怕的声音，那个声音让但凡是正在分娩的人都不可能无动于衷——一条蛇凶猛、密集的嘶嘶声。我侧首望过去，看见一个怪物般的蛇头，那条蛇从不到30厘米远的船舱底部缓缓抬起身子。正当我那样无助地盯着它时，它那残忍的嘴巴就慢慢张开了，露出白色的衬里——那就是令人恐惧的食鱼蝮（cottonmouth water moccasin）的典型特征。这条蛇原本盘卷在一丛灌木的枝条上晒太阳，但由于我们临近时发出了响动而受到惊吓，所以试图溜进水里，却不料直接落到了我们的小船上。

这是我所见过的最大的水蛇，身子足足有1.5米长，比我的前臂还要粗，身体呈暗棕色，沿着背部微微露出黑色的大斑。

此时，我的手中空无一物，我的双腿所能展开的空间如此局促，因此，我要是试图站起来，无疑会掉下船去，而且那条蛇距离我如此之近，只要我有任何移动的企图，都很可能招致它那可移动的、弯曲的毒牙的攻击。我已经看见，那对毒牙在它上颚的白色牙龈中隐隐地显现了出来！

我非常安静地坐着，侧首观察身后的那条大蛇。它距离我如此之近，以至我都能清楚地看见它的脑袋了：在它的鼻孔和眼睛之间，有一个古怪的颊窝，响尾蛇和铜斑蛇（copper-head）的脑袋上也有同样的颊窝，正是因为这样的特征，这个致命的毒蛇家族才得名为"颊窝毒蛇"（pit viper）。那玻璃一般、没有眼睑的眼睛具有古怪的椭圆形瞳孔，那也是毒蛇的典型特征，那瞳孔流露出一种无情的威胁表情，更大的食肉动物被激怒时，眼里闪烁的凶猛的怒视，与这种威胁并无二致。

一般来说，菱背响尾蛇更容易受到刺激，在相似情况下无疑会主动攻击我。而食鱼蝮，尽管在被接近的时候会张开嘴巴、嘶嘶作响，但除非它确确实实被触及，一般很少会主动发起攻击。那条体形硕大的冷血动物一度掉头朝着庞吉发出嘶嘶声，而庞吉则紧握着船篙，就像随时准备好打破纪录的撑竿跳高运动员一样。在我看来，我似乎一动不动地坐了很久，直到那个具有白色缎子般的衬里和发出威胁的嘴巴终于合上，那个巨大的心形脑袋才越过船舷，那怪物般的身子紧随其后，光滑得如同油一般地滑下去，几乎没有搅起一丝涟漪，就消失在水中。

几分钟之后，庞吉才向我吐露："尽管大型公熊发起冲击时会咬牙切齿，撞倒灌木丛，让有些人会惊慌不已，但我并不在乎熊。

然而,一条成熟的大型响尾蛇或者食鱼蝮,却每次让我厌恶不已,它们看起来何其来者不善!"

在回去的路上,我们来到了一棵柏树前,那棵树早已经枯死了,白得犹如白骨。在它的一根枝条上,6只黑美洲鹫(black vulture)栖息成一排,这是我平生第一次看见这种冷酷的鸟儿。尽管黑美洲鹫比红头美洲鹫(turkey vulture)的体形要小一些,翼展也要短一些,然而它的身体更重。即便是我们靠近,那6只黑美洲鹫也不曾流露出一丝惊慌的迹象,却犹如一群黑色的女巫,用红眼睛专注地盯着我们,审视着我们的一举一动。

在那些黑美洲鹫那边,我们发现了一个被树木荫蔽的水潭,庞吉让我深深地畅饮了一口著名的奥克弗诺基之水,那种水呈现出浓郁的金棕色,尝起来具有一种柔和的、芳香得有些奇怪的味道。饮了这种水几天之后,我就开始喜欢上它了,甚于喜欢其他地方的水。在那个世纪的早些时候,远航的风帆船的船长们曾经常常前往圣玛丽河①(St. Mary's River)的上游,用大桶盛满那里的水,而那种水就是从这片沼泽中冒出来的,在他们为期两年的航程结束时,那种水依然纯净如初,适合饮用。

在这片大沼泽的腹地,在这个隐蔽的岛屿上,我度过了几天几夜,但时间实在是过得太快了。其间,我还去垂钓,而那样的垂钓是我在陆地上始终无法期望的:大嘴鲈(large mouth bass)、

---

① 美国东南部河流,流经佐治亚和佛罗里达两州,全长203公里,注入大西洋。

鳊鱼（bream）、黑鲸（blackfish）与河鲈（perch）一一被我钓了上来。对于我，这里的花朵和树木十分新奇，而且都美得不可思议，到处有形形色色的南方鸟儿——红腹啄木鸟（red-bellied woodpecker）、灰蓝蚋莺（blue-gray gnatcatcher）、蓝翅黄森莺（prothonotary warbler），所有这些鸟儿呈现出灰色和金色，还有大量其他鸟儿。它们的歌声和习性都很独特，让人愉快连连。

然后，告别的那一天很快就到来了，我不得不离开那些孤寂的荒野，返回城市，继续生活在温顺的人们中间。

"我希望，我希望你在这里跟我待上一个月啊，"临别时，比利大叔满怀惆怅地说道，"我们可以度过一段美好的时光，一起观鸟、赏花和寻找野生动物。"

"比利大叔，我会回来的。"我向他保证。

"是的，"他说道，"一旦你饮用了这片沼泽的水，你就始终会回来的，但是——当你来的时候，我可能不在这里了。"

第 3 章 寻找黑头威森莺

The Quest of the Wilson Warbler

"美国鸟类学之父"亚历山大·威尔森长眠在费城的教堂坟茔间。众多鸟儿以他命名,其中尤以黑头威森莺最为珍稀难觅。阳春三月,形形色色的小鸟在校园歌唱:灰冠虫森莺、多种霸鹟和莺雀、美洲雀、玫胸白斑翅雀、猩红丽唐纳雀、靛彩鹀……前往荒野,美洲鹑、麻鸭、白喉带鹀、白冠带鹀频频闪现,而悬垂于小溪之上的树上,十几种莺形成了伟大的浪潮,叽叽喳喳。寻找旋木雀之际,隐夜鸫和棕林鸫同时歌唱,北美黑啄木鸟也一度出现。不经意间,一只寻觅多时的黑头威森莺轻快地掠过、歇落,但其巢穴始终难觅。我在加拿大海岸的泥沼中,不断发现北极三趾啄木鸟、黄桐莺、栗胸林莺等珍稀鸟类的巢穴,却依然不见黑头威森莺的巢穴。最终,在苦苦追寻了7年后,才在缅因的福尔斯角得以发现……

漫天飞雪中拜谒威尔森之墓

这是一个雾霭弥漫、漫天飞雪的日子。我穿过费城南部一个被遗忘的区域，路过那些没人讲英语的院落和街道，一路前行。人行道上，挤满了售卖生乌贼、黑奶酪和其他奇怪食物的摊点。

我从木匠角（Carpenter's Corner）经过时，那里有一座建于另一个世纪、破败的砖砌射击塔，还有6条交通繁忙的街道在那里交会。最终，我来到老瑞典人教堂（Old Swede's Church），这座建筑在坟茔间，那盖着盖木瓦的尖塔和具有3个箭状物"窥视"着外面。

一个废弃工厂的破窗犹如颅骨上空洞的眼窝，盯着下面小小的教堂墓地，一大片枯藤从砖墙上垂下来，拖曳着越过古老的黄杨木（boxwood）。

墓园中，四周环绕着一块块下陷的墓碑，经过一番搜寻，我终于找到了那座坟墓。它以一大块崩落的石头筑成的箱形纪念碑为标志，在纷飞的大雪中，我刚一擦掉铭文上的积雪，飘雪又迅速将其重新覆盖了起来。然而，我辨认出这些铭文标明了那个不安的人——亚历山大·威尔森（Alexander Wilson）的长眠之地，这位美国鸟类学之父于"47岁时死于痢疾"。飘雪如此迅疾地落下来，以至于我只能隐隐约约地辨认出那个长长的拉丁铭文最后的字句，它以"ingenio"开头，以"doctis"结尾。

墓志铭没能阐明威尔森的具体事迹：他没有钱，不曾受过教育，也没有朋友，却用了10年的时光来收集、描述、绘画美国东部大多数的鸟类。然后，他非常辛苦地工作，攒钱来出版他的九大卷劳动成果，后来他因为穿着衣服游过河流，去探寻他最后珍稀的鸟类而不幸去世。

当我说他没有朋友的时候，我其实错了。要知道，在亚历山大·威尔森去世之前，他就已经结识了265位朋友——那些空中的小兄弟，他追踪、研究它们的生活，跟它们一起常年生活在野外。其中一些鸟类朋友至今还以他的名字来命名，比如以"威尔森"为前缀的海燕（petrel）、沙锥（snipe）、燕鸥（tern）、鸻（plover）、瓣蹼鹬（phalarope）和棕夜鸫（veery）或者威尔森鸫（Wilson thrush）——这种鸟儿唱出的旋律十分优美，无疑是鲁特琴弹拨出来的声音。

然而，在所有这些鸟儿当中，他最珍爱一种鸟儿——其热爱程度远胜于其他鸟儿，那就是至今依然以黑头威森莺（Wilson warbler）而知名的绚丽小鸟。

校园的灌丛和树木上，挤满了小鸟

在拜谒了威尔森之墓之后的3月20日，我就初次遇见了他的那个最好的朋友。那一天，我和另外3个爱鸟者展开了我们最喜欢的游戏，即在一天之内，尝试打破看见和听见鸟儿数量的纪录。

我在生活中的一些最令人愉快的记忆，就是那些在春日里整天散步的记忆，那样的步行充满了与新到来的鸟儿的奇遇，充满美好的交谈、美好的情谊和在幽暗的树林深处潺潺的小溪畔美妙进餐的回忆。

那一天刚刚破晓，我们就在一个小学院的校园里碰头，在那里的灌木丛和大树中间，在学生们还没有起床之前，我们习惯于去寻找鸟儿中伟大的珍宝。

那天早晨，我们沿着一条小径前行，道路两旁生长着一丛丛荚蒾（viburnum），在冬天，鸟儿就以这种植物枯燥的蓝色浆果为食。此时，我们听到一支响亮的鸟儿之歌："奇普——奇普——奇皮——奇皮——奇皮。"片刻之后，我们就看见了那个歌手——一只顶冠呈灰色的鸟儿，它的外表看起来颇像红眼莺雀（red-eyed vireo），然而，没有哪种莺雀能唱出这样一支歌，或把嘴喙张得如此之大。片刻间，我们大家都困惑地盯着那个新来者。接着，我们这个四人当中的领头者突然虔诚地宣布，那是灰冠虫森莺（Tennessee warbler），当然，那的确是灰冠虫森莺。

这是我们大家初次遇到那种珍稀罕见、颜色朴素的鸟儿，它在迁徙中经常被人们忽视，因此对于它繁殖后代和筑巢的习性，当时鲜为人知，于是我们愉快地花了一刻钟，久久地认真地研究了它的外貌和歌声中的每一个细节。

于是，灰冠虫森莺成为我们美好的名单上的第一种鸟儿。接下来，我们认出了一种又一种较为常见的鸟儿，在一个寻常的观鸟站点——一棵粉红色的西洋栗树（horse-chestnut tree）上碰到了一只蜂鸟，还在一棵针栎（pin oak）上发现了一小群霸鹟（flycatcher）。从那些小鸟当中，我们认出了小纹霸鹟（least flycatcher）、绿纹霸鹟（Acadian flycatcher）或绿冠霸鹟（green-crested flycatcher），仅仅凭借前者灰白色的覆尾羽和后者淡黄色的覆尾羽才能辨认出来。而且，小纹霸鹟似乎很善良，鸣叫了好几次，从而提到了自己的名字："切贝克，切贝克。"

此后，我们又一一碰到了各种莺雀：红眼莺雀无处不在；一只蓝头莺雀（solitary vireo）默默地穿过一棵大树的顶端；歌莺雀（warbling vireo）从一棵柳树顶上唱起它那机器般的小歌，那歌声多么类似紫朱雀（purple finch）；白眼莺雀（white-eyed vireo）在一片沼泽密丛中爆发性地歌唱着"奇普，维——呜"；黄喉莺雀（yellow-throated vireo）则在一棵巨大的白栎上发出它那中音音符……

那棵树，伸展范围达到了 30 米，孤零零地在一条通往那座古老的"朋友聚会之屋"的小路附近，对于爱鸟者来说，它依然是那棵珍宝树。那一天，在它的枝条上面，我们发现了一只美洲雀，其顶冠和胸脯呈现出一派深红色，而在它的附近，它的北方兄弟玫胸白斑翅雀（rose-breasted grosbeak）则唱起了柔和的颤音，它因为其身体带有玫瑰红的斑点而得名。附近，一只猩红丽唐纳雀犹如绿叶间燃烧的煤，如同嘶哑的知更鸟（robin）一样歌唱。接着，为了给那棵树增添缤纷的色彩，一只身披橘黄和黑色的黄鹂（oriole）从上层枝条发声，朝下面鸣叫出欢乐的女低音音符，而在顶部的一根枝条上，一只浑身呈深蓝色的蓝鸦（indigo bird）唱起那傻傻的小歌，还有一只金翅雀（goldfinch），发出那悦耳的、金丝雀（canary）一般的鸣叫……

前往荒野，巧遇伟大的莺类浪潮

到我们离开校园和那棵魔幻之树的时候，我们已经在鸟类名单上记录下了 60 种不同的鸟儿，而此时还是早晨，时间尚早，我们便出发走向荒野。在前往狐狸谷（Fox Valley）的路上，我们听见了一只黄嘴美洲鹃（yellow-billed cuckoo）发出空洞的音符，还在那个小小的山谷中，瞥见了另一只黄嘴美洲鹃，其尾羽末端有小小的白色斑点，而不是较大的斑块，那就是这种鸟儿的典型特征。不仅如此，我们还看到了第一只黑嘴美洲鹃（black-billed cuckoo）——在哈弗福德市，我们都曾见过这种鸟儿。

当我们穿过蕨谷（Fern Valley），一只大型的栗色鸟儿突然从小溪边迅速飞腾而起，同时还发出一声嘶哑的鸣叫，慢慢拍动宽大的焦黄色的翅膀飞走了，于是我们成功地记录到那是美洲麻鸭（American bittern）。这种鸟儿喜欢把黄色的嘴喙直挺挺地指向天空，从而把自己伪装成立在深深的草丛中的一段木桩。那一天的晚些时候，我们还听见它发出的隆隆叫声，那声音就像在地下冒泡一般，也犹如一只大桶往地下倒水的声音。

一路前行，我们来到了废弃的铁路，对于我们，这条铁路可以成为方便的途径，引导我们穿越那片鸟类繁多的美好乡野，此时，我们看见了一小群鸟儿在一小块光秃秃的地面上进食。其中的大多数是那种有白色条纹越过脑袋的白喉带鹀（white-throated sparrow），但有一只看起来与众不同：它的脑袋不像其余鸟儿那样向后倾斜，它身上的那个条纹为白色，它的眼睛上面也没有黄线。

"白冠带鹀（white-crowned sparrow）！"我们异口同声地叫了起来，那确实是白冠带鹀，是我们所见的第一只和最后一只，因为尽管这种鸟儿在其他地方并不罕见，但它的迁徙路径并不在费城附近，因此在本地十分罕见。

我们满怀着极大的兴趣和愉悦感，久久地观察着这个落伍者。从构成一生的大约1600万分钟里，那些以新的鸟儿作为标志的时刻，始终在我的记忆里栩栩如生地闪烁。

在位于小溪上空大约15米处，我们踏上了一座铁路高架桥，越过潺潺流淌的达比溪（Darby Creek）的时候，我们一如既往地感到疑惑：要是突然看见一个火车头绕着曲线、拐过弯道而驶来，我们会有什么样的感受呢？幸运的是，很多年来都没有火车行驶在那条铁路线上了，因此我们安全地抵达了较远的对岸。

就在对岸，我们有幸遇见了那一天的莺类浪潮：在岸边，一些树木弯曲下来，悬垂在小溪之上，枝叶间挤满了那些体色五彩缤纷的小鸟，到处响着它们细微的歌声，此起彼伏，不绝于耳。其中不乏森莺（parula warbler）、黄腰白喉林莺（myrtle warbler）、黑喉蓝林莺（black-throated blue warbler）、黑喉绿林莺（black-throated green warbler）、黄莺（yellow warbler）、纹胸林莺（magnolia warbler）、加拿大威森莺（Canada warbler）、黑白森莺（black-and-white warbler）、白颊林莺（blackpoll warbler）——发出它们高昂的、玻璃一般的音符，而其中的栗胁林莺（chestnut-sided warbler）露出白色的脸颊……在仅仅800来米的路段上，我们就认出了不下14种莺。它们当中，有两种莺始终比其他莺要醒目。第一种是橙胸林莺（blackburnian warbler）——在它发出细如金属丝的音符、轻快地掠过树叶间之际，其橘红色的胸脯如同一块燃烧的煤而闪烁；另一种是罕见的栗颊林莺（Cape May warbler），即那种绚烂的、美丽的小莺，它有黑色的顶冠，眼睛后面有一块橙褐色，胸脯为绚烂的黄色及黑色。对于我们大家来说，栗颊林莺并不新奇，但它的来临始终是一个重大事件。与灰冠虫森莺一起，这种莺的出现，意味着我们在一天之内就遇见了两种珍稀的莺。

我们沿着一条隐蔽的小山谷前行，山谷的上端有泉水，一条涓涓细流从中流出，溪流两旁柳树丛生。正是在这些柳树丛中，我第一次看见了威尔森最珍视的那个朋友。当它掠过我的时候，其明亮的身体在绿叶间迅速移动，因此它宛若一只被擦亮的黄金之鸟。之后，随着它脑袋的移动，我看见了威尔森绘画时戴的那顶小小的黑帽。它的体形与栗颊林莺大致相仿，比大多数莺的平均体形要小一点儿。它一度还停下来歌唱，那歌声有点儿像黄莺的歌声，只是要简短一些，结束时会发出一阵难以描述的、水花般迅速洒开的音符。

这种鸟儿的整体性格如此活泼、迷人且愉快而自信，以至我当即就对它产生了喜爱之情，这种情感从那时持续至今，因此，我就很容易理解威尔森——那个忧郁的苏格兰人，相比其他任何鸟儿，他为何会更加关爱这种鸟儿的原因。

在新泽西巧遇北美黑啄木鸟

吃完午餐后，我们各自的鸟类名单上都有 80 种鸟儿了，于是大家就分开各自行动。其中有两人回家了，我们剩下的两人就选择整天都待在野外寻鸟。到了下午，我在我的名单上增加了翠鸟（kingfisher）、黑鸭、巨翅鵟（broad-winged hawk）和栗胸林莺（bay-breasted warbler）——那是一种体色暗淡而美丽的鸟儿，其颜色为黑色、米色和栗色。这样，我的鸟类名单上就有了84种鸟儿；我的朋友则发现了黑枕威森莺（hooded warbler）、山雀（chickadee）和牛鹂（cow-bird），他的名单上则达到83种鸟儿。另一个寻鸟者在兰科卡斯溪（Rancocas Creek）的独木舟上度过了白天，他成功找到82种鸟类。因此，我发现的84种，成为那一年在费城周边的最佳寻鸟纪录。然而，对于我来说，这个名单中最大的亮点，无疑还是那种金绿色的黑头威森莺（black-capped Wilson warbler）。

那是一个银灰色的日子，天上倾斜地下着暖和的春雨，我遇到了我的那个金色的朋友。当时是在新泽西北部，我们三人穿过一片泥沼缓慢地前行，搜寻美洲旋木雀（brown creeper），那种灰褐色小鸟具有长长的、弯曲的嘴喙。它始终围绕树干盘旋而上，然后飞下来，而且，它的筑巢之处也很特别，往往在那些最令人厌恶的沼泽深处，位于那些被水淹死的枫树的一块块松弛的树皮下面，而对于这样的地方，它自己却信手拈来且来去自如。

在一条凝滞的小溪旁，我观察一只金色的胸脯非常可爱的鸲（chat）。它正在捕食，只见它把锋利的嘴喙穿过一窝黄褐天幕毛虫（tent caterpillar）构成的黏糊糊的网状物，如此连续不断地出击，迅速吞食了那些蠕动的虫子，以至于我开始有些担心它的健康了。到那时为止，对于隐藏在我们的苹果树和樱桃树上的这些祸患，我还总以为杜鹃（cuckoo）是唯一以它们为食的鸟儿呢。

突然，我从远处听到了一只隐夜鸫缥缈的音符，那声音高亢而又悦耳，难以描述，犹如某个无形精灵的歌声。接着，近在咫尺，响起了棕林鸫（wood thrush）那深沉的风琴音调。尽管我在康涅狄格的戈申的泰勒湖（Tyler's Pond）畔听到过棕林鸫、隐夜鸫和棕夜鸫（veery）同时在一起歌唱，但极少人才有机会听见这两种鸫在一起歌唱。

那一天，那两只鸫在沼泽中唱完了二重奏之后，一只马里兰黄喉地莺唱着"巫术——巫术——巫术"，接着，传来了一只金翅虫森莺（golden-winged warbler）那较为罕见的嗡嗡作响的音符。

有好几次，从这片沼泽的深处，我都听见了一种鸟鸣，那声音听起来就像扑翅䴕（flicker）的鸣叫，只是更为野性，结尾处有一个骤然的"喻克——奥"的声音。当它第三次响起的时候，我暗自思忖，要是在更远的北方，我无疑就会相信自己在聆听那种华丽的鸟儿——北美黑啄木鸟（pileated woodpecker）的鸣叫。

片刻之后，我就看见远处有一对黑白的大翅膀在拍动，一只体形大得近乎乌鸦的鸟儿，脑袋和顶冠呈猩红色，栖落在一棵枯树上。在那里，在我那愉快的眼睛前，正是我一直在想着的那种啄木鸟，尽管我曾经宣称在新泽西不曾见过北美黑啄木鸟的身影，但它还是真真切切地出现在这里。

尽管如此，最好的奇遇还没有来临。正当我观察那只啄木鸟时，它就飞越了一条小溪，栖落在一根枯死的黑白蜡树的树桩上，那根树桩上有一个洞孔，距离地面大约有9米——在我诧异的眼神前，也许那就是新泽西第一个被报道的北美黑啄木鸟的巢穴。过了一会儿，我的头上就响起了一阵翅膀迅速拍击的声音，紧接着，一只雌性北美黑啄木鸟飞进了那个洞孔，它拥有猩红色的头顶，但缺乏红色冠冕和面颊上的条纹。

我赶紧呼唤同伴过来观看，我们久久地、满怀欣喜地看着那个巢穴。收藏家赶紧催促我上前，于是我借助于攀登脚扣和一根毒常春藤（poison-ivy vine），尝试抵达那个巢穴去观察，却无功而返。当我们最终离开那棵树的时候，那对体形硕大的啄木鸟同时发出了一种嬉闹的、嘲弄的合唱："喻克——喻克——喻克——喻克——奥。"

那只黑头威森莺从树叶间注视我

随后，我离开其他人，沿着缓慢流淌的棕色小溪独自前行，穿越这片沼泽深深的腹地，最后来到了一道干燥的堤岸上。在那里，苔藓覆盖的树木露出根须，四处纵横，支撑并构成了那道堤岸，因为生长着野生铃兰而呈现出一派洁白色。紧靠在我的旁边，是一片簇拥着扁平的、淡绿色叶片的高贵紫萁（regal fern）。

一群丝雀（siskin）飞过，发出那金丝雀一般悦耳的鸣叫，一只黑鸭在下游嘎嘎鸣叫，远处，一只赤肩鸶（red-shouldered hawk）发出那种拉长声音的尖叫，到处响起雨蛙那高昂的、悦耳的声音。接着，一只披肩榛鸡（ruffed grouse）的声音犹如遥远的雷霆，鼓点一般隆隆作响，与此同时，紫朱雀那清澈可爱的鸣啭从头顶上飘了下来。

我的前面有一大蓬草，那些新生的草丝呈现出浅绿色，细小的白色紫罗兰则星星点点，这种小花具有洋红色的腹心。在那些紫葚中间，我看见那种珍稀罕见的兰花——生长出一根茎的皇后杓兰。可惜眼下还不是开花季节，但它那宽宽的、带有脊状的绿叶，多像火烧兰（marsh hellebore）的花朵，这一点是无疑的了，我希望自己能在6月份回到这里，看看它那纯白色的十字形萼片，在那海贝一般具有凹槽的玫瑰红唇瓣上面，透过薄暮而闪闪烁烁。

我懒散而久久地待在堤岸上，与此同时，我的那些勤劳的朋友则走遍了沼泽的各个角落，试图寻找美洲旋木雀，结果却一无所获。

我最终站起身来，但肩头不慎撞到了一棵小树上，把一只正在沉睡的红树蝠（red tree bat）撞落到了地面上。当时它用那内弯的拇指甲紧紧抓着枝条，把自己倒挂在树上，等待它的时辰和力量回归，而那个时辰是在早来的薄暮的黄昏之中，在小褐蝠（little brown bat）起飞之后和黑蝙蝠（black bat）起飞之前。那只红树蝠长着一张红棕色的小脸，毛发犹如滴水怪兽那般花白，看上去极其丑陋。它的翅膀呈红褐色，张开深红色的嘴巴，里面布满针一般锋利的牙齿，对着我愤怒地吱吱尖叫，还不断发出嘶嘶声，直到我把它重新挂回树上才作罢。

当我最终走开的时候，我的好运就来了——看见了我在那一年的最佳朋友：它穿过一棵红花槭展开的叶片，穿过那些叶片模糊的玫瑰红，轻快地朝我飞过来，其胸脯犹如擦亮的黄金一样闪烁，它那天鹅绒一般的帽子似乎刚刚才被轻轻擦拭过，显得多么光滑而黝黑。当它用圆圆的黑眼睛注视了我片刻，它那黄绿色的背部就在阳光下闪耀起来。接着，它靠得更近，歇落在距离我还不到1.8米之外的地方，捕捉到了一条硕大的蜉蝣（mayfly），有点儿不好意思地大口吞了下去，又迅速地扫了我一眼，随后就消失不见了。

无论发生过什么，对于我来说，既然我再次遇到了所寻找的黑头威森莺，那么，这个春天的收获无疑是一次很大的成功。

在加拿大海岸发现黄桐莺巢穴

每一年，在黑头威森莺飞往北方的路上，我屡屡瞥见它那撩人的身影，然后有一年，我终于有机会去拜访它的家园。我的朋友——那位收藏家在加拿大海岸发现了一小片土地，有20来种珍稀鸟类在那里筑巢，其中就包括灰冠虫森莺和黑头威森莺。除我之外，他还邀请了两三位杰出的鸟类学家跟他一同前往，踏上了那场发现和收藏之旅。由于某种奇迹，我也获准跟着那些博学的专家前往，在那里度过了我生活中宝贵的一周。在我的记忆中，我多次为了逃离工作和烦恼，去寻求大自然的庇护。我多么愿意从天涯海角、从束缚我们生活的幽暗的河流那边，再次跟以前的鸟类朋友相聚，跟它们在荒野中一起度过快乐的时日。

我们在陆地和海上旅行了几天几夜之后，终于抵达了那个小村，那里将成为我们大本营的钓鱼俱乐部。最近，一个男孩赶着一辆四轮马车和一匹看起来很沮丧的马，前来迎接我们，他将带着我们穿过树林驱驰 16 公里，前往我们的营地。

刚出那个小村仅仅 400 来米，我们的奇遇就开始了：在弯弯曲曲的道路旁边的一片泥炭沼（sphagnum bog）中，我们听到了那么多奇异的鸟声，以至我们毫不费力地勒住了正在前行的马，涉水深入沼泽去探索一番。

"奇普——奇普——奇皮——奇皮——奇皮。"那是灰冠虫森莺的鸣叫，我们终于在它的家园遇见了它。一只莺雀（vireo）唱起的歌，听起来就像一只没精打采的红眼莺雀唱出的，但那是费城莺雀（Philadelphia vireo）的歌。这种莺雀的体形小于白眼莺雀或者蓝头莺雀，它的身体下侧还微微地泛着黄色，我以前不曾见过。就在附近，一只歌带鹀（song-sparrow）唱起缓慢的歌，还有林氏带鹀（Lincoln finch）的歌——对于我来说是全新的歌。接着，某只鸟儿在头上歌唱："奇卡里，奇卡里，奇卡里，奇克。"一支难以描述的欢笑之歌接踵而来。那个歌手结果是红玉冠戴菊鸟（ruby-crowned kinglet），它在自己的家园中所唱的歌让人大为诧异，完全不同于它在迁徙途中所唱的歌。在我们的四面八方，开满了早春的野花，那匍匐浆果鹃（trailing arbutus）、匍匐爬行的雪果（snowberry）和茱萸草（dwarf cornel）到处绽放。一只橄榄胁绿霸鹟（olive-sided flycatcher）叫喊："希普，三次欢呼，希普,三次欢呼。"如此有趣的释义,无疑准确地表达了我们的情感。

到了薄暮时分,在一个刮风地点的尽头,我们就抵达了俱乐部会所。在那里,我跟我们这队人当中的其他成员相聚,原来,当地面还覆盖着积雪的时候,那些人就早早地从南方来了,以便确定当地的灰噪鸦(Canada jay)和北极三趾啄木鸟(Arctic three-toed woodpecker)巢穴的位置。

第二天早晨,我们在黎明前就起床了,简单地吃了一点儿面包和奶酪,挤进一条长期使用的独木舟,沿河逆流而上,抵达一片被烧得光秃秃的山坡,才弃舟登岸。我们穿过那个令人厌恶的荒凉之处,一路上行,沿途的木炭粉尘扬起了一片片云状物,蚊子不断叮咬,黑蝇(black fly)也不断叮咬,咬得我们汗涔涔的脸上满是血。

上行的中途,我们看见了那似乎是一块橘黄色真菌的东西,那东西从一棵枯死的枫树侧边生长出来。结果那是一只雄性北极三趾啄木鸟额头上明亮的斑块,当时,轮到那只鸟儿孵化里面的4枚蛋,它正从树洞中向外张望,看上去它的喉咙呈白色,嘴喙又长又细,而那只雌性啄木鸟却不见踪影。收藏家一边谈论,一边把那4枚蛋偷偷放进他的盒子,可以肯定的是,当那只雌鸟回来发现所发生的事情,它很可能就再也不会信任自己的伴侣了。

山顶上,我们发现了一片密林团团环抱的泥炭沼,而在这片沼泽的表面,到处生长着小树和灌木丛。正当我们迈步踏上那滴水的苔藓之际,一只黄腹纹霸鹟(yellow-bellied flycatcher)突然拉长了腔调鸣叫起来，除了最后的音符为上扬而不是下降外，其声音酷似绿霸鹟；一只发出叮当作响的小歌；一只斯氏夜鸫（olive-backed thrush）也在树林中歌唱，那声音听起来如同棕林鸫和棕夜鸫相结合的歌。

"说说你们想让我率先发现哪些鸟巢吧。"我吹嘘地说着并把腿插入齐膝深的冷冷的泥炭藓。

"那你就尝试去发现黄桐莺的巢穴吧，"收藏家挖苦地建议道，"那种鸟巢好多年都未曾发现了。"

"当然要去的。"我马上接过话头，但其实，我根本就不知道那种黄色胸脯上有红色条纹的小莺究竟是在树上筑巢，还是在地面筑巢。

与我同行的那些科学家熟练地穿过沼泽，手里拿着长长的棍子，轻轻地敲击那些看起来有可能隐藏着鸟巢的地方，满心希望筑巢的鸟儿会飞出来。相比之下，我的方法就更为粗鲁了。我颠簸着穿过滴水的苔藓，来到一棵小小的云杉（spruce）下面的一丛纠缠的草跟前，在我看来，聪明的鸟儿会选择那样的地点来作为自己的家。于是我小心翼翼地分开草丛，果不其然地发现里面隐藏着一个草窝，里面铺垫着豪猪（porcupine）毛和羽毛，容纳着4枚蛋，那些蛋较大的一端上还覆盖着红棕色。我不知道这究竟是什么鸟儿的巢穴，但我对着收藏家高傲地挥了挥手，召唤他过来查看。

"这里，"我说，"就是你想要的黄桐莺巢穴。"——令我未曾料到的是，那竟然真的是黄鹂莺的巢穴！他过来看了看，被我的发现征服了，震惊之余，他跪在湿漉漉的苔藓中，虔诚地研究了很久。

"在我的一生中，"他喃喃地说道，"我一直都在寻找黄鹂莺的巢穴，却从未发现过，而像你这样无知的小家伙来到这里，不到五分钟就找到了一个。你究竟是怎样办到的呢？"

"这可是诀窍啊！"我快活地说道。我说的话比我所了解的真相更真实，可能有些难以置信，我在那一周屡有收获，发现了不下6个黄鹂莺的巢穴，成了我们当中唯一成功发现这种鸟巢的人。而且，我在各种看起来不太可能的地方发现了它们。比如，在一天早晨，正当我们要动身出发，我踏入路边的一小片泥沼，准备搜寻，而收藏家则在我后面大声嚷嚷，叫我不要在那里浪费时间，因为他早就探索过那里的每一寸地面，结果一无所获。然而，我就在一蓬草的旁边又发现了一个黄鹂莺的巢穴，里面容纳着4枚蛋，铺垫着灰色的羽毛，那些羽毛优美地卷曲着，伸出了巢穴边缘。不仅如此，我还在一片高高的、干燥的林间空地，发现了另一个巢穴——正如收藏家有些恼火地说到的那样。那样的地方，值得尊敬的黄鹂莺根本不会考虑去筑巢。

好运频频：发现栗胸林莺的巢穴

对于我，第一天早晨就成了那奇妙的一周的开始。现在我之所以可以这样夸耀，是因为今后再也不会有那样的机会了，一生中只有一次，热情的众神甚至会给予新手一次机会，而那次机会就属于我。我找到了若干的巢穴，里面的蛋犹如巨大的绿松石在青苔上闪烁；我发现了纹胸林莺的巢穴，里面铺垫着精细如发丝的根须；我发现了笛鸻（piping plover）的蛋，那些蛋呈现出湿漉漉的沙子颜色，置放于海滩上铺垫着一片片破贝壳的小洼地里；我还在矮树上发现了由苔藓构成的斑腹矶鹬（spotted sandpipers）、燕鸥和斯氏夜鸫的巢穴，里面各有四枚蓝色和黄褐色的蛋。

那一天，我发现了第四个黄桐莺巢穴，巢穴里面铺垫着拟八哥（grackle）的黑色羽毛，有五枚蛋，是我发现的黄桐莺巢穴当中最美的。此时，我感到这个假期真的赚大了，便请求收藏家借给我一艘机动船，到海湾中去垂钓鳕鱼（cod）。

"这绝对不行，"收藏家坚定地说，"你来这里是收集鸟蛋的，而不是钓鱼的。如果你真的要去，那就先给我们找到栗胸林莺的巢穴再说吧。"

其他贪婪的鸟蛋寻找者都附和他的提议，因此我自然就显得势单力薄，处于劣势。要找到栗胸林莺的巢穴可不容易，那一年都没有人找到过，尽管我知道那种鸟儿把巢穴构筑在树上，但我也没有确定其位置的希望，因为我的特长显然是发现地栖鸟类。第二天早晨，黎明时分，我闷闷不乐地坐在营地后面的一根木头上吃早饭，一边啃着荷兰面包，一边等着那三位优秀的科学家整理他们的攀登脚扣、鸟巢盒子、橡胶靴子，以及其他用于满足他们的那些不道德的欲望的随身物品。当我大嚼着干面包时，一只鸟儿恰好歇落在我头顶的枝条上，那只鸟儿呈栗色、黑色和白色。正当我盯着它看时，它则犹如一只耗子沿着枝条奔跑，溜进一个由松萝（usnea）苔藓的细枝构成的巢穴，在那个巢穴里面，铺垫着黑色的根须，隐蔽得如此优美，因此要不是那只鸟儿自己展示给我，我是无论如何都不可能发现的。

我立即回到俱乐部的枪械室，我的那些朋友恰好要离开，于是我对他们宣布我要去钓鱼了。

"发现栗胸林莺的巢穴才可以去"——这是收藏家的最后通牒。接着，一个辉煌的时刻就来了。我拉着他的手臂，引着他前往那个巢穴，另外两个人紧随其后。巢穴距离营地还不到9米，他好几周以来每天要在那一棵树下经过。而且，那个巢穴中容纳着4枚蛋，那些蛋呈乳白色，覆盖着红色的暗影，是我见过的最美丽的莺类鸟蛋。对于我来说，那一刻真的是这次旅行高潮的标志。面对此情此景，即便是收藏家也不得不承认我的功劳——至少他说我是傻人有傻福，于是他当即就兑现了承诺，派了一个向导和一艘机动船，陪同我前往芬迪湾（Bay of Fundy）去钓鱼。在海湾中，我看见了斑海豹（harbor seal），它们呈黑色、棕色、奶油色，布满斑点，我还钓到了大鳕鱼和黑线鳕（haddock），它们沉得如同铁制保险箱，但也非常好斗。我饱享了钓鱼的乐趣，一直到寻找鸟巢的诱惑呼唤我重新返回岸上，我才收竿作罢。

最终，时间总是过得太快，这个黄金周的最后一天到来了。在那个北方天堂，我们成果颇丰，辨识出了107种鸟儿。对于我，其中有很多是全新的种类，比如矛隼（gyrfalcon）、北极三趾啄木鸟、灰背隼（pigeon hawk）、三趾鸥（kittiwake）、鲣鸟（gannet）、灰噪鸦、加拿大松鸡（Canada spruce grouse）。此外，我还发现了十几种不同的鸟巢，其中一些确实很罕见，尽管如此，黑头威森莺的巢穴却依然"躲避"着我。最后那天早晨，我们搜寻斯蒂默沼泽（Stymer's Bog），我相信，相比北美洲东部的任何地方，那里会有更多的珍稀鸟类筑巢。在我的四面八方，我听到了黑头威森莺的两支歌，一支歌就像黄林莺（yellow warbler）的歌，而另一支则更像是棕顶雀鹀的歌，尽管我不断搜寻，尽管我不时瞥见它那金色的胸脯和黑色的帽子，但我还是无法找到其巢穴的一丝踪迹。

一只美洲沙锥（Wilson snipe）一度拍动它那风弦琴般发出歌声的翅膀，从半空中滑翔而下，消失在沼泽中。我们寻找它的巢穴之际，就在一只黑头威森莺歌唱之处的附近，我拨开那在一蓬草上拱起的草丝，而就在那蓬草的腹心，我发现了一个由黄色的草构成的小小的杯状物，里面容纳着两枚蛋，蛋的较大一端上，有一圈不规则的乌贼墨色斑点组成的光轮。在那个光辉的时刻，我们大家都认为那就是我们久久渴望的黑头威森莺的巢穴。然而，等我们凑近了仔细检查，才发现巢穴露出了用草丝编织起来的枯叶，这一指示和封印表明，巢穴的主人是马里兰黄喉地莺——那种小莺戴着黑色化装斗篷面具，其巢穴尽管很隐蔽，却并不是特别罕见。因此，我们遗憾地离开那片海岸。

在福尔斯角，终于发现黑头威森莺巢穴

多年以后，我购买了缅因的福尔斯角（Falls Point）的一处房产，那个岬角有在外面所看不见的景色，它凸出到萨利文湾（Sullivan Bay）之中，潮涨潮落时每天会两度穿过狭窄的水道，气势犹如打仗一样，也因此而得名。

去年夏天，我驱车一路北上，到那里去视察我的新房产。那天晚上，在高潮水位下降时，我走到外面的岬角上，从那静止的水中没有传来什么声音，而在一个小时之后，那里的水就会变成大漩涡和激流，在往昔的岁月中，有很多坚固的船都在这样的漩涡和激流中沉没。

沿着海滩，小小的波浪轻轻地啜泣："啊——哈，啊——哈，啊——哈……"暮色中，在浅金色的天空映衬之下，一棵棵铁杉（hemlock）呈现出如硕大的黑色羽毛般的形态，而与此同时，白桦（silver birch）迎着松树的绿色而停了下来，似乎在侧耳倾听这个岬角的第一声不祥的轻声细语。

然后，迎着一片淡黄色，最新出现的新月犹如一根银色的线而显现出来，那种淡黄色慢慢暗淡成了朦胧的紫罗兰色，晚星明亮地闪耀，犹如一盏白昼点燃的灯，引导夜晚偷偷越过大海。淡淡的、遥远的群星一一出来了，西边是一大片熔化的铜色，镶嵌着一条条细长的、冷冷的绿松石和孔雀石。当它暗淡下去，黑暗就飘来了，降临到了世界上，沉重。如天鹅绒一般柔和、像点缀着珠宝一般

的萤火虫和那四处弥漫着松脂的芳香，令人惬意。

在印第安人过去用来诱捕驼鹿（moose）的深坑那边，生长着很多树木，从那些树木上，传来鸟儿的呢喃和一个个音乐片段，这让我下定决心，第二天一大早就去探索我领地上的每一寸土地，看看在自己的土地上，究竟可以收获些什么样的宝藏。

第二天，我在黎明时分就起床了，带着我的大儿子前往那个岬角底部，去探索幽暗的树林，对于鸟类，我的儿子远比我了解得多。我的四周，充满了我通常只有在迁徙季节才能听到的鸟的歌声，其中有加拿大威森莺的那种骤然响起的歌，它始终以一声高亢的"奇普"开始，还有那种喉咙和身侧呈黄色的纹胸林莺的歌，它的歌在所有莺类中最为短暂。

到处是干燥的、长着苔藓的堤岸，弥漫着北极花（Linnaea）那孪生花朵发出的芳香，在其浅粉色的花瓣内部，是一种深沉的玫瑰色。我一度听到了奇异的鸟的歌声，我的儿子辨别出那是森莺——我们最小的莺所唱的歌，那种莺的胸脯上部有一个奇怪的铜色斑块，脑袋呈浅蓝色，喉咙呈黄色，覆尾羽呈白色。它的歌通常是一种嗡嗡声，然而在那一天，它的歌声却有所不同，显然在尝试唱出它的一些新的保留曲目。当我们来到树林的沼泽区域，一只灰色脑袋、黄色胸脯的黄喉虫森莺（Nashville warbler）正唱着"斯威——特尔，斯威——特尔，斯威特"，这支歌就像红尾鸲（redstart）的歌那样开始，又像棕顶雀鹀的歌那样结束。接着，在浓密的云杉中，我发现了那一天的第一个鸟巢，但里面空空荡荡，由松树的细枝和苔藓构筑而成，很可能是雪松太平鸟（cedarbird）的巢穴。

在同一棵树上，在仅仅2.4米高的地方，我发现了一只栗胸林莺新筑的巢穴，这个巢穴由精细的嫩枝构成，里面铺垫着根须，外面有一些苔藓的红色梗茎，那只忧郁的、颜色鲜艳的小鸟就在附近歌唱。

突然，就在前面，我看见了一只栗颊林莺的嘴喙中衔着食物，显然正在赶回巢穴去给幼雏喂食，其巢穴十分罕见，坐落在大树顶端，仅仅是在最近才被发现。尽管我们长久而仔细地观察、搜寻，但结果很快就证明我们显然未能成功，未能有幸跻身于那些发现栗颊林莺巢穴的人之中。

在树林那边，我们越过一条小溪，进入一片布满泥炭藓、灌木丛和小树的泥沼。我的儿子在前面引路，他回头呼喊我，说是有一对黑头威森莺在他伫立之处附近喋喋不休地"责骂"。接着，当我爬上一道干燥的堤岸跟他会合时，我那持续了7年的不懈的探寻结束了：就在我的面前，在一棵小枞树苗下面，我看见地面有一个小小的巢穴，那是一个由树叶、干枯的蕨类植物构成的浅浅的杯状物，里面铺垫着草丝、黑色的马毛和一些鲜红色的苔藓梗茎。在这个巢穴里面，有3枚浅奶油色的蛋，蛋上面有栗色的斑点，在较大的一端上，还有一圈红棕色的光轮。在我看来，好像几乎可以确定的是，我终于找到了黑头威森莺的巢穴，但为了确保准确无误，我们越过泥沼后又返回来。这一次，那个巢穴上有了一只鸟儿，但是当我距离它大约只有 2.1 米时，它就溜走了，那动作如此迅疾，以至于我根本无法确定它的身份。第二次，我们以相同的方式来进行验证，然而这一次那只鸟儿飞了回来，栖息在不到 1.5 米开外的一小丛灌木上，那无疑是一只黑头威森莺。就像那只飞来栖息在它身边的雄鸟一样，这只雌鸟也戴着一顶小小的黑帽，然而它的胸脯却几乎没有呈现出那么明亮的黄色。起初，这两只鸟儿轻轻地"责骂"我，但在几分钟之后，它们就停止了"责骂"，显然确信我对它们毫无恶意，不会伤害它们。片刻之后，当我从巢穴边上退回来时，那只雌鸟再次溜进巢穴，在它的那几枚蛋上面，用明亮的黑眼睛信任地注视着我。此时，一只珍稀罕见而美丽的拟斑蛱蝶（Artemis butterfly）穿过夏天的空气飘了下来，我对那个黑头威森莺巢穴的最后一眼，就是那个小小的母亲正在孵化它可爱的蛋，而那只精美的、身缠白色缎带的蝴蝶则在它的脑袋上面挥舞翅膀，那只雄鸟则栖息在附近的灌木上，钦佩地注视着自己的伴侣。

第 4 章　荒岛寻鸟记

Desert Island

几个鸟类爱好者在五月岬相聚，准备前往一个荒岛探索。停留在当地的那天晚上，土著朋友讲述了种种有关野生动物的故事：鹰、黑蛇、乌鸦，还有诸多当地的人物轶事。等船之际，众人在海滩上搜寻月长石且屡有收获。抵达荒岛后，各种水鸟到处飞翔：笑鸥、黑剪嘴鸥、黑浮鸥……还有几个清理失事船只的人在此安营扎寨。鲨鱼在海边来来往往，大群苍蝇来袭，而不经意间，上涨的潮汐就把留在岸边的衣服卷走。在一片盐沼中，点缀着100多个笑鸥废弃的巢穴。越过盐沼，在一片海滩上，挤满了普通燕鸥和黑剪嘴鸥的巢穴，其中有蛋，也有刚刚孵化出来的幼雏，密集得几乎让人无法下脚……在另一片海滩上，还发现了当地罕见的……

一群探索者在五月岬相聚

在一根细长的天蓝色带子上面,淡紫色和银色随后深化成了苹果绿。天空、海洋和大地在片刻之后,在灰白色的荒野那边,太阳那橘金色的边缘露了出来,又一个日子开始了。

当我跳进那柔软、刺骨的水中之际,一只幽灵白的银鸥(herring gull)在头上飘浮而过。生活真美好。那一天,我们多年来一起出行、在野生动物中间有过冒险经历的4个人,在五月岬(Cape May)碰头相聚,前去探索一个可能会发生任何事情的荒岛。

前一天晚上,我们在老朋友沃克·汉德(Walker Hand)的门廊上度过了一段时光。沃克是当地土著,早在威廉·佩恩[①](William

---

① 北美殖民地时期的重要政治家、社会活动家,宾夕法尼亚殖民地的开拓者。

Penn）建立费城之前，或者瑞典人在特拉华河（Delaware River）上开始建立那些消失已久的定居点之前，他的祖先就作为捕鲸人来到了这里。这位土著身板挺直、修长，一头稀疏的黑发，一双煤一般乌黑的眼睛，这样的外貌显示出了他的印第安人血统，因为他的高祖母曾经是伦尼莱纳佩（Lenni-Lenape）部落的公主。他告诉我们，在五月岬，有很多家庭的祖先都是作为"五月花"号（May flower）的朝圣者过来的，而且当地这样的家庭比在普利茅斯（Plymouth）还多，因为按照他的说法，上述的朝圣者当中所有最好的、最聪明的人登上美洲大陆后，都立即迁移到了五月岬，并成了捕鲸人，靠海讨生活。

在革命[①]期间，英国舰队在五月岬附近的海面下锚停泊，而那些朝圣者当中的一些人的后代采取了行动，挖掘了一条水渠，引来海水灌进百合湖（Lily Pond），以至于豪将军[②]（General Howe）手下的士兵根本无法使用原来的湖水作为生活用水。他告诉我们，在后面沙丘上，那个孤独的地方如今依然叫"牛圈"（Cow Pen），他的高祖父曾经把牛群赶到那里隐藏起来，以免英国人找到并作为战利品而宰杀，那里便因此得名。

接着，我们像往常一样，把话题转向了那些真正属于五月

---

①这里的革命即指美国独立战争。
②美国独立战争期间的英军指挥官（1729—1814）。

岬的野生动物。我们谈到了秋天鸟类的迁徙，那时各种鹰——赤肩鵟(red-shouldered hawk)、红尾鵟(red-tailed hawk)、食雀鹰(sparrow hawk)、纹腹鹰(sharp-shinned hawk)、库氏鹰(Cooper's hawk)和鸡鵟(marsh hawk)大群大群地飞来，捕食那些迁徙的小型鸟类——在这个长长的岬角上，候鸟们往往会停下来休息、觅食，然后继续冒险飞越浩瀚的大西洋，前往南方。目前，有一群所谓的猎人真是令人讨厌，他们从北方来到这里，射杀那些理应受到法律保护却尚未得到保护的鹰。每一年，这些人都会射杀大量的鹰，他们甚至还学会了将其像猎物一样吃掉。

当我们的话题转向蛇时，沃克就告诉了我们一个可怕的故事：有一天，他爬到一棵树上去查看一个扑翅䴕的巢穴，却不料一条黑蛇（blacksnake）从那个洞孔中猛地窜了出来，直扑他的面庞。于是，他异常迅速地爬下来，找来一把斧子，砍开那个树洞，杀死了那条黑蛇，发现它那胀鼓鼓的肚子里面装满了扑翅䴕的幼雏。沃克所见过的最大的黑蛇身长达到了两米，当时那条大蛇正在追逐一只刚刚孵化出来的红眼雀，尽管那只幼雏才刚刚出生，却奋力跃出了超过1.8米的高度，努力逃避那个黑色怪物。在沃克的协助之下，那只幼雏最终逃脱了大蛇的血盆大口。

汉德先生恰到好处地婉拒了去讲另一个关于蛇的故事，却让他的母亲——一个可爱的老妇来讲述。他的母亲虽然年满84岁，身子却挺直如箭，跟我们侃侃而谈：一个邻居听到自家鸡舍里传来了骚动声，便走进去查看，结果却发现一条怪物般的黑蛇置身于鸡群中间。他立即操起一把铁锹，试图将其劈为两半，却未能成功，此时他发现那条大蛇吞下了一把超过60厘米长的小椅子。他把讲述这个故事的责任转给他的母亲，干得真不错。

五月岬的动物故事和人物轶事

另一个关于鸡舍的故事，涉及汉德先生曾经拥有的一只被驯服的乌鸦。他教会那只乌鸦，用高昂、沙哑的声调来叫出这样的字句："好哇，好哇！"无论什么时候，只要那只乌鸦感到沮丧，它都会把所有的鸡赶出鸡舍，以这样的方式来安慰自己，因此每周有好几次，这位土著都不得不把那些家禽从其折磨者那里拯救出来。有一天，他突然听到鸡舍里传来一阵巨大的吵闹声，便一如既往地赶过去，准备施以援手。却不料他刚一走进鸡舍，就发现那只乌鸦直挺挺地躺在地上，声嘶力竭地大叫"好哇，好哇"！它的爪子还紧紧抓攫着一只鼬鼠（weasel）的皮毛，正不顾一切地拼命抵抗那个杀手，试图摆脱对方对自己喉咙的控制。

这位土著讲的最后一个故事，也涉及他那个频频历险的鸡舍，这次的主角是一只大雕鸮（great horned owl）。那只大雕鸮在入侵他的鸡舍时，被他用一支霰弹枪打残并捉住，他后来试图将其驯服，却徒劳无功。那只大雕鸮的听力非常可怕，甚至让他感到恐怖。他曾经将其关在一个箱子里面，箱子背后有一个钉子孔，有时，大风从箱子那边吹过来的时候，他会匍匐着爬上去，认为自己没有发出一丝声音，可是当他透过那个钉子孔朝里面窥视时，却始终发现那只大雕鸮听见了他的声音后，机警地端坐在那里，瞪着圆圆的眼睛，透过洞孔也盯着他。有时，他会把一只死兔子喂给那只大雕鸮，而对方会用钩状的嘴喙将兔子的皮干干净净地剥下来，几乎就像人用刀子剥下来的一样，并吃掉一部分肉，然后把皮还给他，还把剩下的肉藏在稻草下面，以备不时之需。

他的最后一则自然轶事涉及他的一个朋友。那一年冬天，那个朋友在五月岬发现了 64 条束带蛇（garter snake），聚集在他的温室的蒸汽管道附近冬眠。这则轶事让我想起我在康涅狄格的一桩相似的往事：在一个家庭老农场上，农舍的水源供应来自一眼大泉水，而在去年冬天，泉水却突然变得浑浊，于是他掘开那眼泉水寻查原因，才发现有超过 100 只豹纹蛙（leopard frog）埋在泉水底部的泥淖中，它们肯定来自附近的小溪和草甸，聚集在那里冬眠，抱团取暖。

然后，由于这位土著是五月岬的最佳神枪手之一，我们的话题自然而然就转向了射击。他告诉我们两则轶事，听得我们满心欢喜。

一则轶事是关于他和一个朋友的经历。当时他们前往一片土地，他们知道那里隐藏着一小群鹌鹑（quail）。而正当他们进入那里的时候，他们猛然看见了另外两个枪手已捷足先登。沃克的头脑极为沉着冷静，一个箭步就冲上前去，严厉地呵斥那两个人赶快离开那片土地，还告诉他们说他的意思并不是要保护那些鹌鹑，而是他们闯入了私人的领地，如若不然，外面还有很多枪手就要进来，用枪弹把他们赶走。其实，他到现在都不知道那片土地的主人究竟是谁。

另一个故事则是他在狩猎季节的趣事。他带着自己的狗——一只大型的爱尔兰赛特犬出行，在当地的铁路上旅行了几站，一个列车员坚持要他给那只狗买票。最终，沃克看了看铁路规定，发现那种抱在身上的哈巴狗不用买票。于是，第二次搭乘那趟特别的火车时，他费了一些力气，想方设法说服了那只猎犬躺在自己的大腿上，然后拒绝买票。列车员坚持说铁路规定并不包括沃克的赛特犬，但沃克就是坚持不买票。

"它是只狗，而且现在躺在我的大腿上，因此它就是哈巴狗，我不会买票的。"沃克执拗地说，此举列车员无可奈何，最后不了了之。

然后，话题又转向了五月岬的老人物。这位土著告诉我们那个年迈的嘲弄者——霍雷斯·海因斯（Horres Haines）的轶事，说那个老人在临终之际留下遗嘱，让家人把他装进一口铁杉木材做成的棺材，因此他才会"一路噼啪响着下地狱"。如今，他在自家的老农场上的一棵巨大的黑胡桃（black walnut）树下，长眠在砖石砌成的坟墓里，墓前还竖有一块大理石板。

然后，他又谈到了比尔·斯诺登（Bill Snowden）的轶事，在往昔的日子里，这位黑人堪称"一仆多主"，是在五月岬执业的四个医生——利奇医生（Dr. Leech）、斯洛特医生（Dr. Slaughter）、费希克医生（Dr. Physic）和布切尔医生（Dr. Butcher）的得力助手。比尔拥有老一套的"牛皮"言论，常常使得他的雇主们感到愉快。无论何时，只要比尔被问到天气，他都会这样说："喔，在我看来天气很不错。"而与此同时，他对相同肤色的朋友的习惯性邀请则是："让我们到杂货店去再喝一杯吧。"比尔曾经对这位土著保证说，医生们告诉过他，他不要如此辛勤地工作，否则他会变成一个根深蒂固的"异教徒"。还有一次，他出现在这位土著的房门前，说是其中一个医生要举办晚餐聚会，于是派他过来借沃克的"汤注射器"。这位土著最后一次看见那个老头时，对方的脸肿得很厉害，他吐露说自己的牙齿上有一块溃疡，"永远那么厉害地"折磨他。

在海滩上搜寻波浪冲来的月长石

那天夜里，当我们离开这位土著的时候，我们请求他在第二天加入我们的团队，一起去探索荒岛。而他一如既往地推辞，说是明天可能是他生活中最繁忙的一天：他不得不去耙扫花园中的落叶，他答应过要拿一些报纸去给年迈的琼斯医生（Dr. Jones），还要写一些信，因此他几乎没有机会跟我们一起出行。于是我们回到我们投宿的古老的维拉诺瓦旅馆（Villanova），这家旅馆依然保持着美味和廉价的传统，因此一度闻名于五月岬。然而在第二天早晨，当钟刚好在7点敲响、我们准备好出发的时候，这位土著又一如既往地出现在旅馆门廊上，加入了我们的行列。

离开旅馆，我们绕过岬角，来到"月长石海滩"（Moonstone Beach）。这是我们给当地的一段沙滩所取的名字，因为在前一年冬天，我们在那里发现了一些被海浪冲上来的月长石，或者准确地说，那是些石英（quartz）晶体。那一天，我们研究了雪鹀（snow-flake）——那些大北方奇异的、颜色浅浅的雀鹀，还观察到了鹰、鱼鹰（fish hawk）和红头美洲鹫同时出现在天空上。

根据约定，一艘机动船会驶到海滩来接我们走。长长而潇洒的纵帆船、飞快的快速帆船、迅疾而沉默的单桅纵帆船、双桅船、三桅帆船、前桅横帆双桅船——这些船都是可以用于冒险的好船。然而，给我一艘加满足够汽油的机动船，以及一个对自己的船只引擎了如指掌的船长，就可以了。这可能不那么浪漫，然而你可以突突地行驶，奋力前进，每小时可达16公里，不怕平静的逆风，也不怕背风的海岸。

等船的时候，我们便开始寻找月长石。这是一场迷人的游戏。在海边，每一层波浪把鹅卵石冲到海滩上，又在色彩闪烁的彩虹中退却——伊特鲁里亚红、泰尔红紫、古银、月绿、水蓝、墨紫、蜜黄、深红、紫罗兰色，还有大量我找不出名字的其他色彩。在这些五彩缤纷的颜色中间，面对湿漉漉的月长石那冰白色的闪光，专家会准确无误地辨认出来，而对于外行就困难了。波浪刚一退却，你就不得不从海滩上迅速将其拾起来，要不然，卷土重来的波浪会将它永远埋藏在一大堆其他颜色下面，让你无处寻找。起初，我频繁地拾起那些小块，结果却证明那只是云母晶（cloudy quartz），然而在搜寻的过程中，我的眼睛渐渐得到了训练，技巧也大有长进，在一大堆混乱的色彩中，我很快就能找到波浪铺展在我面前的一块块月长石。一些潮汐要好于另一些潮汐，似乎会带来更多的宝藏。在一年中的某些季节，或者在大暴雨之后，以前未被触及的岩层似乎就被揭开了。当然，大多数月长石个头既小而且还有瑕疵。十几块月长石中，通常至少有一块具有价值，可以切割、制作成围巾别针或者衬衣袖扣。话说回来，也总有发现某种值得国王赎回的那种皇冠钻石的机会——至少我们如此希望。沃克告诉我们，有一个宝石匠曾经在五月岬度假，在两周的时间内，他沿着海滩寻找具有价值的石头，并从中收获了840美元，听了这话，我们内心的希望之火无疑被点燃了。

终于，那艘机动船出现了，那位船长控制、驾驭、引导着自己的船。他刚一登岸，就用轻蔑而不屑的目光注视着我们收获的宝藏，在下一次波浪退却的时候，他拾起了一块比我所发现的石头足足大两倍的月长石，并冷漠地递给我。这让我欣喜异常，完全沉浸于搜寻的喜悦之中，只是因为鸟类学家、植物学家和收藏家团结一致采取迅速的行动，才使得我不再去搜寻宝藏而跟随他们踏上旅程。尽管如此，我还恋恋不舍，直到他们最终发出了抗议声，催促我赶紧上船时，我才登船。小船立即开启，载着我们朝着地平线驶去，而就在水天一线的那边，有一座座荒岛，有珍稀的鸟类和陌生的鸟巢。

抵达荒岛，各种海鸟到处飞翔

在机动船突突地行驶了几个小时之后，我们弯弯曲曲地穿过纷乱的沙洲和岛屿，来到了一个地方。在那里，水波迎着一片片浅棕色的沙子和绿色的平地而露出了青灰色。绿头苍蝇——我们南方海岸的那些害虫形成了大片的云，到处跟着我们飞舞，它们除了长着绿色脑袋、嗜血得多之外，看起来很像是新英格兰的普通马蝇（horsefly）。同行的植物学家颇具统计学天赋，他计算出，要是这种普通的绿头苍蝇体形大得像鹰，那么它一天中每隔5分钟就要杀死一个人，而我对他的说法深信不疑。

黑头、白尾和灰翼尖的笑鸥（laughing gull）在头上飞翔。相比大银鸥，它们的体形要小一些，速度也要快一些。我们看见其中的一只笑鸥从海湾的水面上抓起一根海藻，又将其抛下来，而就在海藻快要落到水面之前，它又飞下来将其抓住。那些迅疾的海燕（sea swallow）——威尔森燕鸥（Wilson tern）到处飞掠，它们也叫红嘴鸥（mackerel gull）和"攻击者"，长着分叉的白色尾巴、珍珠灰的翅膀和具有黑冠的脑袋。就在那些平地上，一只只大蓝鹭（great blue heron）如同鸵鸟（ostrich）一样迎着地平线高高耸立，当我们在浅水区那边经过的时候，我们看见那一天里的第一只黑剪嘴鸥（black skimmer）。对于我来说，这是一种全新的鸟儿，像所有在探寻生涯中获得了新的鸟儿奇遇的爱鸟者一样，我难掩无法形容的愉悦。这种剪嘴鸥始终是一种特殊的鸟儿，它长着黑色的大翅膀，尾巴上有白色的边，嘴喙呈奇异的橘红色，它有如此造型：下颚向前伸出得远比上颚要长。正因为如此奇怪的嘴喙，这种鸟儿才获得了这个名字，当我们观察它飞掠水面时，我们还清楚地看到它用那个奇怪的嘴喙舀起了一条小鱼。

更远处，我们在一片沙滩上看见了8只剪嘴鸥，它们犹如狗一样吠叫："嗷——嗷——嗷——嗷……"而有的时候，它们也会这样尖叫："厄普——厄普——厄普。"

在剪嘴鸥那边，我们遇到了一只黑浮鸥（black tern），它已经从北方一路南下，来到了这里。接着，当我们绕开一片泥泞的海滩，我们看见了罕见的一幕：在不到4.5米开外，一只雄性冰凫（old squaw）蹲坐在岸上的一片洼地中。如今这只冰凫是一种海鸭（sea duck），喜欢远离海岸而生活，人们通常都只能通过望远镜去研究它。然而，这只冰凫离我们如此之近，以至我们都能辨清它身上的每一片羽毛了。就这样，它成了我们对于白色和棕色的一个研究课题。它的脑袋、脖子、胸脯上部和一部分背部为纯白色，而它的翅膀、尾巴和胸脯下部为棕色，它有两片长长的黑色尾羽，眼睛前面有一个黑色斑点，那是雄鸟的标志。当我们那样坐着，近距离研究它的时候，植物学家突然决定拿出照相机，给这只陆地上的海鸭拍照。对于这只饱受我们折磨的水禽来说，这确实也太过分了，于是，它突然溜到水里，深深地潜下去，在30来米开外才浮出水面。

我们前进的时候，3只大黄脚鹬（greater yellow-leg）在头上飞过,于是,收藏家给我们讲起了他在纽芬兰①(Newfoundland)追寻那种珍稀鸟儿的一次旅行。听他的话,他似乎是找到了那种鸟儿。而眼下,一大片黑压压的、身披棕色羽毛的银鸥幼雏,还有脑袋上不曾露出黑色的未成熟的笑鸥,是我们看见的仅有的鸟儿,直到我们最终抵达那个小港口——通往荒岛的唯一入口,我们才发现其他鸟儿。这个地方看起来足够荒凉的,遍布荒芜的沙丘,从那些沙丘上,你完全可以遥望西班牙那边,在那里,一阵阵海浪由远而近,最后隆隆地拍打在荒凉的白色沙滩上。

就在我们登陆的时候,我们发现有几个清理失事船只的人生活在岛上。实际上,他们声称自己是一个救生站的夏季工作人员,但我们更清楚地了解到,他们的房子铺盖着新的木瓦,那是他们从一艘运载木材的三桅帆船的残骸中取来的;那个春天,他们饱享了香蕉,那是他们从一艘运载水果的纵帆船的残骸中取来的;就在那一天,他们正从一艘医院船只的残骸中收集医疗用品。总而言之,不包括我们在内,这个岛上就有了8个人和18兆只绿头苍蝇。

我们环岛而行,发现海滩上点缀着形形色色的遇难船只残骸。此时,鸟类学家发现了两个球形的门把手,一个为白色,另一个为棕色,于是他小心翼翼地将其置于沙滩上的一个洼地中,稍加掩饰,然后就朝着收藏家大叫,说自己发现了一个陌生的巢穴,里面还

---

①加拿大东部一省。

有两枚奇异的鸟蛋。那个鸟蛋狂热者一听，便兴奋不已，迅速穿过深厚的沙子吃力地赶了过来，但没过多久，收藏家就发现这是个骗局，于是鸟类学家开始拼命奔逃，奔逃之际，上述的那两个门把手在后面呼呼砸向他。与此同时,植物学家也发现了一个铅瓶，其口子也被铅塞住，他跟我争论，打开这只瓶子是否安全。我怀疑，瓶子里面有一个恶魔，而他则害怕里面是氢氟酸（hydrofluoric acid），因此我们不敢造次，最后决定把那个神秘的瓶子原封不动地留在那里，继续穿过令人盲目的暑热而前行。

潮汐上涨，卷走了植物学家的衣服

当我们抵达这个岛屿远远一边的时候，天气已经酷热得让人难受了，似乎没人能活得下去。在我们的面前，一片完美的沙滩连绵伸展，绿色海浪诱人地拍打在海岸上。我正要脱下衣服到海里游泳降暑，却不料发现一些险恶的黑色背鳍恰好在海浪那边露出来，沿着海滩来来往往地巡游。

"下去吧，"收藏家鼓励着催促我，"它们只是大青鲨（blue shark）而已。我想它们不会伤害你的。"

我勉勉强强地重新穿好衣服，向他保证说，他的想法可能很有趣，但对于我，重要的事情是鲨鱼是怎么想的。后来，我们大家都在登陆的那个水道入口中畅游了一番，凉爽的海水让人愉快，可是由于大群绿头苍蝇的袭击，我们不可能在水里待很久——那些苍蝇成群结队地落在我们的头上，在我拼命地游回码头的时候，我从头发上抓下了一捧又一捧的苍蝇。

这个岛屿更远的一端，被一条狭窄的水道入口一分为二，在水道另一边的沙丘中间，我们瞥见了黑剪嘴鸥和燕鸥（tern）。在下水涌到水道之前，我用一只手握住手表，用另一只手握住钱包，高高地举过头顶，在其他人的鼓励之下，开始涉水走过去。水几乎深及我的肩头，但我最终还是安全地抵达了对岸，丝毫没有打湿手表和钱包。其他人见状，便立即效仿我的方式，开始行动，除了植物学家——他本性挑剔、讲究，无法容忍穿着湿淋淋的衣服到处行走，即便是炽热的大太阳几分钟之内就可以把衣服晒干的事，他都无法忍受。于是，他脱掉了除衬衣之外的所有衣物，整齐地堆叠在沙滩上。然后，他穿着唯一一件在微风中飘动的衣服陪伴我们，一路上还不忘对我们浑身湿透的状态打趣地冷嘲热讽，满口揶揄。不过，我们嘲笑他的时候很快到来了，因为他全然忘记了潮汐既不会等人，也不会等他的衣物。一个小时之后，我们就意识到了这一事实，看见这种情形，收藏家突然大笑起来，那笑声如此响亮，以至于他全身瘫软，不得不趴在沙滩上乱踢双腿。同样，鸟类学家也笑得像痉挛了一般，因此只能朝着水道入口那边虚弱地挥舞手臂，却说不出话来。随着他暗示的方向，我扭头一看，只见植物学家的两只鞋子整齐地"扬帆起航"，漂向开阔的大海，其余衣物也紧随其后，稀稀拉拉地形成一大片，在波浪中翻滚，紧随鞋子而去。看着植物学家那沾沾自喜、毫无意识的背影，我像其他人一样感到无助，直到衣物和鞋子都已经漂到水道入口的中央，我们才有气无力地呼喊他注意自己的衣物正在开始冒险性的航行。他这才猛然醒过来，甚至没有时间脱下那件干衬衣，便一个猛劲儿扎进水里，去拯救其余衣物，而此时，那些漂走的衣物正好第三次沉没下去，幸好他及时将其抓住。此后，他蛮横无理地指责我们，说这次降临到他身上的天罚，完全是他嘲笑老者和智者的报应。

当植物学家终于穿上衣服，脑子或多或少恢复过来的时候，我们就开始探索这片隐蔽而孤寂的海滩。头上，三四只剪嘴鸥冲着我们吠叫，大群的威尔森燕鸥弥漫在空中，形成了一片云，还发出摩擦、刺耳的叫声。在一个距离水边大约 6 米远的小土丘上，收藏家发现了第一个燕鸥巢穴，里面容纳着两枚橄榄色的蛋，蛋上有黑色的斑点，那是这种鸟蛋最常见的变异颜色。此后，植物学家发现了第一个剪嘴鸥巢穴，里面容纳着一枚大小与乌鸦蛋相仿的蛋，在回到小木屋的路上，他还不断吹嘘自己的成果，由此，他原本因衣物漂走而受伤的情感就得到了些许抚慰。

那天夜里，在一座闲置的屋子最好的房间里，收藏家自私而凶恶地偷占了那张最好的床。那张床本来属于我，刚一进去，我就把背包扔在它那下垂的床面上，这是我们大家都公认的占据方式。后来当我进去的时候，却发现他竟然取而代之，还爬到床单下面，装腔作势地睡在那里，见此情形，我决定不去理睬他的这一懦弱行为，转而和土著来到一间较小、较简陋的房间里面，在那里找到了我们的睡觉之处。然而，收藏家可恶的行为也遭到了报应：他偷去的那个房间纱窗上有一个大洞，成群的蚊子穿过那个洞孔飞进来，那天晚上，收藏家和怂恿他进行"偷窃"床铺的植物学家到处拍打蚊子，浑身挠痒，度过了一个不眠之夜。

盐沼和海滩上，点缀着各种鸟巢

第二天一大早，在蚊子撤退之后，在绿头苍蝇醒来之前，我们就在那条水道入口处浸泡了一下身子，以防昆虫叮咬，然后就动身去造访一片盐沼——这个季节的早些时候，笑鸥就在那里筑巢了。在前往那里的路上，我们在一片平地上遇到了一群半蹼鹬（dowitcher），而一群半蹼滨鹬（semipalmated sandpiper）陪伴着它们。它们的体形与美洲沙锥（Wilson snipe）相仿，飞行的时候露出白色的臀部，发出嘁啾的音符。然而，它们最具特色的行为跟它们的进食有关：进食的时候，它们会伸出笔直的长喙，深深地埋在那片平地的泥淖之中，然后随着身体发出一种抽吸运动，全力以赴地觅食。除了丘鹬（woodcock），那种独特的动作与其他鸟儿的进食方式都大为不同。

盐沼中，我们数了有100多个笑鸥废弃的巢穴，其中多半有芦苇作为铺垫的下层平台。我发现的一个巢穴里面还有一只幼雏，收藏家发现的另一个巢穴里面则容纳着两枚蛋。头顶上，那些笑鸥盘旋飞舞，密集得犹如蚊子形成的云，它们飞翔时还发出古怪的笑声。其实一整夜，我们也都在睡梦中听到了它们的笑声。

随后，我们越过盐沼的另一个区域。那里布满了洞孔，洞孔旁边草丛密布，洞孔中则充满了深不可测的流质泥淖，要是你陷进去，便很可能会像陷在流沙中一样被迅速吞没。越过这些洞孔，我们偶然来到了一片海滩，那里的景象让我们震惊不已：海滩上，挤满了普通燕鸥（common tern）和黑剪嘴鸥的巢穴，密集得几乎装不下了，你不得不小心翼翼地迈步，避开踩到一枚或另一枚蛋上面的意外事件。这些巢穴处于各不相同的阶段：一些巢穴中有新鲜的蛋，另一些巢穴中有新生的幼雏，还有一些巢穴中有羽毛几乎快要丰满的幼雏。其中一些燕鸥巢穴由海藻构成，另一些巢穴则不过是沙滩上的凹陷处。我的运气很好，发现了第一个燕鸥巢穴，巢穴里面有3只柔软的、棕色小燕鸥，它们身上有黑色的斑点，小小的嘴喙尖上呈粉红色和黑色。在炽热的阳光下，它们就躺在那里，当我走近的时候，其中的一只幼雏逃走了。在这片海滩上，我们总共数了有91枚燕鸥蛋，它们似乎可以分为4种不同的颜色——白色、浅绿色、黄棕色和橄榄色。一些黄棕色的蛋的色调如此之深，以至于看上去几乎成了黑色。收藏家给所有的巢穴仔细地做了科学记录，其中14个巢穴有3枚蛋，两个巢穴有4枚蛋。为了给他的记录增加一个新的种类，我给一个巢穴小心翼翼地准备了5枚蛋，他尽职尽责地记录了下来，可是，当他发现另一个巢穴容纳着3枚燕鸥蛋和两枚剪嘴鸥蛋时，他满怀狐疑，拒绝将其纳入记录。

一些剪嘴鸥的蛋呈亮蓝色，上面优美地点缀着乌贼墨色和淡紫色。其他蛋的则只有淡紫色的大斑。所有剪嘴鸥的巢穴都只是沙滩上的凹陷处，面积约为12.5厘米×10厘米，它们的蛋比燕鸥的蛋稍大。其中的一个燕鸥巢穴里面，优美地铺垫着蛏子（razor shell），容纳着3枚蛋。

另一个有趣的巢穴，是剪嘴鸥的巢穴，里面容纳着3枚蛋，正当我们观察的时候，其中一枚蛋在灼热的阳光下孵化了出来。那只幼小的剪嘴鸥逐渐破壳而出，来到了世界上，它浑身覆盖着湿漉漉的毛，刚一睁开眼睛、展开它那瘦长难看的身体时，就叽叽喳喳地高声鸣叫了起来。这只剪嘴鸥幼雏的颜色是一种有些肮脏的白色，上面有暗黑的斑点，身体下侧呈白色，嘴喙根的那一部分为浅红色，嘴的前端的那一部分为黑色，嘴喙尖上有一个白色的斑点。到此时，我们一共数了39枚剪嘴鸥的蛋。空中满是盘旋的鸟儿，空气中震颤着它们的鸣叫。在它们中间，有大量的黑浮鸥，这种鸥的鸣叫为嘀啾声，而不是普通燕鸥的那种摩擦似的唧唧声。尽管很久以前它们在1600公里之外的地方筑巢，然而跟其他鸟儿一样，它们显露出筑巢之鸟所有的迹象，在我的面前疯狂地嘀啾、盘旋，企图欺骗我去寻找它们的巢穴，直到收藏家告诉我说那是它们在戏弄我、诱骗我，我才没去追逐它们。

发现当地罕见的笛鸻蛋

在另一片海滩上，我们发现了小白额燕鸥（least tern）的样本，它们犹如知更鸟（robin）那样嘀啾，浑身呈纯白色，嘴喙为黄色，体形比威尔森燕鸥要小三分之一。在它们那边,我们发现了另一个普通燕鸥的聚居地,在那个聚居地里面,我们数到了62枚蛋。在那里,我突然遭到了一只普通燕鸥不断发起的攻击,那只鸟儿一次又一次径直朝我的眼睛飞过来,在它抵达我之前,要不是我不断地挥舞手臂威胁它、阻挡它的临近,那么它无疑会把嘴喙刺进我的面庞。在90米的距离上,它几乎不断地重复这样的表演。在它盘旋、一次次朝着我冲来之际,还邪恶地嗝啾鸣叫。

在最后的这个燕鸥聚居地那边,我来到了一个高高的沙丘前面,在它的脚下,发现了一个凹陷处——在灼热的流沙中,容纳着4枚蛋,蛋上面点缀着黑灰色的斑点。我赶紧召唤收藏家、植物学家和土著过来,他们仔细检查一番之后,一致认定那个未知的巢穴属于小白额燕鸥。在我看来,那些蛋就像是我曾经在加拿大发现的笛鸻的蛋。那种鸟浑身呈沙色,发出一种微微的、笛子般的鸣叫,脖子上有一个状纹,那个状纹跟它的表亲环颈鸻(ring-necked plover)不同,没有合拢。我对笛鸻的联想,却遭到了其他人轻蔑的嘲笑,他们向我保证说,自从奥杜邦[①](Audubon)时代以来,笛鸻就不曾在新泽西的这一区域筑巢了。然而,我快乐地声明,凭借某种非凡的机遇,我发现的就是笛鸻的蛋,正如收

[①] 美国著名的画家、博物学家(1785—1851),他绘制的鸟类图鉴被称作"美国国宝"。

藏家后来所说的那样，我是正确的。上述那些蛋如今收藏在费城自然科学院，上面贴着这样的标签："笛鸻，发现于新泽西。"自从那时以来，人们又有好几次发现笛鸻在那个州的南部海岸筑巢。

  终于，探索的日子结束了。我们从那个有绿头苍蝇和鲨鱼的孤岛上返回。在7月的美好日子里，我们收获颇丰，记录到了39种已经识别的不同的鸟类，发现了4种不同的鸟巢。

第 5 章　荒地的朋友

Friends of the Barrens

荒地深处，在那个叫作"遥远小屋"的周围，树林并不孤寂。那里生活着很多野生动物朋友：美洲鹑听从人类吹出的口哨召唤，主动显身，想跟人交朋友；春日早晨，披肩榛鸡飞到小木屋附近的枝头上，对人殷勤地点头、发出轻微的咯咯声；猫鹊飞到前门廊，啄食餐桌上的面包屑；三声夜鹰落在门廊栏杆上歌唱，喉咙中发出轻微的咔嗒声……而一只野猫也频频光顾小木屋，对人类的召唤发出低沉而友好的回应。荒地深处，还有一座"孤舍"，黄昏时拜访那里，一只大雕鸮不期而至，歇落到枯树上，对于那些兔子而言，大雕鸮无疑是死神的阴影。夜半，小木屋楼上突然响起恐怖的脚步声，仿佛是一个老人拖着脚步下楼，让人头皮发麻，头发竖起……

荒地的小鹌鹑听从我的召唤

在这片荒地的腹地，坐落着我的那座小木屋——"遥远小屋"，它位于一条弯弯曲曲棕色溪流的岸上。在春天，一丛开满白花的月桂树（laurel）犹如美丽的幽灵一样，守护着这座小屋。小木屋的四周，是一排排、一群群油松、星毛栎、紫树，还有长着星形叶子的琥珀树（liquid-amber）；而到了夏天，在所有这些树木下面，连绵不断的胭脂栎形成了一片绿色的海洋，延伸到40公里之外的海岸。

每一周，我基本上会去那里，以此来逃避烦琐的工作和生活中的烦恼，因为正如约翰·巴勒斯（John Burroughs）所写到的那样：我们所有人时不时都需要一点孤寂，以确保精神深邃而稳固的色彩。很多人认为，尤其是到了冬天，这片荒地完全是一个孤寂而荒凉的区域，缺乏生命的痕迹，他们也根本不相信那里有多少朋友在等着并欢迎来访者。

不久前的一个6月的日子，在一片四面松林环绕的小小的土地上，我就遇见了其中的一个朋友。当时我正迈步越过这片林间空地，却不料突然听见了一只鹌鹑（quail）在不远处发出口哨般的声音，于是我就模仿它的鸣叫——我想我模仿得很糟糕。谁曾料到，它竟然再次发出了那种口哨声，而且距离我更近了，于是我就再次回应它。突然，紧靠我的身后，传来了一阵沙沙声，一只小小的雄性美洲鹑（bobwhite）从一片密集的草丛中钻了出来，走到小径当中，露出一副疯狂好斗的样子：翅膀抬起，嘴喙半张开，羽毛全都竖了起来，那明亮的眼睛犹如火焰一般闪烁。它就这样一下子冲了出来，看来是准备要摧毁那个敢于在它的领地上向它挑战的对手。它距离我如此之近，以至我都能看见它那雪白的喉咙，还有眼睛上面的那条白线。

它一看见我，便立即停了下来，露出一副沮丧的样子，看上去很好笑，随后垂下翅膀，犹如子弹发出嗡嗡声，飞也似的逃走了，只见它一路远去，逐渐消失在我前面远远的草丛中。于是，我重新尝试呼唤它回来，便发出美洲鹑那样的三重音符——那是鹌鹑有时会发出的声音，但它没有回应。接着，我尝试发出鹌鹑的集合号，即那种小小的、古怪的双重音符，用来把一小群鹌鹑召唤到一起。

说来也怪，就在我几次发出这种召唤之后，我的附近就传来了一阵沙沙声，接着，一个有着黑边的棕色脑袋就从草丛中探了出来。现在，那只鹌鹑听到了我发出的召唤，尽管我如此断断续续地讲着它的语言，它也显然想跟我这个巨大的家伙交朋友。此时，它的喉咙里发出一声轻微的咔嗒声并更加靠近我。当我继续前行时，它就继续跟着我。在3米范围内，无论我何时停下脚步，它那棕色的脑袋和明亮的眼睛都会出现。

当我最终离开那片土地，继续前行的时候，我听到的最后一个声音是那只鹌鹑发出的集合号："到这里来吧！到这里来吧！"我更愿意认为它是想要我停下来，好让自己更加熟悉我这个大家伙。

我在五月岬的一个朋友曾经也有过跟鹌鹑的经历。那位朋友拥有一只雌性普利茅斯品种鸡（Plymouth Rock），在他的厩棚附近的一片土地上，那只母鸡偷偷构筑了一个巢穴，当他最终发现那个巢穴的时候，他也发现有一只鹌鹑在巢穴里面偷偷产下了6枚蛋。于是，他把鸡蛋拿走，让那只母鸡孵化出了6只有棕色条纹的小鹌鹑。遗憾的是，其中5只小鹌鹑都因为吃得过多而被撑死了，唯一剩下的那只小鹌鹑渐渐长大，成了这一家人的宠物。在吃饭的时候，它会像这个家庭的一员来到餐桌前；而且，尽管它像野鹌鹑那样穿过田野自由自在地漫游，但只要我的朋友吹口哨召唤它，它就总是会回到房子这边。

第二年春天，那只鹌鹑给自己找到了一个野生鹌鹑伴侣，离开了那里。令人惊讶的是，在夏末的一天，它在晚饭时间又重新出现了，还带着一窝儿女——整整10只小鹌鹑，昂首阔步走进餐厅，骄傲地对这一家子炫耀自己的成果。

我的另一个爱鸟的朋友曾经滞留于伦敦,但在那个城市中,他举目无亲,为了消磨时间,他就决定去参观动物园。那儿的鸟舍,有一大群形形色色的异国鸟儿,就在那些鸟儿当中,他看见了一只小小的雌性美洲鹑。于是,他走近铁丝网,非常轻柔地发出了那种集合号,那只小鹌鹑本来还在笼子里没精打采地站着,一听到这声音,便像打了鸡血似的,立即展开翅膀冲上前来。这两个美国老乡相互注视着对方的面庞,持续了好一阵。在那个巨大、孤独、拥挤的城市里,他们双方都因为找到了朋友而开心。

披肩榛鸡来访,猫鹊前来觅食

一个春天的早晨,在这片荒地,另一个朋友前来拜访我。前一夜,我在小木屋上床睡觉时,一轮巨大的蜂蜜色月亮犹如灯塔一般照耀在油松中间,空气中弥漫着蟋蟀蛙(cricket frog)的那种咔嗒的、闪烁的音符;一群林蛙(wood frog)不时迸发出一阵大雁鸣叫般的合唱,就像是一群飞向沼泽的大雁发出来的;而与此同时,遥远的泥沼中,隐隐约约地传来了雨蛙(hyla)那远远的、尖锐的音符,犹如叮当作响的银铃发出的和声。两只三声夜鹰,分别在溪流的两岸如此迅速地歌唱,以至于它们发出的简直就是结结巴巴的声音,伴着它们野性的音符不断回荡,我沉沉睡去。

第二天一大早我就醒来了,因为在黎明和日出之间的那个时辰，这片荒地显得最为可爱，因此不能错过。此时，随着太阳升起，你会看到各种各样的色彩交替出现。那天早晨，我床边那个窗口中的景色无比美丽，让我根本无法相信那些美景会拥挤在一个如此狭小的地方：在一片各种绿色组成的树木海洋上，悬挂着一片薄雾，透过这片薄雾，松树的尖显得黝黑而神秘，枫香树、山杨、白桦（white birch）、紫树和星毛栎的星形叶片，全部汇集成了一块多彩的魔毯。那条小溪就在这块魔毯上面穿流而过，形成了一条弯弯曲曲的暗的琥珀色缎带，迷失在一片雾白色和春绿色的云中。

正当我凝望美景的时候，一只大鸟突然振翅从薄雾中飞出来，掠过胭脂栎的顶端，歇落在我的小木屋附近的一棵枯树上。随着太阳渐渐升起，我认出那只陌生的鸟儿是一只雌性披肩榛鸡，在我居住的这片荒地的这一区域，它也算得上是罕见的鸟儿了。

有时在春天，披肩榛鸡仿佛是受到某种疯狂的困扰，会不顾一切地穿过黑暗而飞翔，日光下，这种本来如此胆怯的鸟儿会出现在那些最不可能出现的地方：在一条拥挤的城市街道上空的电话线上，在一列飞速行驶的火车顶部，甚至在一座房子里面……同样，那只雌性披肩榛鸡刚刚完成这样一次飞翔。它就栖息在那里，在一根距离地面不足3米的树枝末端，完全暴露在我的目光之下。而当我走出去观察它，它不仅没有受惊飞走，还对我殷勤地频频点头，发出一阵阵轻微的咯咯声，仿佛在向我致意。

那一整天，那只披肩榛鸡都待在那根枝头，紧靠着我的小木屋，每当我一靠近，它就会鞠躬、讲话。第二天夜里的某个时候，它才继续前行，但我始终感到，它的这次小小的拜访可能会开启一段愉快的友谊，因为披肩榛鸡有时确实会跟人类结下这样的友谊。对此，人们已经有过几个案例的报道，比如一只披肩榛鸡从树林中飞出来，跟来访的人会玩上半小时，假装去啄他们的腿，围绕他们飞翔，甚至还会飞到他们的肩头上，一直发出那种轻微的咯咯的音符——那正是这种鸟儿的友谊之声。

另一场始于"遥远小屋"且持续了大约两年的友谊，是我跟一只猫鹊（catbird）的交往。这场友谊始于一个春天的早晨，当时，我把一些面包屑抖到后门外面，却不料灌木丛中立即传来了一声高昂的鸣叫。紧接着，一只羽毛光滑的猫鹊就跳进了开阔地，开始吃那些面包屑，进食之际，它还对我不断振动翅膀，发出啁啾声。那一天晚些时候，我坐在溪畔的前门廊上吃午饭，它竟然毫不怕人地飞了进来，落在一把椅子的背上，从那里跳到了餐桌上，再次啄起我抛给它的面包屑，大快朵颐地吃起来。

我们的友谊持续了整个夏天和秋天。到了第二天春天，当我在一个5月的日子重返我的小木屋时，我刚一打开后门，就立即听见了一声高昂的啁啾，那同一只猫鹊出现了。尽管它从不会从我的手指间啄取食物，但总是歇落到餐桌上，显然很喜欢与我做伴。

几年前，当我与一个朋友在哈弗福德市度过夏天的时候，我们也有同样的经历：在那些晴朗的日子，我们习惯坐在葡萄藤的侧廊上吃饭，日复一日。这时，一只猫鹊会加入我们的行列，它会落到我们的餐桌上，吃面包屑，面对着我们，却丝毫没有露出惊慌的样子。

第三年，我前往"遥远小屋"时，那只猫鹊没有出现。我发现，鸟儿跟人类的友谊期限，一般是从两年到三年，不会太长。

一只野猫频频造访小木屋

另一只胆怯的鸟儿曾经来到"遥远小屋"拜访我，那是一只三声夜鹰。在温暖的春夜，当空中弥漫着蛙鸣的音符，三声夜鹰就会在我的小木屋四周纵声歌唱。距离我的门廊不远处，一棵雪松（cedar）枯死之后弯曲成了一个半圆形，而就在那里，一只三声夜鹰会纵向地栖息在那弯曲的树干上，夜复一夜地对我歌唱。最后，它会歇落在我的门廊栏杆上，距离我坐着的地方还不到1.8米远，在那里唱起它那回荡的三和弦，其距离如此之近，以至我都能辨别出它的声音中的特质：在每个音符之间，它的喉咙会发出那种轻微的咔嗒声，只有当鸟儿近在咫尺地歌唱时，你才能听到那种声音。

在一个夏日正午，距离我的小木屋不远的胭脂栎中间，也许是这同一只鸟儿为我进行了一场歌唱表演。当时，松莺们唱出那涟漪般的音符，犹如棕顶雀鹀那深受赞美的歌，蓝翅虫森莺（blue-winged warbler）发出"斯威——奇，斯威——奇"的颤音。突然，从一片密丛深处，一只三声夜鹰开始在炽热的阳光下歌唱起来，足足唱了5分钟之久。在45米的半径之内，其他鸟儿的音符都被它的歌声所淹没了，它的鸣唱成了我所听过的最神秘、最难以置信的歌唱表演之一。

在一个冬夜，我在这片荒地的最好的朋友前来拜访我。那天晚上，在墨绿色的松林上空，圆月就像一大块冻结的黄金露了出来，小木屋薄薄的木板因为霜冻而噼啪作响。我把一根根木头巧妙地放在大壁炉中，这样它们就会彻夜燃烧，免得让我在夜间从暖和的床上爬起来添柴火。在这些木头当中，有红花槭、星毛栎、紫树和劈开的油松，此外我还贮存了一些白栎，把它们堆到了巨大的烟囱的喉咙之中。当熊熊的烈焰高高燃烧的时候，我就把床铺拉过去靠近炉膛，裹着一件水牛皮制成的大袍子，准备一觉睡到天亮，尽管凛冽的寒意犹如雾霭穿过小木屋薄薄的墙和几个窗口爬进来，但我毫不在意。

我才刚刚睡着，就突然听到外面的树林中传来了一声猫叫。起初我还以为那是一只野猫（wildcat），就是那种远比大多数人所怀疑的更常见、分布更广的栗色猞猁（bay lynx），然而，在这片荒地，即便有那种野猫，数量也不会多，很少能看到其身影。于是，我就断定那个夜间流浪者是一只林猫（wood cat）——一只回归了荒野、像它们祖先那样生活的猫。

那只猫围绕着小木屋转了三四次，发出一种孤独的叫声，仿佛透过窗户玻璃闪耀的火光让它想起了往昔那些温暖、安全和温顺的日子，而不是像现在这样为了野性和自由而去挑战寒冷和黑暗。

最后，我再也无法忍受那种怪异的哀号，便从床上溜下来，打开房门，呼唤外面那个无家可归者。那只猫一听到我的声音，便立即发出了一种轻微的低声吟唱的、友好的音符,仿佛很高兴再次听到人类的声音,但它不会显身走到光芒之中。最后,我冻得瑟瑟发抖,不得不回到床上,那天夜里就再也没有听见那个流浪者的声音了。

那个冬天的其余时间,还有第二年的整个春天,尤其是我在"遥远小屋"度过的每一个日子里,那只猫只要看见灯光,都会来拜访我。一般来说,我要到深夜才会听到它的声音。它总是会绕着小木屋而行,发出我在最初听到的同一种女妖般的哀号,当我呼唤它时,它还会回应,但接着就离开了。

然而,到了春天,只要我一打开房门,它几乎立即会出现,从不到3米远的灌木丛中对我呼唤,然而可惜的是,我一直未能瞥见它的身影。

然后在7月的一天夜里,我终于第一次看到了它的身影。那天下午,天气灼热而令人倍感压抑,空气中有一种奇怪的、令人不安的紧张气氛,于是我干脆上床睡觉,却没有睡着。一阵阵灼热的风吹来,搅动树木,使得树木不断颠簸、叹息,仿佛就像我一样无法入眠。然后,风陡然升了起来,越吹越大,似乎在一次又一次述说某种险恶而预示着不祥的事情。

突然,没有任何预兆,一道闪电就亮了起来,犹如栩栩如生的火焰燃起,照亮了外面风景的每一个细节,接着一声雷霆噼啪响起,天空似乎要被击碎了。一道又一道闪电接踵而至,与此同时,雷霆犹如一场大战中猛烈的炮火那样响起。随着一声咆哮,雨水从天而降，犹如洪水冲击到我的小木屋上面。我根本无法睡觉，赶紧下床关上窗户，一路摸索着下楼，点燃蜡烛，坐下来读书，整整两个小时，雷霆都不断吼叫，闪电越过天空而闪烁。

终于，这场风暴渐渐朝西边退去，雨停了下来，令人最愉快的是，空气中那种折磨人的紧张气氛已荡然无存，我再次感到自己能安稳地睡觉了。当我望向窗外时，东方显现出微明，而在西方，一轮渐亏的月亮正倦怠地沉落下去。接着，我听见了一声熟悉的叫声，就在我穿过胭脂栎而开辟出来的那条小径上，看见了我的朋友——一只华丽的黑猫，它那抬起的下巴下面有一块白斑。我从窗口召唤它，它则把尾巴拱曲到背上，轻轻地发出一声快乐的鸣叫来回应我，仿佛它来到这里，是为了看看我在暴风雨之后是否还安全。我们对视了片刻，然后它就消失在灌木丛中。

从那时起，它就再也没有回来过，尽管我在很多个夜晚醒来，相信自己再次听到了它那轻微的低声吟唱、友好的叫声，但它从此一去不返。

黄昏时穿越荒地，拜谒"孤舍"

在这片荒地中，一个冬日又来临了。在蓝天的映衬之下，溪畔的那些灰绿色的雪松犹如黝黑的大羽毛，沿路的油松全都闪耀着浅金色的冬日阳光。

在傍晚的光线中，月亮高悬在头上，犹如一块半球形的雪花石膏，皎洁如霜，冻结的池塘点缀在沼泽各处，犹如一个个古银色的大浅盘。

我一度听见了一只卡罗来纳山雀（Carolina chickadee）鸣叫，发出"迪、迪、迪"的声音，这种鸟儿的体形比它的北方兄弟要小一些，性情也要温和一些。随后，一只乌鸦从寒冷的天空飞过，传下来呱呱的叫声。除了这些声音，就没有什么其他声音打破这片荒地的宁静了。

在夏天，百合溪（Lily Brook）棕色的水面星星般地点缀着睡莲（water lily），如今我不得不一如既往地在那连接两岸的、容易倾斜的木头上越过水面。幽暗的光线中，月亮从霜色深化成了金色，映照在一个池塘中，那静静的池水似乎有一种奇妙的、半透明的绿色。在那里，月亮犹如一粒镶嵌在玉石中的黄色珍珠闪烁着。池塘那边，我来到了一堆多彩的鹅卵石前，我总是要在那里停下，寻找月长石。这种石头实际上是石英晶体，然而，如果你把它们切割、打磨得很光亮，它们看起来就很像是月长石，这就证明了此名不虚。我用了10分钟，捧着这些松散的石头滤过手指。突然，我看见一大块怪物般的、完美的月长石深嵌在沙滩上，犹如一粒镶嵌在布丁上的梅子，它比英国胡桃还大。它那有气泡的表面，被遗忘的火焰所融合，在渐渐隐退的光线中，犹如柔和的白色火苗闪闪发亮。

于是，我赶紧将它拾起来，作为幸运石塞进衣兜，然后沿着一条半隐蔽的小道，穿过沉寂的松树而前行，在松针铺就的血棕色地面上，我的脚步没有发出一丝声响。突然，就在我的前面，一群大鸟从树木间默默地飞出来。在渐渐隐退的光线中，我不可能清晰地看到它们，但最后一只鸟儿在飞翔时无法抗拒地发出了一声响亮的啁啾，这就让我知道了它们都是知更鸟，我还知道，尽管地面还覆盖着冰雪，但春天正在路上，很快就会来临。

在松林那边，我来到了一条白沙铺就的道路，路边赭色的草丛深长，在风中犹如女人的头发一样飘扬，落日的余晖下，它们最初变成琥珀色，随后变成金粉色。道路的另一边，有一片被遗弃的蔓越莓池塘（cranberry bog）。迎着大片大片呈现出肉桂黄褐色的香蕨木（sweet fern）和一片片白镴色的冰，蔓越莓的叶子显现出洋红色。在这片沼泽的边缘，生长着纤细而笔直的白桦，其细枝呈酒红色，此外还有一丛丛蜡杨梅（bayberry）——一派鸭绿色和黄褐色，跟冬青（holly）的那些贫乏的亲戚——光滑冬青果（inkberry）发出的紫罗兰色，以及甸杜的洋红色藤蔓混合起来。

随着太阳西沉，黑暗开始如着色剂般缓慢地越过沼泽而铺展开来。当我在泥沼边穿过更远处的树林匆匆前行时，霜犹如白银铺展在星毛栎那棕土色的叶子上，也铺展在茶色的树干上。

接着，"孤舍"（Lonely House）就隐隐出现在我的面前。这座房子历经一个世纪的日晒雨淋，被人类遗弃了整整50年，犹如一根骨头那样发白。房子顶上，有一根戴着古怪帽子的烟囱，春天，燕子就在那里面筑巢；房子的墙板饱经风霜，被那些乐观的扑翅鴷钻满了圆孔——那些鸟儿显然把这座房子当成了某棵灰白的大树，锲而不舍地啄击。树林从三面，不断蚕食这片小小的林间空地，年复一年地"逼近"。这座房子旁边，有一棵枯死的苹果树，其树干光秃秃的，如此巨大，肯定是在房子本身建造的时候种下的。在这座房子的第四面，也就是在低矮的门槛前面，有着一片孤独的沼泽。

在很久以前的一次散步中，我就发现了这座房子，而且始终把它认为是"孤舍"，因为相比我所知道的其他房子，它距离人类更远，也更孤寂、更荒凉。

今夜，随着蓝紫色的黑暗充斥着这片荒地，除了那些排成暗淡的行列并越过白沙挺进的松树之外，这片荒野如同进入了深深的睡眠当中，静静地朝远方伸展，好多公里之内都没有另一座房子。

令人难以置信的是，在往昔的那些日子，这片荒地满是男人、女人和孩子，他们开辟了道路，而那些道路至今还弯弯曲曲地通向远方，穿越所有的树林和泥沼。那天傍晚，我站在那里遥望沼泽另一边，远处突然响起了一阵幽灵似的鸣叫："呜——呜——呜——呜……"那种声音微弱而遥远，但其中贯穿着一种无法形容的、令人战栗的威胁感。

片刻之后，一个黑暗的影子就出现了，在深处，两只可怕的眼睛犹如火焰一般闪耀。那个影子穿过皎洁的月光而飘浮，紧接着，一只大雕鸮就歇落在靠近那棵苹果树的一根枝条上。这只冷酷的鸟儿体形硕大，几乎高达60厘米，呈现出黑色、灰色和黄褐色，脖子上有一个白色领圈，额头上有一对黑色羽毛形成的"角"，这就使得它的面庞露出一副怒视的表情。片刻之后，它就看见了我，于是它又起飞，越过这片荒地飘走了，对于它在那一夜所搜寻到的所有棕色的兔子来说，它无疑是死神来临的阴影。

那只猫头鹰不再呜呜地鸣叫，风随着太阳的落下而渐渐平息了下去，我站在那里，试图想象100年前"孤舍"中那个被遗忘的家庭的生活情景。一小时之后，我才穿过捷径和隐蔽的道路，回到了"遥远小屋"，在一整天穿过这片荒地长久步行之后，我感觉有些疲惫，很快就在火光前呼呼熟睡了起来。

夜半，楼上突然响起恐怖的脚步声……

在夜半的某个时候，我突然被惊醒了，躺在床上凝视那发光的木炭底部——那是火焰留下的一切。接着，一件可怕的事情就发生了：从我的头上传来了一丝脚步声。一声、两声、三声，打破了沉寂，尖锐而又断断续续，始终以一种古怪的、轻微的曳行声而结束，犹如一个很老很老的人拖拽着脚步而行走的声音。对于我的脊骨，这种声音无疑是冰与火，因为我知道，那不可能是人类的脚步，因为没有人能够躲藏在我上面的房间里面。而且，尽管那些脚步就在我的头上朝着楼梯口前行，然而在人类的身体重压之下，上面的任何一块木板都会按常规而嘎吱作响，或者绷紧。

我就像塞缪尔·约翰逊博士[①]（Dr. Samuel Johnson）一样，不相信世间有鬼，但我非常怕鬼，因此，当那个声音开始顺着楼

[①] 英国作家、文学评论家和诗人（1709—1784）。

梯缓慢下行，富有节奏地移动的时候，我头皮上的肌肉都僵硬了，我的头发也竖了起来。

在夜半，在这片孤寂的荒地，在我孤独的房子里面，那种奇怪的脚步声越来越近。突然，我再也无法容忍这种疑惑，便抓起一根用紫树苗制成的沉甸甸的拨火棍，走了过去，来到那扇通往楼梯的紧闭的门前。正当我举起拨火棍，门后的楼梯上传来了一阵刺耳的摩擦声，仿佛在门的另一边，那个陌生未知的物体正在咬牙切齿。我竭力鼓起意志，打起精神，期待看见某个恐怖的形态出现在眼前，或者更糟的是，发现那里根本就空无一物，正是在这样的想法之下，我突然猛地拉开了门。

门后没有恐怖的形体，一只红松鼠（red squirrel）蹲坐在楼梯的最后一级台阶上，面对着突然照射到它身上的光线而眨眼，这只松鼠全身呈灰色和黄褐色，那条毛蓬蓬的尾巴在它的背上拱起，那两只修长的爪子中捧着一枚硕大的黑胡桃（black walnut）——原来，它一直在费力地拖拽着这枚黑胡桃下楼。

它在那里一动不动地蹲坐了片刻，然后才露出一副受惊的表情，之后迅速钻进墙上的一个洞孔，丢弃了它一直在啃啮的那枚坚果。

第二天早晨，当我坐在小木屋的门廊上，我听见一棵雪松的顶部传来了一阵沙沙声，我在夜半遇见的那只红松鼠从屋檐下出现了。

也许，它认出了我，把我认成了那个夺走了它的胡桃的强盗，因为它对着我发出一种喋喋不休的音符,那声音滑稽好笑、充满抱怨。我尝试回应它,发现自己几乎能够透过紧闭的牙齿吸入气流,准确地模仿它的声音。

随着我发出这样的声音,它迅速跑下树干,越过门廊,下一刻就坐在我的肩头上了。显然,由于我能用它的语言谈话,它就把我当作了另一只松鼠,正如我的一个朋友后来听说此事时,还有点儿不近人情地暗示:它或许就是个疯子。

它在那里仅仅坐了片刻,就迅速跑回房子里面,吃起了我留给它的早餐食物。第二年,我每一次来到小木屋,我都要发出它那种嘶嘶的、喋喋不休的轻微鸣叫,大约在一分钟之内,它都总会从树干上迅速跑下来,最后变得如此温顺,以至它都会从我的手指间获取食物了。

然后有一天,它没有回应我的呼唤,我从此就再也没有见过它了。这就是跟我们的小兄弟之间的友谊所带来的麻烦——在如此短暂的时间之内,它们就消失了,且一去不返。

第 6 章　再访大沼泽

Lost Island

在奥克弗诺基大沼泽中，隐藏着一个迷失之岛。多年来，围绕着这个岛，各种传说甚嚣尘上。为了探寻这个神秘岛，我们一路深入沼泽腹地。沿途点缀着野花的"大草原"连绵延伸，四面八方有南方鸟儿：白鹭、红腹啄木鸟、林鸳鸯、环颈潜鸭、鸡鸠、三色鹭……以弗洛伊德岛为大本营，我们出发去探索迷失之岛，穿过颜色变幻的水域、树木，在水道、小岛和泥沼构成的迷宫中不断穿行。到了水道尽头，我们弃船涉水前行，5个小时后，终于登上迷失之岛。返程时，天色渐暗，我们不断跟正在降临的夜幕赛跑，一路上，密集纠缠的竹藤成为障碍，让人一度迷路，而此时，寒意四起，令人浑身打战。经过一番艰辛的跋涉，我们终于走出迷宫，重返弗洛伊德岛上那温暖的篝火。

一只勇敢的小狗跟随我们出发

"赶快下来吧,迷失之岛(Lost Island)找到了。"我的朋友从奥克弗诺基大沼泽的边缘发来电报,通知我前往南方。那片沼泽是未曾探索过的塞米诺尔印第安人的根据地,位于佐治亚和佛罗里达两州之间,面积达到了1550多平方公里。两年前,我初次探访那里时就曾发现,众多有名或无名的岛屿隐藏在沼泽的深处,比如弗洛伊德将军[①](General Floyd)在19世纪30年代跟印第安人战斗过的弗洛伊德岛(Floyd's Island),一个逃亡的奴隶发现的约翰黑人岛(John's Negro Island),天黑之后没人会独自待在那里的布加布岛,作为塞米诺尔印第安人酋长"罗圈腿比利"

---

① 美国将军(1806—1863)。

（Billy Bowlegs）之家的比利岛（Billy's Island），此外还有其他很多很多不知名的岛屿。

在所有这些岛屿中间，我最感兴趣的始终是迷失之岛。多年以前，应该是一个设置陷阱的捕猎者初次发现了它，但在他死后，通往那个岛屿的道路便彻底迷失了，人们根本无法进入。我曾经在那里搜寻过两次，试图前往那个岛屿，但都无功而返。第一次，我抵达了迷失之湖（Lost Lake），只有极少数人看见过这个湖泊；在我第二次试图找到迷失之岛的时候，我自己却迷失在众多沼泽构成的迷宫之中，费了好大的劲才找到出路返回。

正如大家期待的那样，围绕着迷失之岛，形形色色的传说甚嚣尘上。一些人说，一帮酒贩子在那里出没，还说任何前往那里拜访的人都会一去不返；另一些人则说，那完全是由那个死去的设置陷阱的捕猎者所杜撰的，是他想象的产物，还说根本就没有那样的地方存在。然后，还有一些人声称自己遇到了登上过迷失之岛的人，他们告诉我，北美黑啄木鸟和象牙嘴啄木鸟在那里筑巢，还说在那个岛屿的界限之内，生长着一棵巨大的槲树。不仅如此，他们还诱惑我，说那里能找到秧鹤（limpkin），即那种介于鹭（heron）与秧鸡（rail）之间的关联性动物，还有林鹳（wood ibis）——我们美国唯一的鹳类。

因此，在接到电报的两天后，我就站在了那片大沼泽的入口处。巴德（Bud）正在那里等着我。巴德是一个年轻巨人，长着发白的黄头发、蓝眼睛，看上去浑身是劲儿，充满无穷的勇气和使不完的耐力。正是他在前一年的冬天发现了迷失之岛，而现在也正是他将引导我前往那里。

我小心翼翼地爬进一艘平底小船，把露营用具堆放在周围。随后巴德召唤他的狗佩吉（Peggy），告诉它可以跟随我们一起出发。佩吉是一只体形不大的凯恩梗（Cairn terrier），有一双最明亮、最黝黑的眼睛，这是我在其他狗的身上不曾见过的。当它发现自己能跟我们一起出行时，便高兴地到处奔跑、打滚、跳跃，假装去咬那只无动于衷的英国塞特犬老杰克（Jake），还撞翻它的小宝宝里普（Rip）。然后，它就掌管了小船，擅自占据了那个最舒适的位子，朝着另外两只狗吠叫了一阵，仿佛在最后告诉它们说，它们错过了某个好机会。

尽管佩吉是个小不点，但它毫不畏惧任何东西或任何人，而且还是我所知道的唯一能在公平搏斗中杀死菱背响尾蛇的狗。在这样一场战斗中，它所采取的策略与猫鼬（mongoose）对付眼镜蛇（cobra）的策略完全相同：它起初会环绕着那条盘卷的响尾蛇，不断地迅速冲刺、佯攻，哄骗那条蛇频频出击。而每一次，那条菱背响尾蛇缩回去盘卷起来的速度就会越来越慢，直到最后它那巨大的身子精疲力竭地松弛下来，伸展躺着，此时机会就来了——那一瞬正是佩吉所等待的，它会闪电般冲上前去，张开嘴巴，死死地咬住那条蛇的七寸，直到对手完全死去才会松口。然而在仲夏，巴德根本不会允许它前往沼泽，因为在温暖的天气里，那些狡猾、黝黑的短吻鳄就潜伏在那里，它们喜欢以小狗为食，对于佩吉特别致命。

水道两旁，各种鸟儿出现在眼前

那天下午，我们动身之际，幽暗的水显现出一派乌贼墨色和银色，水的深处闪耀着翠绿色和子夜的紫罗兰色调，而在水道映照着的开阔的天空之处，不时会呈现出青绿色。到处点缀着夏天的残存下来的睡莲，它们犹如一片片象牙漂浮在红棕色的水面上。而沿岸，高高的狐尾草（foxtail）形成了一排排银色的蜡烛，在那些狐尾草的中央，露出了一簇簇黄紫菀（yellow aster），看上去犹如一枚枚散落的金币。当我把目光从水边收回来，又看见树木的颜色融入一条细长的东方地毯，地毯上，包含了枫香树的紫色和单调的深红色，柏树的褐色，还有松树的翠绿色。

四面八方，到处有南方的鸟儿在活动。一棵高大的柏树覆盖着铁兰，因而浑身呈现出银白色，在它的顶上，一只光彩夺目的白鹭（white egret）看着我们经过。那些小小的褐头鸸（brown-headed nuthatch）在树上进食，这种鸟儿脑袋朝下，轻轻地发出连续的、叮当作响的音符。我们时不时听到"杰姆杰克"的鸣叫——"杰姆杰克"是巴德对红腹啄木鸟的称呼。水道上，我们还不时遇到一群群色彩绚丽的林鸳鸯（wood duck）、一队队环颈潜鸭（ring-necked duck），这种野鸭雄鸭的脖子上有一个个栗色的状纹，嘴喙上有一个个白色的圆圈，因而得名。就在我们前面不远处，一只翠鸟振翅朝下飞去，偶尔我们还会看见小小的灰色鸡鸠（Palau ground dove）出没，它们的脑袋和脖子上微微地闪烁着玫瑰色的光亮。

行进中，我们一度还遇到了一只呆头伯劳（loggerhead shrike），这是个整洁、衣着考究的杀手，它穿着黑白的制服，戴着黑色的面具，黑眼睛闪耀，嘴喙犹如钩子一般。像其他伯劳一样，呆头伯劳总喜欢将它的受害者——小鸟和大型昆虫牢牢地钉在蒺藜上面，在杀戮之后、进食之前，它总是会讲究地沐浴一番。过了不久，我们就看到了三色鹭（Louisiana heron），这种鸟儿的脖子呈蓝色，身体下侧则呈白色。此外，我们还看见了南方的唧鹀（towhee），它在沼泽中的名字叫作约里，这种鸟儿有白眼睛，跟它的北方兄弟的红眼睛完全不同。

在所有这些有趣的陌生鸟儿当中，我们还一度听到了一只蓝鸲（bluebird）发出的那种类似"遥远、遥远"的音符，那些可爱的女低音音符从天而降，犹如一滴滴白银落下来。抬头仰望之际，我们看见了那种可爱、勇敢的北方鸟儿正朝着日落飞去，它的背上呈现出天空的颜色，而胸脯上则呈现出南方的红泥颜色，我们观察着它，目送它的身影渐渐消失在一片云彩中。

在我们面前，溪流穿过仙境般的远景连绵而去，巴德向我示意，指着岸上沙子中一个深深的印痕。那个印痕看起来就像人类的赤脚留下的，只是更宽一些，脚后跟处收拢成了一个点。"那是熊的足迹，"他说道，"昨天我刚一拐过这个弯，就几乎撞上了一只正要蹚过溪流的公熊。它一看到我，扭头便跑，穿过灌木丛前往下一个空地，然而，我像它一样迅速地抵达了那里，将它截住，接着它又往前跑，我蹚着水前行，我俩再次来到了下一个渡过溪流的地方。这一次，它站着直接面对我，那样子让人非常恶心，然后它就转身回去了，我也没有追下去。"

下午3点左右，我们抵达了那个鱼鹰的巢穴——那是一个地标，我们要从那里离开水道。在那个地点，巴德继续沿着隐蔽的水道和蜿蜒的水渠前行，把小船驶向我要跟丹（Dan）和约翰（John）相遇的弗洛伊德岛。他手持三齿船篙，推动小船前行了很多公里，沿着我不熟悉的秘密标记和视觉范围而前行。我们的四面八方是"大草原"——这是巴德对连绵、开阔的沼泽的称呼，因为沼泽中覆盖着大片的睡莲、金棒花（golden club）、猪笼草和其他水生野草，一眼看上去，几乎与开花的绿色草甸并无二致，因此而得名。这些地方到处点缀着"房子"，这是沼泽中的小岛的名字，这些小岛面积大小不一，熊、鹿和其他野生动物就在这些小岛上安家。

终于，在我们的面前，沼泽中冬天的日落景色铺展开来，那是非人间所能见到的美景：西边的天空上，是一片珍珠的海洋，点缀着火焰般的云彩，呈现出青绿色和苹果绿。随着光线渐渐暗淡下去，松树迎着一条血红色的带子而露出了黑黝黝的身影，苔藓从柏树上悬垂而下，显现出燃烧的玫瑰色。然后，一只沃德鹭（Ward's heron）拍动沉甸甸的翅膀飞越炽热的天空，在那些火焰的映衬下显现出蓝黑色，而晚星透过一堆淡紫色的云，犹如一盏孤灯，远远地悬挂在西边的天空上,闪耀着。

夕阳的余晖中,我们来到了一片柏树前面,这片柏树高耸在密集的灌木丛之上。只见巴德的手腕灵巧地一转,便让小船围绕着长满苔藓的树干前行,然后突然拐进一条隐蔽的水道。这条水道完全被树木遮住,就像隧道一样穿过灌木丛向前延伸。沿着这条水道,我们终于来到了一条小径,那条小径是把木板钉在树桩和倒下的树干上面铺就而成的,在沼泽上一路向前延伸,几乎长达 1.6 公里,最后把我们带到了弗洛伊德岛。岛上的两棵巨大的槲树之间,隐藏着一座小木屋。

弗洛伊德岛上的晚餐和篝火

我们到达弗洛伊德岛的时候,一轮圆月从一棵长叶松(long-leaf pine)的顶上探出头来,俯视着我们,犹如来自另一个世界的某种活跃而辉煌的生物。远处,风声沙沙而动,就像遥远的碎浪咆哮,我们听到那风声扫过很多开阔的沼泽,却没有一丝气息抵达这个岛屿,来打破这里寒冷的、月照的寂静,或者搅动原本已经沉睡的树木。

我们沿着一条小道穿过矮棕榈,寒冷的霜降已经赶走了潜伏在那里的菱背响尾蛇,因此在小道上行走很安全,也就很快来到了比利大叔的小棚屋。比利大叔是这个岛屿看守人,也是我最好的朋友之一,他个子矮小,留着竖起的花白小胡子。他早已在树下生起了一堆熊熊篝火,用来烧水煮饭,向导们则聚集在篝火四周。在头上悬垂的粗枝的暗影中,燃烧的火苗把猎人们的面庞映照成了浮雕,在那种场景之中,让人不得不回到戴维·克罗克特[1](Davy Crockett)、丹尼尔·布恩[2](Daniel Boone)生活的那些日子,以及我们一长串拓荒的时日。

我们停下片刻,跟大家打招呼,然后继续走向我的主人丹的小木屋——丹是一个极不平凡的人,即便是在上帝面前,他也堪称强劲有力的猎人和真正的冒险家,还有约翰——丹手下的一家松节油公司的经理,他们正等着迎接我们。在奥克弗诺基大沼泽中,约翰是最受大家喜爱的人之一,他的个子也很矮小,眼睛呈灰蓝色,他从那副角质眼镜后面坚定地看着外面。此外,他还是这片沼泽中最著名的神枪手,能用步枪击碎抛到空中的瓶子,或者把子弹射进抛起的帽子的某一个特殊的部位,这样的技艺让他的很多朋友都从他那里学到了经验。而且,他那天为了做一顿丰盛的晚餐来招待我们,还特地大显身手,用优秀的厨艺证明自己是技艺高超的厨师。那顿晚餐以一道甲鱼(snapper)汤开始,那只冬眠的甲鱼是他从一蓬草下挖出来的,宰杀后熬制成汤;接着是烤制一条重达1.4公斤的大嘴黑鲈(large-mouthed black bass),那是比利大叔在那天早晨钓到的;再接下来是烤制绿头鸭(mallard)和环颈潜鸭,

---

[1] 美国拓荒传奇英雄(1786—1836)。
[2] 美国历史上最著名的拓荒者之一(1734—1820)。

所有这些野鸭肉上面，都铺着一层瑰丽的梅子布丁，此外还有一壶热咖啡。

洗完盘子后，我们坐在一大堆篝火前面休息，时不时添加木头，那些木头是从松树残桩那饱含油脂的核心砍下来的，很容易燃烧。在篝火前，我们度过了一个漫长的夜晚。我们美好地交谈，这样的情形，似乎只有在开阔的荒野中并与围坐于篝火旁的朋友中才能找到。

在小木屋壁炉前的地板上，铺垫着一只黄褐色的豹子（panther）皮，那张皮很长，从鼻尖到尾尖足足有2.1米。在整个北方的那些州里，这种大猫几乎已经灭绝了，但在佐治亚和佛罗里达之间的沼泽中仍能找到。这种动物别名众多，五花八门，被不同地方的人们分别称为豹子（panther）、美洲狮（cougar）、彪马（puma）、山狮（mountain lion）。这只特别的豹子一度胆大妄为，在猎杀了一些牛犊和好几只猪后，便遭到了猎犬的追踪，最后被约翰赶上猎杀。约翰向我保证说，它的伴侣无疑还潜伏在沼泽中的某处。然后，他告诉我们这种豹子有一种古怪的习性，那就是喜欢偷偷跟踪人类。他还讲到了它那令人毛骨悚然的叫声："那种尖叫就像是一个女人被割喉时发出的惨叫。"他如此描述那种声音。

"一天夜里，我和里德·切塞尔（Rid Chesser）出去，听到一只豹子就在我们的附近尖叫，"他继续说道，"尽管里德带着一把大砍刀，我带着一支猎枪，但他还是感到了恐惧，立即爬到了树上躲藏起来。"

在晨曦中启程，探索迷失之岛

第二天早晨天亮之前，巴德就轻叩我的窗户，把我唤醒。我刚从暖和的床上爬起来，冰冷的空气立即笼罩全身，我匆匆穿上衣服，前往厨房，跟巴德一起吃早饭，他已经在那里准备好了无限量供应的咖啡、培根和鸡蛋等着我。然后，我们没有打扰那些还在床上熟睡的朋友，便开始对迷失之岛进行探索。

我们推动小船，在弗洛伊德岛北边的柏树中间，穿过一条弯弯曲曲的小水道前行。此时，月亮依然高悬在一片呈现出紫罗兰色调的天空上。接着，仿佛有一层薄膜越过了燃烧的金色，一条银色的带子在东方显现出来，慢慢亮成了琥珀色，然后又变成了金色，与此同时，沼泽那原本昏暗的水域变成了一种浅浅的翠绿色，然后又变成了绿色，上面铺盖着玫瑰色——对于如此瑰丽的色彩，只有早起的人才能一饱眼福，贪睡的人是根本享受不到的。当颜色终于变成带霜的银色，覆盖着紫罗兰色的阴影，即大沼泽开阔的水域通常呈现出的那种颜色时，整个东方的天空仿佛成了一片燃烧的玫瑰色的大海，穿过这片色彩的海洋，一条火焰般的金边突然露了出来——新的一天开始了。

一个又一个时辰，巴德熟练地划着小船，载着我越过一片片宽阔的"大草原"，经过无数个小岛。有时候，我们似乎会迷失在一片片齐肩高的深长的黄草中，然而，沿着那些同样隐藏的、曾经只有印第安人才知道的水道，他又总是顺利地将小船划了出来，重新进入开阔的水域。这片大沼泽覆盖着一层薄冰，看起来就像是被水浸透的黑色丝绸，不断在我们的船头破碎，发出一种叮当悦耳的声音。远处，在黄褐色的柏树和猩红色的水栎（water oak）上空，一些沙丘鹤飞过之际，发出了喇叭似的鸣叫，犹如涟漪一般传过来。

穿行在大大小小的水道、小岛和泥沼构成的迷宫中，好几个小时之后，我们就来到了一条深深的、狭窄的溪流。这条溪流在硕大的柏树之间穿流而过，逐渐拓宽成了一连串幽暗的池潭，其间由一段段蓝色的水连接着，犹如一串黑蛋白石（black opal）和蓝宝石（sapphire）串成的项链。然后，这条溪流又拓宽成一条河，河边生长着肉桂色的亮叶南烛（hurrah bush）、常绿叶片和绚丽的红色浆果的栾树（casina tree），此外还有一排排柏树，上面悬挂着紫灰色苔藓形成的花彩。

在那里，巴德指着一个池潭对我说，前一年他曾经带着丹的女儿来这里钓鱼。她第一次抛出鱼线，就钓到了一条重约1.8公斤的鲈鱼（bass）。第二次，她钓到了巴德所见过的最大的黑鲈（black bass）。她使用的是这片沼泽中所有渔夫都会使用的短钢竿，而正当她跟那条大鱼周旋的时候，鱼竿上的卷盘突然脱落了。那个小女孩立即扔下鱼竿，紧紧抓住鱼线，开始用双手交替着收线，试图把那条大鱼拉上来。就在那个时刻，一只短吻鳄受到这场人鱼搏斗所溅起的水花声的吸引，从一道堤岸下面迅速冲了出来，试图靠过来咬住那条大鱼。

"我当时用船篙顶住那条鳄鱼的鼻子，不让它靠近，这可让它有点儿泄气,但它并未放弃几乎快要到嘴的美味,便不断尝试攫住那条大鱼,"巴德说道,"终于,她把那条大鱼拖到够近的地方,然后把一只手插进鱼鳃,将其猛地抛进了小船,与此同时,我用船篙隔开那只鳄鱼,不让它靠近。"

说到这里,巴德大笑了起来。

"当我们回去的时候,我永远都不会忘记丹先生露出的那种惊愕的表情,"他继续说道,"他问女儿钓到鱼没有,她却漫不经心地回答:'只钓到几条小鱼。'接着,我把那几条鱼拿了进来,其中一条重达 1.8 公斤,而另一条则重达 16 公斤,丹先生见状,惊得几乎向后翻倒。她肯定是我见过的最会钓鱼的女孩了。"他讲完了那次经历。

穿过迷宫,涉水走向迷失之岛

在这个著名的池塘那边,河流拓宽成一个新月形的小湖,在我们面前连绵着伸展而去,湖边的柏树干闪烁着发白的银色,那景色美得难以形容。当我们进入那个湖泊,一对林鸳鸯在我们前面飞了起来,在阳光的照耀下,那只雄鸭的带冠的彩虹色脑袋闪耀着。

巴德熟练地划着船,穿过一群突出的植物和被水浸泡的树干,让小船行驶到一片光滑冬青(gallberry)后面——那种冬青长着苦涩的黑色浆果和常绿叶片,在北方,我们称之为光滑冬青果。巴德把悬垂在头上的粗枝推到一边,给我指了一条隐蔽的水道,那条水道弯弯曲曲，穿过一丛纠缠的乔木和灌木，很狭窄，仅容小船通过。头上，那些粗枝如此密集，以至于透过它们滤下来的光线都呈现出昏暗的绿色，我们前行的道路也因此变成了一条隧道而不是水道。大约有 1.6 公里的路程，我们都沿着这条小小的水道向前行驶，抵达尽头之后，我们不得不跨出小船，进入水中，沿着巴德前一年在树皮上刻下的路标涉水前行，走完通往迷失之岛的剩余路程。跋涉中，巴德拿着一把大砍刀走在前面，穿过藤蔓交织的密集的灌木丛，砍出一条路来。

途中，一条经常有熊行走的小径，其实那只是一条狭窄的小道，上面布满熊迹，那种印痕与前一天我们在水道岸边看见的那种宽大的赤脚印痕相同。在另一个地方，我们来到了一条水獭（otter）滑道——一堆树枝和树叶堆在一根木头上，水獭从上面滑下 60—90 厘米，滑进下面的水中。与北方水獭的那种高高的滑道相比，这不过是当地水獭的替代物，看上去非常简陋。

在攀爬、涉水了 5 个小时之后，我们终于抵达了传说中的迷失之岛，而此时我早已疲惫不堪。一见到那天清晨以来的第一片小小的干燥地面，我就一下子瘫倒在上面歇息。当我休息够了，终于能够重新站起来行走，巴德就引着我穿过深长的草丛和芦苇丛，前往一座简陋的小棚屋的残骸，那是他在这个岛上过冬时临时搭建的，现在已经东倒西歪。接着，我们又拜访了"月桂树"——沼泽中对一丛阔叶树（hardwood tree）的称呼，就是在这里，巴德曾经见到过象牙嘴啄木鸟："那是一只体形较大的老鸟，有着白色的双颚，不断在树上啄洞。"稍后，巴德把我听说过的那棵巨大的槲树指给我看——那棵高耸的巨树已经生长了500年，岁月积累的重量，使得它的身躯弯曲了。然而，从外貌上看，仿佛只要下面的土地还能持续下去，那棵树就会安然地在那儿，绝不会倒下。

正当我难以置信地盯着那棵树巨大的腰身时，从远处突然传来了一阵沉重的击打声，仿佛某个樵夫正在那边劳动。绕着树干转过去一看，我们才发现，在一截枯死的树桩上有一只华丽的鸟儿，其身体上部呈黑色。整个脑袋顶部呈猩红色且羽毛向上延展，形成了一片结实的、栩栩如生的顶冠。它的体形看起来大得就像乌鸦一样。正当我观察它用那锋利的、角质颜色的嘴喙从腐木上啄出一块块木屑时，我就认出它是北美黑啄木鸟——除了象牙嘴啄木鸟，北美黑啄木鸟是其中体形最大的。

我们一动不动，久久地观察它。尽管北美黑啄木鸟在北方是最野性、最胆小的鸟儿之一，但在迷失之岛上，这只北美黑啄木鸟却对我们的临近根本就不屑一顾，旁若无人，自行其是。在它那凿子般的嘴喙每次沉重啄击之后，它都会停下来扬起脑袋，仿佛在等着聆听对自己的敲击传来的某种回应。最后，它确定了那粗枝里面什么都没有，便扬起脑袋开始鸣叫："威克——威克——威克——尔。"——一种很像是扑翅䴕的叫声，只是声音要高一些、野性一些，结尾处还有一种古怪的下降，较为低沉。后来，我们还有幸看见了一只红腹啄木鸟和一只南方毛啄木鸟（Southern hairy woodpecker），它们也来到同一棵树上啄击，尽管如此，我们却丝毫看不见象牙嘴啄木鸟的身影，也听不见它的声音。天色渐渐暗了下来，我们如果打算在夜幕降临前就回到小船上，那么，就根本没有时间去进一步探索那个岛屿，所以不得不尽快打道回府。

夜幕下，历尽艰辛走出沼泽迷宫

在我的记忆中，回来的旅程始终栩栩如生。我试图回忆在世界上其他地方的艰苦跋涉小道的经历，以此来忘记当时的疲劳，却根本想不出哪还有比这次旅行更艰苦的地方。我们涉水而行，穿过若干公里的密丛，一路上劈开纠缠在密丛上的那些该死的竹藤（bamboo vine），这种藤蔓就像铁丝网一样，时时会缠绕在我们的双腿上，让人难以前行。其间，我们一度还迷了路，不得不返回很长一段距离，而且，我们自始至终都在跟来临的黑夜赛跑，因为，要是到夜幕降临前我们还走不出去，那么我们就不得不迟滞在那片黑色的沼泽冰冷的水里，待到第二天早晨。巴德开始焦急地注视我，满脸疑惑，正如他后来告诉我的那样，他当时在想，如果我因为累垮了而放弃前行，他究竟能扶着我走出多远。

终于，就在最后一丝光芒隐退之前，我们到达了那条引导我们进出的开阔的沼泽水道。我拖着僵直的身子爬上小船，蹲在船头，仍抱着一线希望，暗暗祈愿在天黑之后，巴德仍能找到穿越沼泽迷宫的道路。无论如何，不管他能否找到出路，只要有一艘干燥的小船作为睡觉的地方，都总比待在湿淋淋的沼泽水里要强得多。

此时，黑暗犹如着色剂缓慢地笼罩下来，铺展在湖泊上面，那些巨大的柏树的阴影犹如水墨涂染在水域单调的银色上面。然后，在暗淡的紫罗兰色天空上，那浅金色的月亮犹如花朵绽放，在这片大沼泽边缘的上空慢慢升起来，一颗火焰般的星星紧随其后。

我们的四面八方充满了那些被笼罩的、沉寂的树木的神秘和魔术，当小船穿过那些阴影而悄悄前行，我们仿佛进入了另一个世界。一个又一个时辰，巴德一直沿着弯弯曲曲的水道上隐秘的线索前行，在月亮下面，他的行动专业而熟练，就像在大白天一样准确无误。随着夜晚一点点消逝，月亮已经升高，变得明亮起来，然而，寒意似乎都降临了下来，集中在我们的小船上，冻得我瑟瑟发抖，牙齿不停地打战。经历了一番曲折之后，弗洛伊德岛上的大树终于隐隐地出现在眼前，我们穿过弯弯曲曲的水道，突然瞥见了温暖的火光就在那边微弱地闪烁。

半个小时后，我就坐在了熊熊燃烧的松树瘤节的咆哮之火前面。约翰端来一对烤制的环颈潜鸭、一锅油炸甘薯（sweet potato）、一壶热气腾腾的咖啡和一堆覆盖着蜂蜜和黄油还有肉桂的烙饼，放在我们面前。我们顿时狼吞虎咽地大吃起来。我可能会忘记自己的名字和年龄（我希望我能忘记）或者我的家，但直到我生命的最后一刻，我也绝不会忘记那顿晚餐和随后而来的12个小时的睡眠。

太快了，一切都太快了，我必须离开沼泽的那一天就到来了，我不得不带着历险经历、美景和友谊所积累的财富，回到我的工作世界。我在岛上的最后一个早晨温暖地破晓了，我在日出之前就起了床，穿过树林做告别性的散步。靠近比利大叔的小棚屋，在一棵高高的树顶上，我突然听到了一支歌。那只鸟儿尽管在岛上过冬，但它显然认为夏天再次来临，上一个春天，我在那里听到过同一支奇妙的歌。

大北方的狐色雀鹀（fox sparrow）的歌声中，音符丰富而优美得犹如金子，白喉带鹀的小调节奏，田雀鹀在黎明时歌唱的那种白银笛子般的音符，还有栗肩雀鹀（vesper sparrow）那梦幻般的旋律，无疑都很优美。然而，松林雀鹀的歌声中，却弥漫着一种非人间的神秘。正当我聆听之际，我看见比利大叔在远处，便向他招手示意，请他到我这边来。当那只鸟儿最终停止歌唱，飞走后，那个老头才深深地吸了一口气。

"你知道吗，"他说，"每当我听到那只鸟儿歌唱，我就相信自己要永远活下去。"

"哎呀，比利大叔，你当然要永远活下去呢，"我让他保证，"我们大家会永远活下去的。"

"喔，"他慢吞吞地回答，"我知道那些传教者是这样说的，当我年轻的时候，我也曾经这么认为。既然现在我渐渐老去而且疲倦，我就不那么肯定了。但是，每当我听到那只鸟儿歌唱，我就相信了，我就相信了。"

第 7 章　响尾蛇穴探寻记

The Rattlesnake Den

奥克弗诺基大沼泽中，隐藏着一个迷失之岛。多年来，围绕着这个岛，在康涅狄格的康沃尔，众多响尾蛇潜藏在山上，给当地居民带来了危险。秋霜之前，这些毒蛇会聚集在一起冬眠，到了春天，又成群结队地爬出来，横行乡野。肯特山、上磨坊都有响尾蛇穴，但最著名的响尾蛇穴则在米赛里山。初访那个蛇穴，便抓住了两条响尾蛇，其中较大的那条凶猛地挣扎，还喷出了毒液。重访蛇穴，又捕捉到两条响尾蛇，其中一条还试图从洞孔中折身，探出头来咬人。第三次探访，一条响尾蛇就隐藏在人所在的某个地方，其体色与枯叶和蕨类植物融为一体，难以发现。第四次探访，一条怪物般硕大的响尾蛇竟然从人的双脚之间探出脑袋，让人惊恐……最后一次探访，深入老房子的地窖，搜寻那条在传闻中频频出没于房子的响尾蛇，却丝毫没有发现其身影……

多年前，康沃尔一度毒蛇横行

我们这些人已经被驯化，在夜里睡得轻松、安全，却永远不知道真正的恐惧是什么，也根本无法想象我们那些拓荒的祖先生活得有多么艰难，更无法想象那些潜伏在他们周围的危险。

在北部，在位于康涅狄格西北角的康沃尔——我们的祖先所在之处，一直到1738年才有人定居，当时，那里的男人们在田野中耕种庄稼的时候，女人们则手持上膛的火枪站在一边守护，随时提防印第安人的偷袭。关于豹子和狼的可怕故事从近两百年前就流传了下来，把那一代人和这一代人隔开。而且，康沃尔镇的史料记录还包含了如下内容：

"1745年12月17日：凡是这个镇子的居民，只要在这个镇子的范围之内，每杀死一条响尾蛇，并将其拿给市镇委员，那么都会获得两先令①的人头税。"

据传说，在康沃尔27座已经命名的山丘之一——响尾蛇山上，一个大胆的镇民孜孜不倦地到处捕猎，仅在一天之内就杀死了50条响尾蛇，并把这样的成果拿去领赏，结果几乎使得市镇管理委员会破产。

狼群的嚎叫，战争的呐喊，还有豹子的尖叫，已经在康涅狄格沉寂了一百多年。然而，那种比美国的任何食肉动物都要危险的响尾蛇却依然存在。

这些蛇有一个古怪的习性，那就是在寒冷的天气将要开始的时候，它们会从不同的地方赶来，聚集在一起冬眠。它们的冬眠之地通常是在某片凸出的岩石上，要不就是在山腰。在秋天的霜降之前，还有在距离春天大约有一周的时候，人们会在这些蛇穴周围发现为数众多的响尾蛇。

多年前，我就和最后一个佩科特（Pequot）印第安人吉姆·潘（Jim Pan），还有他的儿子丁·潘（Tin Pan）一起，拜访过康涅狄格的肯特山（Kent Mountain）上的一个蛇穴。这两个印第安人很勇敢，他们生活在至今依然存在于康涅狄格的印第安人小小的保留地内。在肯特山上，老吉姆教会我怎样用分叉的树棍摁住盘卷的响尾蛇，使其动弹不得，然后用另一只手紧紧捏住蛇的七寸，

---

①英国在1971年以前的货币单位，为一镑的二十分之一。

任凭那条蛇怎样嘶嘶作响、扭动翻腾,他都将其轻松地捕住,并扔到儿子为他精心准备的袋子里面。

在最初的那次捕蛇之旅后,我就总是劝告那些喜欢去狩猎令人刺激的大型猎物的朋友,让他们去狩猎响尾蛇。在我看来,他们与其耗费千百美元去组织狩猎旅行,用高性能步枪去射杀那些手无寸铁的动物,还不如用分叉的树棍和袋子来捕捉响尾蛇,而这样的捕猎行动也同样令人刺激且一举两得:一方面,他们可以将猎物分送到不同的动物园进行展示,供游客参观,另一方面则完全有助于清除那些潜伏在乡野中的、非常实际的威胁。想想看,一年之内,我们仅仅一个州就有38人死于毒蛇之口,而咬人的多半是响尾蛇,所以完全有必要减少它们的数量。这个国家有13种响尾蛇,其咬人致死率都很高,我们北部的这些州占10%,南部和西南部那些州占35%。

然而遗憾的是,我不得不说,我的那些朋友根本就没有认真考虑我的建议。不仅如此,他们大多数人实际上还竟然不屑一顾,把任何对蛇的兴趣都视为可悲而堕落的喜好。

另外三次,我拜访了肯特山上的那个蛇穴,每一次可以获得很不错的标本,最后一次获得的是一条乌黑的响尾蛇,那是我所见过的唯一的黑色响尾蛇样本。在秋天,我又跟一个著名作家前往马萨诸塞的黑岩(Black Rock),拜访那里的另一个蛇穴。当时,我们只看见了一条蛇,但它跑掉了,这也使得那位有些紧张的作家如释重负。在新英格兰地区,所有这些蛇穴距离较大的城市都很远,位于荒野和难以达到的地方。然而，在几年前，我在距离费城一小时路程的地方发现了一个蛇穴，那里是松林荒地，我在那里的树林中建有一座小木屋，只要有可能，我随时都会逃离繁忙的工作，前往那里度假，让自己彻底沉浸在荒野的宁静之中，由此来放松身心。

皮特曼太太差点儿踩到响尾蛇的身上

很多年来，我一直听说那个地区有响尾蛇的故事，其故事形形色色，有些还甚嚣尘上。据说人们在羊栏山（Sheep Pen Hill）——一个距离我的小木屋仅有8公里的废弃的村庄，还在靠近查茨沃思（Chatsworth）的州长洞（Governor's Hole），频频发现过响尾蛇的身影。在上磨坊，我的朋友——独自生活在一座小木屋中的查理·罗杰斯（Charlie Rogers），曾经指着一只皮毛被微微烧焦的猫给我看，声称那只猫救了自己一命。古老的谚语有言：皮毛微微烧焦的猫比它们的外貌要好，因此那只猫看起来当然就不会糟到哪儿去。那个冬天，那只猫因为过于靠近查理的火炉睡觉，结果背上的大片皮毛都被烤焦了，因此显出一种古怪的外貌，就像是患上了麻风病。不过，尽管样子有些丑陋，但它还是很有用的。查理告诉我说，一天早晨，正当他要出门的时候，那只猫跑在前面，用爪子轻轻地拨弄着台阶上的什么东西。他低头一看，才发现是一条响尾蛇盘卷在那里，要不是那只猫事先发出警告，他无疑会踩上去，后果不堪设想。

查理还跟我讲了一个邻居的故事。春天，那个邻居在上磨坊附近的一片湿软的地方经过，顺便说一下，那个地方早就不是磨坊了，只是一道水坝——150年前，水坝上面有一座磨坊，而磨坊现在早已消失。正是在那里的一个洞孔中，那个邻居看见了一条响尾蛇，到了冬天，那个人就拿着一把铁锹前往此地，却不曾想到一下子就挖出了不下14条冬眠的响尾蛇。

然而，我附近这片荒地的所有老居民的看法似乎都一致，他们都赞同这样一个观点：响尾蛇最多的地方是米赛里山，那里是一个小小的定居点，距离我的小木屋大约9.6公里。

有一年的五月，一个大编辑来到我的小木屋做客，跟我一起度过了一周。他平时工作繁忙，会一次连续好几个月忙着给作者退稿，紧张不堪，压力巨大，因此想放松身心，要我尽可能安排他能参与所有的野外冒险活动。

我欣然应允，首先带他去划独木舟。由于他以前从未坐过独木舟，而我的小木屋附近的那条溪流也许是已知世界中最曲折的水体，因此我们的水上旅行堪称刺激，完全可以作为一场冒险活动而记载下来。然后，我建议我们开车前往米赛里山，去探索在那里的响尾蛇穴。我的朋友说，任何事情他都会去尝试一次，即便是探索响尾蛇穴，他也不会错过。因此，我们叫上一些正在附近的小木屋度周末的银行家，结伴出发。一条条沙子路穿过密林，形成了迷宫，我们穿过这样的道路之后，终于意外地遇到了一座老房子。那座房子深深地内陷，有着屋顶窗，坐落在一片洼地中，那如云的粉红色和白色的苹果花环绕在四周，还呈现出红花槭深深的珊瑚色和雪松的暗绿色。

这座老房子就是皮特曼太太的家，建于1737年，佃户们的小房子则环绕在四周。皮特曼太太是一个健康的老妇人，已经在那里生活了60年，自从她的丈夫去世之后，她就接管了她丈夫留下的事务，继续打理自己土地上的农场、蔓越莓池塘、林地和黏土堤。两百多年前，这个地方就有人定居，当时的定居者是樵夫，因为他们深受蚊子的侵扰，因此他们把自己的家命名为"米赛里山"，意为"悲惨山"，这个地名从此就流传了下来。

皮特曼太太友好地接待了我们，还把那个蛇穴指给我们看：那是一片湿软的沼地，面积大约4000平方米，被一道大约9米高的土堤隔开，而那道土堤就是所谓的"山"，距离她的房子大约只有270米。

"他们说那里有很多响尾蛇，"她回应我们的询问时说道，"至于我，我对那些玩意儿一点儿也不感兴趣。你们要去看，就请自便吧。"她就这样大大方方地声明自己不会参加我们的活动。

随后，她又继续告诉我们，前一年她几乎踩到了一条盘卷在前院中的响尾蛇身上，惊得她立即往后跳。尽管她已经年满八旬，是11个孩子的母亲，但她声称能完成3米的立定跳远，对于她这般年纪的老妇人来说，这的确算得上是难能可贵的表现。

皮特曼太太有一只猫，它擅长捕捉和吃掉松蝾螈（pine

swift），那种小蜥蜴的身侧有绚丽的蓝色斑块，常常在这片荒地的松树上面跑上跑下。

提到松蝾螈，让我想起了另一件往事。有一天，一些童子军来我的小木屋拜访，领头者是一个年轻人，他对自然史的兴趣十足，渴望提高自己对自然的认识。当时，由于某种奇迹，我无意间捕捉到了一只松蝾螈，便递给他仔细观察。不料那只松蝾螈从他的手指间逃脱了，还一下子钻进了他的衣袖，匆匆爬遍了他的全身。那只蜥蜴带鳞的身体触及他的皮肤，这就使得他几乎疯了，他疯狂地扯掉外衣和衬衣，仿佛身上着火了似的，他不断地脱衣，直到那只松蝾螈从他身上逃走，逃到附近的一片密丛中，他方才作罢。

那条大蛇扭动脑袋，把毒液抛洒出来

我讲完那个松蝾螈的故事后，我们便排成一个队列前往蛇穴。由于我以前遇到过响尾蛇，有一定的经验，我自然就走在前面作为开路先锋，两侧各有3个银行家。至于那位大编辑，他由于具有良好的判断力，使得他成功地避免了此次冒险，因此他就远远地落在了后面。

无须说，这样的安排十分妥当，当我们进入那个蛇穴的势力范围时，我们遇到了不下3丛毒漆树（poison sumac），这种有毒植物长着含砷的绿色叶片和略带绿色的白色浆果，而不像那些无毒无害的鹿角漆树（staghorn sumac）和亮叶漆树（mountain sumac）那样长着红色浆果。在那个湿软的碗状洼地表面，覆盖着枯萎的蕨类植物和干枯的欧洲蕨（bracken），穿过这些枯物，新蕨那提琴般的脑袋和狭叶山月桂（sheep laurel）的常绿叶片露了出来。

正当我小心翼翼地选择道路，穿过这层干枯的覆盖物前行的时候，前面突然传来了一阵嘶嘶声，使得我像受惊的瞪羚（gazelle）一样往回跳，以为自己刚才正要踩上一条响尾蛇。定睛一看，我才发现那种嘶嘶作响的警告声原来是一条松蛇（pine snake）发出的，那是一种棕色兼奶油色的大蛇，可以生长到大约2.1米长，尽管它完全无毒无害，却也会发出最为可怕的嘶嘶声。可惜的是，我们还没来得及捕捉那条蛇，它就蜿蜒着身子迅速滑动、离开，消失在灌木丛中。

走过这个地点，我们便分散开来，彻底搜寻构成这个蛇穴的土地表面。有一阵，什么也没发生。随后不久，一个走向一根树干的银行家谨慎地说道："我想我看见了一条响尾蛇。"

"千万别去碰它，"我赶紧大声回应，"等我拿着袋子过来。""我不会去碰的。我保证不会去碰。"他认真地回答。

当我接近他，他有些怀疑地喃喃说道："我想我又看见了另一条蛇。"

当我走到他那里的时候，他正站在一棵倒下的树边，在他的前面，盘卷着一条我所见过的体形最大的响尾蛇，能遇见这么大的蛇，对我来说可谓三生有幸。另一条较小的蛇正在慢慢钻进靠近树干侧边的一个洞孔。我立即用分叉的树棍摁住那条体形较大的蛇，又用另一只手抓住那条较小的蛇的尾巴，费了一点儿劲将其从洞孔中拖出来，却不料拉掉了那条蛇尾巴上的9个响环。当我紧紧握住那条较大的蛇的心形脑袋后面的七寸，正要把它装进袋子的时候，它就大大地张开了嘴巴，同时，从它的上颚隆起的白色牙龈上，那对可移动的空心毒牙出现了。那对毒牙长约1.26厘米，弯曲、锋利，闪耀着白光。它们那针一般的牙齿的中间，有一个小孔，就像是皮下注射针头上的那种小孔，那浅黄色的毒液——那真正的死亡要素就是从那里渗出来的。那条大蛇一度猛地扭动脑袋，把毒液抛洒出来，穿过空气溅落到一两米远的地方。其中一滴毒液落在一个银行家的手腕上，只见他大惊失色，赶紧用手巾将毒液擦掉，然后扔掉手巾，不仅如此，他还立马赶到附近的水潭中一遍又一遍洗手，唯恐洗不干净。根据那位大编辑后来说的，他大约洗了37次才作罢。一般来说，响尾蛇的毒液除非进入血液或者溅到眼里才会致命，而溅到健全的皮肤上，则不会产生毒害作用。

　　正当我忙于收拾那条较小的蛇时，我试图说服大编辑帮我摁住那条较大的蛇，没想到他竟立即声明自己的生命对于文学界太宝贵了，因此他绝对不会去冒险。

　　其实，你如果用一只手紧紧捏住蛇头后面的七寸，用另一只手抓住蛇身，把蛇托起来，蛇的体重就不会影响你紧捏其七寸之处，即便是你在掌控体形最大的粗鳞响尾蛇（timber rattlesnake）时也不会有危险。至于紧紧捏住一条菱背响尾蛇——那种蛇可能会有 2.7 米长、特别沉重且强劲有力，则另当别论。

　　那条大蛇吐出的信子分叉呈黑色，眼睛的虹膜呈棕红色，椭圆形的瞳孔呈黑色，瞳孔边缘为金色。它的眼睛和鼻孔之间，露出了那种古怪的洞孔，或者叫作颊窝，由于这样的身体特征，响尾蛇、铜斑蛇和食鱼蝮又被叫作颊窝毒蛇。关于那种颊窝的本质，至今尚无定论，但它也许跟这种蛇的感应组织有着某种联系，也许代表了某种第六感。在这片乡野，那种颊窝和椭圆形的瞳孔是毒蛇的典型特征，而无毒蛇眼睛的瞳孔始终是圆形的。我对那位大编辑解释，要是他拾起一条蛇，仔细看看其眼睛，那么他就一定会弄清那条蛇是否危险。我可不在乎在这里记下他对这一建议的回答。在美国东部，响尾蛇、铜斑蛇和食鱼蝮还有珊瑚蛇（coral snake）是人们发现的仅有的几种毒蛇，而在西南部，还有另外两种危险的毒蛇，即单簧口琴蛇（jew's-harp snake）和青环蛇（annulated snake）。

　　我可以无拘无束地说，在靠近观察一条被激怒的响尾蛇的时候，它的眼睛流露出的神情令人并不愉快。它的眼里纯粹是其他动物眼里没有的那种威胁的神情——正如那位大编辑对它们所描述的那样，他说得恰如其分，那是"地狱窥视孔"。

　　我们最终成功地将那两条蛇装进了袋子，便决定收工。后来我把那两条蛇送给了费城动物园（Philadelphia Zoological Gardens）。第一条蛇是动物园收到的体形最大的粗鳞响尾蛇，在它到达动物园的几天之后，它就与 11 条较小的响尾蛇一同展出，呈现在游客的眼前。

我们回到文明世界之后的那一天，那位大编辑就打电话给我："因为划独木舟，我的身体至今如此僵硬，因此我几乎站不起来了，昨夜我还想到那些该死的蛇，根本无法入睡，"不过他又说，"无论如何，我都度过了一段快乐的时光，我希望不久后你会再邀请我过去。"他宽容地把话说完。

那条蛇试图从洞孔探出头来咬人

两周之后，在一个晴朗的日子，我又跟一位著名的博物学家和另外两个朋友——他们戏谑地自称为"被无辜殃及的旁观者"，一同拜访了那个蛇穴。我们穿过那片湿软的洼地搜寻了好一阵，结果却一无所获。后来，又是其中的一个业余爱好者发现了两条响尾蛇。当我靠近他的时候，一条蛇盘卷着，而另一条蛇正在钻进一个洞孔的中途，我的朋友用一根分叉的树棍压制住那条蛇的尾巴，而那条蛇像一只闹钟那样嘎嘎作声地溜走了。有好几次，那条蛇都从洞孔中伸出脑袋来，我试图将它摁住，却都没能成功。最终，我抓住了它的尾巴，与此同时，我的朋友用他那根树棍挡住洞口，以免蛇头再次伸出来咬我们，我费了一点儿劲，设法将那条被激怒的爬行动物拉了出来，没等它发起攻击，我就用树棍的分叉处摁住了它的脑袋。此后，我们几乎没怎么麻烦，就把那两条蛇收入囊中。

尽管这两条蛇的体形庞大,但它们还并不是那种特别大的标本。其中一条长约 0.9 米,另一条则长约 1.08 米。两条蛇中较大的那条身上露出不规则的斑块,呈现出焦赭色和黄赭色,而较小的那条则呈现出一种金褐色的色调,更像是普通红腹水蛇(common red-bellied water snake)的颜色,而且根本没有发出嘎嘎的声音。根据我的经验,在北方,这样的响尾蛇始终生活在干燥的地方,但南方的响尾蛇似乎偏爱沼泽,在位于佐治亚和佛罗里达之间的奥克弗诺基大沼泽,粗鳞响尾蛇多以"水响尾蛇"(water rattler)而著称,这一习性与菱背响尾蛇大相径庭,如果菱背响尾蛇真的喜欢水,那也很罕见。

从那个蛇穴回去的路上,我们发现了一只箱龟(box turtle),在它的背上,某个不知名的情侣以一个心形刻下了两套大写字母,还有一个 50 年前的落款日期。在我们看来,这只龟似乎并没有显现出它的责任心或者高寿的迹象。

离开那个蛇穴之后,我们跟附近的一个老头交谈了很久,他就住在距离这座山不远的一座小房子里。他向我们痛苦地抱怨说,就在最近,当他回到家里,从餐桌上拿起一张报纸的时候,却不料发现一条体形硕大的响尾蛇正盘卷在下面。惊恐之余,他立即跑出去找来一根树枝,回来时却发现那条响尾蛇早已消失在地板上的一个洞孔之中了。

"要是更多该死的响尾蛇爬到我的房子里面,我就不得不搬家了。"他的语气里透露着威胁。

这个老头说，他见过一只狗被一条响尾蛇咬过之后，不到20分钟就一命呜呼了；另一只被咬的狗则跳进了水潭，在水里浸泡了三天三夜，最终由于水疗的作用，才捡回了一条小命。

那个老头刚刚捕捉到一只重达4.5公斤的鳄龟（snapping turtle），还有17枚龟蛋，他将其清理干净，说他把它们孵化出来，养到13公斤，体形犹如小洗衣盆。他还进一步告诉我们，一条松蛇能卖出50美分的价钱，从这片荒地的那个地区，一年就有1900条被售卖出去，用于马戏团表演或者舞蛇之类的活动。在过去的20年里，查茨沃思的一个商人就买走了2.9万条松蛇。

他的话让我想起多年前一件与蛇相关的往事。一天傍晚，我沿着费城的市场街（Market Street）的南端走过，看见一个漂亮的年轻女人站在一家小型博物馆前面，身上缠满了松蛇。我停了下来，问她那些都是什么种类的蛇。

"它们是印度眼镜蛇（Indian cobras）。可别太靠近它们，它们很危险的。"她警告我。

"对于我来说并不危险。"我一边夸耀地说，一边从她的脖子上拉过一条犹如围巾一样缠在那里的大蛇。于是她就把我当成了内行，坚持要我免费进去参观，会一会她的丈夫，看看他们收藏的各种蛇。我至今还记得，他们有一条很健康的网纹蟒（reticulated python），我帮助他们将其放到睡袋里面睡觉，还有一条菱背响尾蛇，尽管她的丈夫移除了那条蛇的两颗毒牙，却不知它们在很短的时间内就会重新长出来。

我们在回家的路上，顺便拜访了一片白扁柏（white-cedar）沼泽，在那里发现了那种拥有 5 片绿叶的叶簇从泥炭藓（sphagnum moss）中长出来，很像是铃兰（lily of the valley）的叶子，它们生长在赤裸的长茎上面，那就是胡麻花（Helonias）或者沼泽红（swamp pink）。那种花朵的头部是一个大圆锥体，由 6 片肉色的花瓣组成，花瓣的尖上是玫瑰色，尽管不那么美丽，却也是在那个地区发现的较为罕见的植物之一，就像旱叶百合与沙盖花（pyxie moss）一样，是这片荒地代表性花卉。

我的双脚之间，一条大蛇探出脑袋……

我的下一次米赛里山探访之旅是在秋天，当时我的两个儿子陪同我前往那个蛇穴。在那里，我们没有看见蛇的踪影，而正当我们离开的时候，我的一个儿子激动地告诉我说，在靠近我的地方有一条响尾蛇。我顺着他指的方向望过去，可是没看见任何像蛇一样的东西，直到他几乎用树棍触到了那条盘卷的大蛇身上，我才看见。原来，那条蛇就躺在枯叶和枯萎的蕨类植物上面，其体色跟那些枯物完美地融为一体，根本无法分辨出来。面对这样的危险，我以前从来没像当时那样惊讶地意识到，当你穿过蛇虫出没的乡野行走时，无疑会有很大的危险潜伏在周围，因此你在落脚之前，一定要特别小心、仔细地看清楚。

那条蛇的体色浅得如此古怪,因此我就用氯仿将其麻醉。如今,它的皮装饰着我的小木屋墙壁。

1922年5月6日，我再度前往那个蛇穴。当时我在流感的攻击之下生病了，在经历了很多个困倦不堪的白天和糟糕透顶的夜晚之后，我终于来到小木屋。正当我在那里休整的时候，两个朋友带着他们的妻子开车过来看我，并坚持要我带他们去看一看那个蛇穴。那是一个美丽的下午，天空呈现出知更鸟蛋的那种颜色并布满一团团羊毛般的白云。我们出发了，再次穿过那个湿软的碗状洼地搜寻。让我没想通的是，由于某种未知的原因，这样一个地方竟然成了响尾蛇的安居之处。像往常一样，我们起初什么也没有发现，我的朋友甚至揶揄地说，他们听到的关于米赛里山蛇的传闻并不是事实，根本没有什么响尾蛇存在。而正当我们离开的时候，我迈步跨过一片枯萎的蕨类植物时，突然注意到那些干枯的复叶间有一阵骚动。就在我的双脚之间，我看见了一条怪物般的蛇探出了它那残忍而扁平的脑袋。粗鳞响尾蛇通常不会主动发起攻击，除非被触及或者被某种突然的动静所惊扰，才会出击，因此我特别缓慢地把脚从靠近它的范围之内移出来，然后做了一次立定跳远，那种表演堪与皮特曼太太的动作媲美。然后我在一个安全的地点，观察那个斑驳的身躯缓缓移动。它从蕨类植物下面的洼地中一尺一尺地溜出来，直到它的整个身子暴露在光天化日之下——那是我所见过的体形最大的粗鳞响尾蛇。我赶紧招呼其他人过来观看，证明那个蛇穴里面依然栖居着蛇。当他们过来的时候，那条大蛇立即盘卷成不规则的圆圈形状，与此同时，它尾巴上的15个响环凶猛地嘎嘎作响，它的脑袋险恶地后仰，准备好随时发起攻击。在大自然中，响尾蛇的攻击也许最迅疾，速度快得连肉眼也难以追踪，手也难以避开。尽管如此，从它所盘卷的那个圆圈中，它攻击时伸出的身子还不到其全身的一半。

我们对那个突然来临的死神的化身赞美了一阵，然后我就用分叉的树棍将其摁住。那个怪物立即从它盘卷的圆圈中猛然旋转、疾速滑动，还像一件疯狂之物穿过枯死的欧洲蕨拼命地翻动、拍打，发出嘶嘶声，嘎嘎作响。与此同时，空气中充满了它那令人作呕的麝香似的气味。尽管如此，我用那根树棍牢牢地摁着它，接着就跪下去捏住了它的七寸之处，同时用另一只手抓住它那长满鳞片的身子，以防它那不断扭动的全身挣脱我的掌控。

在那条大蛇久久地挣扎之后，我们终于把它收入囊中，安全地带回了我的小木屋。如今，它那张长达1.9米、拥有15个响环和一个芽状物的皮，挂在小木屋的墙壁上，跟我在秋天捉住的那条蛇的浅色皮正好相对。这次抓住的那条响尾蛇呈灰色和黑色，而这样的响尾蛇体色，除了在这片荒地，我在其他地方的响尾蛇身上都不曾见过。

清晨，小木屋四周鸟语此起彼伏

1927年的5月，我最后一次拜访那个蛇穴。在那一天的前一夜，我穿过柔和的黑暗来到了小木屋。探访途中，空气中弥漫着甸杜美妙的芳香，当我沿着溪畔的小径前行之际，却不料惊扰了生活在这片荒地的一只灰鹿（gray deer），它就睡在附近的一片柔软的黄草之中。

二歧三芒草犹如地毯一般铺盖在地面上，在黄昏中露出云雾般的金色。远处，一群黄脚鹬（yellowlegs）在头上飞过之际，天空上一度还落下一阵音符，那声音悦耳而充满野性。沼泽对面，响起了新泽西雨蛙那种高昂的笛音，还有这片荒地的豹纹蛙发出的慢吞吞的咕哝声——那种蛙穿着浅褐色的美丽外衣，上面点缀着黑色斑点，斑点的边缘呈现出暗绿色。同时，最初飞起来的萤火虫星星点点，仿佛拿着仙子的提灯，在乌贼墨色的阴影中间飘来荡去，而在黑色缎子般的溪流中，那些被淹没的星星也闪闪烁烁，似乎在回应萤火虫的光亮。

第二天黎明时分，我突然被一阵起床号唤醒了，那是一只很有天赋的扑翅䴕在窗外的檐槽上发出来的。相比之下，人类的鼓手都无法媲美那如此长久而迅速的隆隆声，在它开始啄击之后，人类就再也不可能睡上片刻。起床之后，我把身子探出窗外，终于看见了那个颇具天赋的表演者：它的翅膀上有金色线条，脖子背部有绚丽的猩红色条纹，它如此迅疾地连续敲击，以至于在那红褐色金属檐槽的映衬之下，它那迅速来回晃动的脑袋模糊成一片。

当我把身子向外伸出更多时，它就看见了我，随即爆发出一声高昂的咯咯声，纵身一跃，穿过空气飞走了。在它上上下下地飞翔的时候，它那白色的尾部在光线中闪耀。此时，薄雾缓慢地盘卷着，从昏暗的琥珀色的水中升了起来，在松树深绿色的映衬之下，一棵红花槭和其绚烂的翅果形成了玫瑰红的云。在我下面的胭脂栎中间，一只蓝翅虫森莺（blue-winged warbler）拖长了声调，慢吞吞地发出"斯威——奇"的声音。我瞥见，在它那颗金色的脑袋上，有一条金线贯穿眼睛。在溪流对面，一只橙顶灶莺（ovenbird）则粗鲁地高声说道："你欺骗，你欺骗，你欺骗。"

接着，就在小木屋附近的一棵星毛栎顶端，一只褐弯嘴嘲鸫（brown thrasher）开始了它那优美而华丽的表演。能感觉得到，它为自己的歌唱而显得多么愉快，因此它总是重复每一个乐句，那就是它的歌声不同于猫鹊歌声的原因。当那只鸟儿看见我在羡慕地观察它的时候，便振翅飞到距离我的窗口只有几米远的一棵松树上，大大方方地重复它的歌。同时，它那黄褐色的长尾巴还随着歌声的旋律而不断摇摆，扭扭捏捏地晃动。它距离我如此之近，以至于我都能看见它胸脯上的黑色楔形标记在上下起伏，它在歌唱时把嘴喙裂开了似的张开，当它时不时从侧面扫视我，看着我特别喜欢那种表演的时候，我也看见了它那黄色的眼睛在闪烁。

不久之后，我就一个猛子潜入了附近的溪流，游过琥珀色的水域，直到在水下3米之处的黑暗中，触及水底那些冷冷的、光滑的鹅卵石。接着，我就转身不断上浮，一路穿过金色的深处，重新射进阳光和春天清新的空气之中。

再访米赛里山上的蛇穴

我本来对自己承诺过,只在这片荒地过一夜,第二天便回到城里,然而,当我在商店停下来购买供给品时,跟经营着方圆好多公里的乡村商店的弗兰克·罗斯(Frank Ross)交谈,他的一番话却把我留了下来。他和蔼地告诉我,就在上一周,阿萨·皮特曼(Asa Pitman)在米赛里山上挖出了20来条响尾蛇。听闻此言,我突然有些激动,便决定要再到那个蛇穴去看看,查明那里究竟发生了什么。在这样一个仿佛只为你破晓一次的5月的日子里,你为什么要迫使自己去过分卖力工作,成为自己的监工呢?因此,那本来要载着我回到城里的火车自行离开了,而我则转身朝相反的方向走去。当火车载着我离开办公室来到这片荒地的时候,我就用以下的引语来平静我的良心,当我决定要逃离工作的时候,那条引语始终对于我都管用:

时间是给狗和奴隶的,人有永恒。

在我的前面,这片荒地星星点点地闪烁着野花。微风吹拂之下,二歧三芒草或者这片荒地的石南(heather)送出了微弱的芳香,无数五瓣的花朵呈现出最纯粹、最浅的金色。到处有完全荒废的道路,路上飘满了那长着常绿叶片的山滩桃金娘零落的花朵,那种花犹如羽毛一般,犹如天空一样洁白,花蕊中吐露出玫瑰色。途中,还有一片片阳光般的田芥菜(wild mustard)生长在翠绿色的草丛中,一些布满沙子的路段呈现出紫色,那是因为蓝色的柳穿鱼（toad-flax）那精致的花朵遍地绽放的缘故。

　　行进中，我一度来到了长长的紫粉色路段，在那些草夹竹桃和鸟足堇菜（bird's-foot violet）一起生长的地方，零散地分布着一团团三色堇的蓝色。在那个春日，到处有如此盛开着鲜花的美丽的田野，以至于你很难判断哪一片最可爱。尽管如此，无论我什么时候想起那次走向蛇穴的旅程，一簇花团始终会浮现在我的脑海。

　　这片荒地，这片我所居住的区域，有数百条林间小道纵横，那是古人留下来的。当年，那些孤寂的荒野一度有铸铁工人和玻璃工人栖居，他们开辟了众多的道路，你都会发现其中的一条。我沿着一条道路前行，突然遇到了7棵水桦（gray birch）组成的一个树丛，这种树通常生长得很小，而且短命，但我遇到的这丛水桦与众不同，这已经是我见过的这种树的最大个体了。在它们的那边，一片羽扇豆的海洋连绵而去，伸向远方。在那些羽扇豆椭圆形叶片的扁平的轮状物上面，有大群大群的蝴蝶花，五彩缤纷，有靛蓝色、深紫色、紫罗兰色、淡紫色和浅蓝色，色调一直变幻到白色。远远望去，整个花圃成了一大片微微闪烁的蓝绿色和蔚蓝色，犹如缀满了天青石和紫晶。

　　在羽扇豆那边，一只哀鸽（mourning dove）拍动呼啸的翅膀，突然飞出一棵低矮的油松的分叉处。从下面往上看，那里似乎只有一捧偶然落下来堆积在那里的松针，对于体形像鸽子那样大的鸟儿来说，根本不足以构成巢穴。尽管如此，我还是小心翼翼地爬到了树上，那里的枝叶密集地铺盖、伸展，而就在那些浓密的枝叶中间，深深地隐藏着一个巢穴，巢穴里面铺垫着枯死的欧洲蕨，搁放着两枚蛋，在那些灰白的蕨类植物上面，那两枚蛋显得犹如粉红色的珍珠。

最后，我继续前行，直到抵达阿萨·皮特曼的家才停下来。阿萨就居住在距离那个蛇穴大约400米之处。

从洞穴中挖出31条响尾蛇

阿萨是一个说话中听、聪明的男人，他有一个善良的妻子和好几个孩子。我们会面之后，便立即交谈了起来，话题自然涉及那个蛇穴，还有在这片荒地的那个区域所发现的其他蛇类。他先让我到房子外面去看一个盒子，那里面装着一条蛇，那是他从附近火车站的站台下面捕捉到的。那条蛇长约一米，身上布满光滑的黄褐色鳞片，还有正方形的红色斑块，斑块边缘呈黑色。我认为那条蛇很可能是玉米蛇（corn snake）——南方的一种很漂亮的蛇，但其栖居地域很宽广，其分布地由南向北，最北端可到特拉华，然而我认为新泽西从来没有关于这种蛇的新闻报道。那天晚上，我带着那条蛇一回到家，就给费城最出色的博物学家威特默·斯通博士（Dr. Witmer Stone）打了电话，请他过来仔细检查那条蛇，却不料发现那竟然是牛奶蛇（milk snake）在南方的形态，对于这一事实，我本来是应该了解的，但不知怎么就忽略了。如今，那条蛇静静地躺在费城自然科学院（Philadelphia Academy of Natural Sciences）休息。

那一天，正当我们谈论蛇的时候，皮特曼太太插嘴进来，说她有一天看见了一条怪物般硕大的王蛇（king snake），那条黑色的蛇身上有乳白色的印记，这种蛇根本不惧响尾蛇和铜斑蛇，对其毒液具有十足的免疫力。她说她看见那条蛇直挺挺地横越、伸展在一条林间小道上，足足有3米长。考虑到握在手中的蛇会收缩，灌木丛中的蛇当然也如此，因此，那条蛇肯定还要长一些，她无疑看见了一条体形硕大的蛇。在这片荒地中，这样的蛇一生才能见到一次。我曾经见过一条被捕获的王蛇，其身长超过了2.4米。她说，尽管她知道那条蛇无毒，但由于其体形过于庞大，她丝毫不敢靠近。

随后，阿萨讲到了一个可怕的故事，这个故事涉及这片荒地的一座房子，那里有响尾蛇出没。阿萨在沙子中频频看到那条蛇留下的痕迹，那些痕迹始终直接通往那座老房子的地窖。响尾蛇在沙子里爬行时，会留下笔直的痕迹，就像是用尺子画出来的，而其他任何蛇爬行的痕迹则会显现出波纹形。几个月之后，我调查了这个故事的发生地，我亲眼看见了那些泄密的痕迹留在沙子上而且通往那座老房子地窖墙上有一个口子。

我鼓起勇气，拿着一盒火柴，进入那个地窖去搜寻，却没有发现那条住在这里的蛇。在白天，那条响尾蛇很可能在地窖墙上的某一条裂缝中睡大觉，到了晚上才溜出来，捕猎它所觅食的小型哺乳动物。

接着，阿萨把一颗炮弹拿给我看，那是他在玛丽·安制铁厂的遗址上找到的。如今，那个制铁厂早已消失，成了林中的一片空地。那颗炮弹是在革命期间制造的，此外他还找到了一个重达23公斤的锅炉，但他展开双臂也无法合抱。然后，他告诉我说，前一年，他的一个妹妹出去采摘浆果，却不料惊扰了一条响尾蛇，当那条蛇嘎嘎作响的时候，另外两条蛇也立即嘎嘎地响了起来，她站在3条蛇合围的圈子中，惊恐不已，却丝毫不敢移动，便尖声呼救，听到呼救声，母亲的一个雇工闻讯立马赶了出来，开枪把那3条蛇统统射杀了。阿萨还告诉我，他本人曾经一脚踩到了一条响尾蛇的脑袋上，那条蛇如此硕大且强劲有力，以至于都把他的脚从地面顶了起来，努力挣脱逃走了。我没有敦促他讲出更多轶事，因为我感觉那之后的一切不会那么精彩了。

前一周，阿萨在花园中劳动的时候，发现了一条响尾蛇，于是他就决定尝试去减少附近那个蛇穴中的响尾蛇的数量。他看见一条蛇消失在那里的一个洞孔之中，便找来一把铁锹，在一个地方就挖出了不下17条响尾蛇，在另一个地方又挖出了14条，大大小小总共有31条。后来，他将大量的响尾蛇卖给了一个动物园的代理人。在挖掘洞孔的过程中，他杀死了一条较小的蛇，第二天早晨，他回到那里去查看的时候，却发现一只死去的乌鸦直挺挺地躺在那条蛇的身边。显然，那只鸟儿歇落下来啄食那条死蛇，却不料遭到了另一条盘卷在附近的较大的蛇的攻击。就在那个蛇穴的另一区域那边，他还把一只死去的鹿指给我看，他认为那只鹿也是被响尾蛇咬死的。

听完他的描述，我立即来了兴趣，于是我们重新开始了挖掘蛇穴的行动，但聚集在里面的蛇显然已经被挖光了，因为我们虽然在好几个地方挖掘，却都没能发现更多响尾蛇留下的任何迹象。不过，在一个洞孔中，我们挖出了一枚长长的、造型优美的燧石箭头。在这片荒地，这可是堪称罕见的发现，因为已经发现的箭头多半是用沼铁矿制成的，质地粗陋，而相比之下，这枚箭头却要精美得多。

从那以后，我就把那枚箭头当成了吉祥物。也许它属于以前的某位酋长，在白人拜访那个地方的几个世纪以前，那位酋长就敢于在那里狩猎，挑战那些依然潜伏在蛇穴中的隐藏的死神。

第 8 章　三访大沼泽

Okefinokee

奥克弗诺基大沼泽是美国的原始处女地。乘船一路深入，宛若置身于另一个世界，奇异的景色不断展现：灰蓝蚋莺歌唱，大白鹭栖息在树端，各种树木呈现出缤纷的色彩，白鹮排成 V 形飞过，角鸮竟在大白天吞噬野兔……探索弗洛伊德岛的时候，途中遇到了叫声如猫的猫松鼠；抵达神秘的印第安人的土墩时，太阳已西沉，突然从远处传来令人毛骨悚然的厉叫，那声音犹如吸血鬼，由远而近……在比利大叔的故事中，他曾两次遭到鳄鱼的攻击，但都有惊无险；他还遇到了一百多岁的印第安人重访故地……环绕湖泊游荡时，一条大毒蛇盘卷在前面的枝头上，情急之下举枪开火，将其击成两段……在这里，你随时都得小心，不然就会踩到响尾蛇！

能干的猎人带我前往弗洛伊德岛

这是我第三次探访奥克弗诺基大沼泽——那片依然存在于美国东部的最野性的原始处女地。

罗德（Rod）告诉我，就在我来之前的那一周，他在走出自己的小木屋的时候，几乎踩上了一条盘卷着的菱背响尾蛇。然后他告诫我说："在沼泽中，你一定要倍加小心，落脚之前一定要仔细观察，免得遭遇危险。"

"食鱼蝮呢？"我询问。

"哦，这里有很多食鱼蝮，都是你想要看的。"罗德简略地回答。"就在昨天，我出门沿着这片沼泽的边缘去猎杀鸽子，正当我迈出一步，我就听见了一阵微弱的嘶嘶声，原来，一条水腹蛇（cottonmouth）竟然就盘卷在我的脚下，大张着它那看似陈旧的白色嘴巴。

天哪！我见状惊得一下子就高高地跳了起来，肯定在空中停留了两分钟。"

"喔，发生了什么事情？"听闻此言，我有些虚弱无力地询问，而他停住了话头，开始点燃烟斗。

"没发生什么，"他在吐出两口烟雾之间回答，"当我落到地上站稳时，我就立即拿枪轰掉了它的脑袋，然后继续去干自己的事情。"

"那条蛇有多大？"我又饶有兴趣地问道。

"哦，并不太大，"罗德回答道，"大约有 1.5 米长，如我的手臂这般粗。"

罗德的小木屋中，在大壁炉前面的地板上，铺着一张黄褐色的兽皮，从其圆圆的脑袋到长长的尾尖，长约 2.1 米，我认出那是一张豹子皮。罗德告诉我，就在那个月，他在大沼泽中的一个岛屿上射杀了那只豹子。

"你很可能还没走出门，就会听到它的伴侣发出的叫声，"他说，"它会像一个正被谋杀的女人那样尖叫，那声音听上去很惨。"

罗德，一个强劲有力的猎人，长着一个很大的鹰钩鼻，眼睛深陷，脸白得犹如白垩，他答应要把我带到大沼泽深处的弗洛伊德岛上，我要跟独自生活在那里的比利大叔待上一阵。

冰蓝色的天空上，月亮在下午的光芒中就露出头来，看上去犹如一只雪花石膏制成的碗，以朦胧的形态打磨、雕刻而成。在我的面前，一条长达 22.5 公里的水道向前伸展开去。水道的两旁，被风吹拂的水面映照着长叶松的深绿色,紫树和枫香树的叶片则有霜,当树木把那种颜色映照在水中之际,不时会有龙血色和胭脂红闪闪烁烁。此外,到处有高耸的柏树,因为那些树上悬挂着铁兰的花彩,从而呈现出银白色。在落日之上,西边的天空形成了琥珀色和幽暗的金色的海洋,在其深处,有大片大片紫罗兰色和淡紫色的云。

我爬进那艘平底小船,坐在船头,把露营装备堆放在四周。随即罗德启动了那台可以卸下来携带的马达,片刻之后,我们就拐过了水道中的一个大弯,置身于另一个世界中,在这里,迎面而来的一切很奇异、新鲜且美丽。

当我们的小船划破平静的水域,飞快地向前行驶之际,我突然看见了一对灰蓝蚋莺(blue-gray gnatcatcher),它们全身的灰色中略带蓝色,长长的尾巴有白色的边,我听见它们从高高的树端上鸣叫,而那种音符很奇特,犹如班卓琴弦突然发出的声音。

小船向前驶出更远之后,我看见了奥克弗诺基大沼泽中那种典型的鸟儿——大白鹭,这种白鹭具有黑色的腿和黄色的嘴喙,这样的身体形态勾起了我对这片沼泽的很多最美的记忆。

行进之际,我一度还看见一只大白鹭栖息在沼泽松(slash pine)上面,在微明的月亮那浅金色的映衬之下,那只大鸟显现出银色的轮廓。以前有一天,我们来到了这片沼泽中央的一个蓝色池潭,看到6只大白鹭环绕在池潭周围;另一次,在一个冬日结束的时候,我还看见了一群大白鹭迎着天空而飞翔,呈现出黑色,它们一只接一只转动，当它们越过圆月的面庞之际，显现出闪耀的银色。

深入沼泽，置身于另一个世界

这片沼泽中的12月，相当于北方地区的10月，此时，各种树木的叶片刚刚染上初霜。在这里，有所谓的赤栎（red oak），这种树木的叶片犹如西班牙栎（Spanish oak），树皮则犹如山栎（chestnut oak）；这里还有水栎，这种树木的树皮犹如枫树，叶片犹如马列兰栎（blackjack oak），呈现出一派琥珀色和单调的深红色。到处显露出枫香树那深沉的酒红紫，柏树的橘黄褐色，还有紫树的酒红……

这里的长叶松很丰富，在天空的映衬之下，它们的针叶都显露出绿色。另一种树对于我来说则很新颖，那就是代茶冬青，这种树有些类似冬青，长着常绿叶片，结出绚丽的红色浆果。这里还有亮叶南烛，上面悬挂着种子荚的长长花彩，呈坚果的那种褐色，更有五倍子——一种冬青，我们在北方称之为"光滑冬青果"。而且，到处长满了竹藤，这种藤蔓犹如绿色的铁丝网，上面长着锋利的、弯曲的刺藜，人在其中行走，很容易被刮破衣服。

我们深入大沼泽，沿着水道前进。在一个地点，罗德向我指了指岸边的沙滩，那里有一种奇怪的印痕，犹如人类宽大的赤脚走过后留下的，除了后跟处汇集成一个点，其他方面都跟人的脚印并无二致。他告诉我，一天前，就在那个地点，他遇到了一只正要渡过水道的黑熊（black bear）。根据他的说法，这片沼泽中有两种熊，一种是黑熊，其身体能长到很大，胸脯或喉咙上通常有一个白色的标记；另一种是猪熊（hog bear），其体形要小一些，皮毛呈现出薄薄的一层浅黄色，也许是路易斯安那藤丛熊（Louisiana canebrake bear）的一个亚种，这种熊的体色有时是稻草色。

把那些熊迹抛在身后，我们来到了水道的尽头，罗德把那台便携式马达拖上船，拿起这片沼泽里通常使用的那种特殊的三齿船篙，开始划动。他娴熟地使用这种船篙，移动小船穿过一条条水路和隐藏的通道，经过无数的小岛，沿着我的眼睛根本无法识别的那些视觉范围和秘密地标前行。

当我们越来越深入这片沼泽，风景也变得越来越奇异，我开始瞥见越来越多的在以前不曾见过的野生动物。

一群鸟儿一度在头上飞过，它们具有弯曲的黄色嘴喙、飞翔的翅膀下侧有黑色斑块，排列成 V 形振翅飞翔，这是我初次看见白鹮（white ibis）。

就在我们经过那个滑坡之后，我突然看见一只角鸮（horned owl）正在吞噬一只泽兔（marsh rabbit），说来也怪，这种水生野兔为南方特有，能像麝鼠（muskrat）一样游泳。在北方，角鸮这种猛禽几乎要在夜里捕猎，尽管有一次，在我常去小住的那片荒地，我看见一只角鸮在下午 3 点左右捕住了一只棉尾兔（cotton tail rabbit）。但在这片沼泽，这类猛禽似乎一直在捕猎，从来不舍昼夜。

沼泽中，佛罗里达的横斑林鸮（barred owl）更为常见。每天夜里，还常常在光天化日之下，我们都会听到这种猫头鹰发出幽灵般的怪叫，那是那片孤寂之地中最为古怪的声音。

在冬天的日落那燃烧的金色中，我们终于抵达了那条隐蔽的水道，它就隐藏在一些巨大的柏树后面，那里通往弗洛伊德岛。沿着那条水道，罗德在巨大的树木中间不断用船篙推动小船，穿过幽暗的密丛而前行，直到到达一个小小的码头。在那里，我们下船，在沼泽上沿着一条狭窄的小径前行，那条小径是把木板钉在树桩和倒下的树干上铺就而成的。走了1.6公里之后，我们就登上了高高的、干燥的岛屿。在这个岛上，在一个世纪之前，塞米诺尔印第安人拥有他们最重要的村落。来到那里之后，罗德就把我"移交"给我的老朋友比利大叔。

第二天早晨，天气突然变得温暖如夏，罗德回去了，答应在那个周末再回来接我出去。接下来的日子，我忙不迭地享受生活：白天，我会外出去垂钓、研究鸟类、采集植物，到了傍晚，比利大叔用那些容易燃烧的木头生起一堆篝火，我会跟他围坐在篝火旁边，天南海北地闲聊、拉家常……

黄昏时分，恐怖的尖叫越来越近……

一天早晨，我决定去探索弗洛伊德岛。这个岛屿只有6400多米长，一条小道从岛屿的一端贯穿到另一端。我拿起一本书和一些作为午餐的食物，塞进我的猎装宽大的衣兜里，把望远镜挂在脖子上，就漫步出发了，准备度过一个慵懒、快乐的日子——在这样的日子里，你可以随意坐下来休息，也可以随时散步，时光令人惬意。因此在途中，我不时会驻足，研究各种奇异的鸟儿，或者欣赏一株奇异的植物，或者待在某个诱人的地点读书，在字里行间度过约一小时的时间。我一度背靠一棵槲树坐着，观察一只长着猩红色顶冠的北美黑啄木鸟频频啄击，它从一截枯死的树桩上把木屑啄出来。我就突然听到附近的一片密丛中传来一阵很像是猫发出的叫声。紧接着，从一棵距离我不到 3 米远的矮棕榈下面，传来了一阵沙沙声，让我听起来感觉有些不祥，心生畏惧。因为那一天天气不错，蛇虫会到处出没，因为此前我已经看见了一条小型王蛇盘卷在小道旁边的白色沙子上，它身上的黑色标记显得栩栩如生。因此，听到这样的声音，我自然会提高警惕。

那种从僵硬的树叶间发出的沙沙声越来越近，因此，我随时都期盼看见一个没有眼睑、眼睛不会眨动的残忍的脑袋出现，从那些绿色的扇状叶片中伸出来。突然，一只灰松鼠（gray squirrel）来到了开阔地，虽然不是我所期盼的响尾蛇。这种松鼠比它在北方的兄弟的体形要小一些，身材也要纤细一些，跳动的距离很短，样子很滑稽。只见它径直朝着我跳过来，跑上我所倚靠的那根树干，在距离我的脸还不到 60 厘米的地方停下来。接着，它就扬起脑袋，发出我刚刚听到的从密丛那边传来的那种哀怨的猫叫，这让我一下子就明白了为什么人们把这种体形较小的松鼠称为"猫松鼠"(cat squirrel),因为它跟它的大哥——那种黑脸的黑松鼠(fox squirrel)大不相同。

那只松鼠咪咪叫唤的时候,样子看起来如此滑稽好笑,它叫唤之际还用那条蓬松的大尾巴打着拍子。与此同时,它的眼睛茫然地四处环视,以至我毫无意识地微笑了起来。而正当我脸上的肌肉抽动、变化的时候,它突然察觉到了我的存在,一下子就冲下了树干,迅速逃回到它的藏身之地。

随后,正当我小心翼翼地穿过一片长满矮棕榈的沙地,我突然感到我的腿肚子上有一阵骤然、锋利的剧痛。我害怕最糟糕的事情发生——遭到蛇咬,于是用拐杖把矮棕榈叶片拨到一边,这才看清楚:原来我并不是遭到了响尾蛇的攻击,而是遭到了一棵刺梨(prickly pear)的刺戳,在南部和东部那些州里,这种植物是唯一的仙人掌。低头仔细一瞧,才发现一些长如我的食指、细剑般的刺梨刺进了我的长袜,因此让我剧痛无比。弄清楚之后,我才长舒了一口气,小心翼翼地拔出那些刺梨,还采集了那种生长着扁平多肉的黏稠的玫瑰色果实,其味道尝起来就像是石榴和西红柿的结合,果实里面充满了坚硬的圆籽。

遗憾的是,我还没有抵达那个印第安人的土墩时,太阳就西沉了。对于那个土墩,我早就有前去拜访的打算,它在这个岛屿上显得鹤立鸡群,从地面上升起来大约有3米之高。这个土墩的侧边,古木参天,在黄昏初起的时刻,我离开小道,爬到它的顶端上面,静静地坐在那里,试图遐想那些将其堆起来的人的样子,因为在数个世纪之前，当塞米诺尔印第安人来到这里的时候，他们就发现了这个土墩的存在。

接着，当我坐在那里，从我刚刚离开的岛屿远远的尽头，突然传来了一阵恐怖的声音，惊得让我忘记了别的一切。那声音开始时是一种高昂、哀号的哭泣声，野性得难以描述。随后，音调开始降低，形成了一种极度痛苦的汩汩作响的音符，其中贯穿着威胁的意味，然后又重新升高，成为一种疯狂的尖叫，再后来，在一种十足的威胁性的摩擦、吠叫的音符中渐渐消失。

我在一个秋夜听过狐狸的尖叫，那是所有野生动物中最可怕的声音之一。受伤的马可怕的尖叫，大雕鸮有时会发出的尖叫，还有栗色猞猁那叫春似的哀叫，都令人吃惊，而且有时候非常可怕。但所有这些声音，比起那天傍晚我在沼泽中央的暮色中听到的那种吸血鬼似的尖叫，不过是小巫见大巫了。片刻之后，那种声音再度传来，比之前更加高昂，更加凶猛，我立即意识到那只野兽越过了我走过的小道，正朝我一路走来！

尽管豹子很少主动攻击人类，但据我所知，它也确确实实攻击过人类，而面对这样的情形，我手无寸铁，只装备着一台望远镜，根本无法抵御。而且，一只彪马就像栗色猞猁一样，具有那种喜欢跟踪人类足迹的神秘、可怕的习性。总之，似乎有什么东西在告诉我，应该赶快动身返回比利大叔的小木屋，返回他那熊熊燃烧的篝火旁。于是，一秒钟之后，我就迈着轻快的脚步从土墩上下来——我始终坚持说那并不是在跑，而"轻快"当然是恰如其分的用语。

此后，我再也没有听到那种尖叫，也没有听到沉重的身躯在我身后穿过灌木丛和折断枝条的声音，尽管我期盼听到这两种声音，它们却始终未曾出现。当我终于看到火光透过小木屋的窗口露出来的时候，我才长舒了一口气，心里的那块石头终于落地了。

比利大叔射杀鳄鱼的故事

回到小木屋后，我把我在野外所听到的尖叫声和所发生的事情一五一十地告诉了比利大叔，他严肃地看着我，眼里充满了责备。

"天黑之后，你再也不要坐在那个印第安人的土墩上面了，"他警告我，"看起来，你今天所听到的叫声，应该是鬼魂而不是豹子。"

我拜访印第安人土墩之后的那个夜晚，温暖得犹如6月之夜，于是比利大叔不再往篝火上添加柴火，而是让它渐渐熄灭下去。我俩静静地坐在小木屋前面的一条小长椅上。此时，天空上露出昏暗的紫罗兰色，群星闪耀，一轮单调的橘黄色月亮在柏树上面露出头来。突然，沼泽中传来了一阵隆隆的吼叫声，那声音如此之大，以至于整个岛屿似乎都随之颤抖了起来。

"那是一只成年的雄性短吻鳄在吼叫，"比利大叔说，"它还以为是春天来了呢。"

随后，他慢慢对我讲起了种种关于鳄鱼的事情：狗不可以在布满鳄鱼的斯蒂尔河（Still River）两岸活动，有48只短吻鳄在"大草原"（Grand Prairie）上遭到了射杀，一个男孩在游泳时被一只短吻鳄拖下去……其中的一个鳄鱼故事，就发生在这片沼泽深处的鹭栖湖（Buzzard's Roost Lake）。那一天，短吻鳄进行集体围猎，它们把所有的鱼赶出了那个湖泊，并通过一条小小的水道，将其统统赶进了一个小池潭。一个猎人恰好路过那里，听到那些正在吃鱼的鹮（ibis）、鹭和鹭鸶（egret）不断传来的鸣叫声，便一路赶往那里探究原因。那些短吻鳄还没反应过来，他就频频开枪，一共射杀了14条，剩下的鳄鱼见势不妙，便拥挤成密密麻麻的一大片，匆匆逃离了那个湖泊。

"当时鳄鱼真的是太多了，你可以踩着它们的背走上45米，才能重新登上陆地。"比利大叔讲完了这个精彩的故事。

"比利大叔，那些短吻鳄攻击过你吗？"我询问道。

"攻击过两次哦，"他告诉我，"它们在这里为数众多，四处出没，有时候防不胜防。第一次是在外面的马列兰栎旁边。那只鳄鱼突然从水下浮了上来，一口就咬掉了我的小船边上的一块船舷，于是我拿起船桨去戳它，却不料那家伙又咬掉了整个桨叶，然后就潜了下去。喔,我并不打算让鳄鱼在我附近跟我玩弄这些恶作剧，于是就把两枚大型铅弹迅速装进猎枪，当它再次浮出水面，我就对它连发两枪,它当场就一命呜呼了。那条鳄鱼体形真的硕大无比，身子足足有3.3米长，尾巴却很短。"

"那鳄鱼攻击你的另一次经历是怎样的呢？"我感到好奇，便继续问下去。

"那是在一天夜里，我刚刚划船离开蜂蜜岛（Honey Island），"

他说道,"一条硕大的短吻鳄竟然爬进了我的小船。当那家伙爬进来的时候,我就不得不跳出去,因为我明白它比我还想要那艘小船。我跳入水中的地点距离岛屿大约只有3米,于是我就一路游过去,同时还紧紧抓着猎枪。到了干燥的陆地,我刚一登岸,就朝着那条鳄鱼的脑袋射入了大型铅弹。它当场毙命了,它垂死挣扎的力量却把小船恰好送回了我在的地方。就这样,我一箭双雕——开了一枪就得到了一条鳄鱼,还接收了小船。"

随着比利大叔停住话头,一只小嘲鸫在一棵沼泽松的顶端开始唱起歌来。起初,那歌声低沉、如梦似幻,仿佛是在睡梦中歌唱一般。接着,当圆月越升越高,所有的树木身披银色,它的歌才变得高昂起来,整个沼泽回荡着那种歌声中野性的美妙,仿佛月光本身变成了音乐。我们不语,久久地坐着聆听。

"今晚就像汤姆·泰格回来的那天晚上,"比利大叔突然开口说道,"当时我就坐在我们现在坐的地方,突然,他就一下子站在了我的面前,吓得我差点儿从长椅上面掉了下来——因为我把他看作鬼魂,然而,当他向我要一点儿烟叶咀嚼的时候,我才知道他的确是人,而不是鬼。"

"他是谁?"我问道。

"汤姆是个塞米诺尔印第安人,当年被弗洛伊德将军从这片沼泽赶到了南方的大沼泽地,"老头回答,"他一路回到这里,来看看他出生的地方。"

"可是,比利大叔,"我立即反对他的说法,"如果那个人曾经在这个岛上生活过,那么他肯定有一百多岁了。"

"对的,他就是这么声称的,"我的朋友回答,"他说自己有112岁了,当然,他看起来满脸皱纹,一头长长的白发,的确是个耄耋老人。汤姆声称,在南方的大沼泽地,还有14个印第安女人,年龄全都超过了100岁。他在这附近待了好一阵子,把他的族人曾经扎营的地方指给我看。无疑,他对这个岛屿了如指掌。然后在一天夜里,他就像他来时的那样,无声无息地消失了。从那以后,就再也没有人见过他了。"

情急之中,我举枪射杀了一条大毒蛇

第二天,我们悠闲地划着小船,环绕沼泽而游荡。到处有宽阔的水潭,其中一些大得足以称为湖泊。其实,那些水潭就是所谓的鳄鱼洞,即短吻鳄居住的地方。在一些被原来居住的鳄鱼所放弃的水潭里面,我开始了奇妙的垂钓,使用沼泽中所有渔夫会使用的那种短钢竿,把颜色鲜明的塞子抛出去。那些明亮的诱饵几乎还没落到水潭远远一端的水面,那种被比利大叔称为鳟鱼(trout)的大嘴鲈就会探出水面,咬住它们。我们还会钓到狗鱼,即梭鱼(pike)在这片沼泽中的名字。大小水道中,挤满了大口突鳃太阳鱼(warmouth perch)、金鲈(yellow perch)和黑鱼——这种鱼犹如鲤鱼一般,身体呈暗色,能长到很大。行船中,我们还偶然在浅水处遇到一条搁浅的鱼,那条鱼很大,肯定足足有0.9米长。

回来的路上，我坐在船头，把猎枪横放在双膝上，突然，在前面的一丛五倍子的枝条上面，我看见一个险恶的棕色的东西盘卷着。经过仔细观察，我才发现那是一条我所见过体形最大的食鱼蝮，而我们即将从它下面经过！

再过一秒，小船就会碰到那丛五倍子，摇晃之下，那条食鱼蝮很可能掉到我的头上。于是，我迅速举枪瞄准，对着那条大蛇开火，一下子便将其击成两段，掉在比利大叔附近，他见状极度惊吓，大叫了一声。只见，那条蛇张开嘴巴，露出白色的口腔牙龈和两颗滴着黄色毒液的毒牙，在水面停留了片刻，就沉到了水下，消失在视线之外。

比利大叔深深地叹了口气。

"我永远无法知道你下一步要干什么。"他终于说道。

在回去的路上，我们的话题自然而然就转到了蛇身上，在奥克弗诺基大沼泽里面和其周边，蛇已经成为人们日常生活的一部分。就在我到达岛上的前一周，在沼泽边缘经营一家松节油公司的经理，在自己的小木屋附近的一片田野上射落了一只野鸽子。就在他俯身要去捡鸽子的时候，他突然听到了一阵险恶的嘶嘶声，这让他一下子就跳了回去。而就在那一瞬，一条菱背响尾蛇伸出脑袋，迅速攻击了他在一秒之前伫立过的地方。于是，他开枪射杀了那条蛇，那个脑袋被轰掉的蛇身长度超过了 1.8 米，尾部有 11 个响环。

但另一个人就不那么走运了，他直接踩到了一条盘卷的菱背响尾蛇身上，吓得他疯狂地跳到空中。而就在他落到地面上的那一秒的间隙中，那条大蛇竟然对他攻击了两次，第一次咬到了他那帆布制作的绑腿上，第二次咬穿了他膝盖以上的大腿部位。所幸的是，那条蛇在第一次攻击绑腿时就喷出了大部分毒液，因此第二次攻击时喷出的毒液就所剩无几，很可能是这一事实才救了他一命，因为尽管他的大腿肿胀得厉害，但他最终还是逃过了一劫。

然后比利大叔跟我提到了一个小女孩，她被束带蛇咬了一口，结果在24小时之内就死了。

"比利大叔，束带蛇可是无毒的呀。"我不赞同他的说法。

"喔，我所知道的一切，就是她被那种蛇咬了之后死了——还有其他人也死于这种蛇的攻击。"老头固执地回应了一声。

经过深入询问，我才发现他所说的束带蛇身上有红色、黄色和黑色的环状纹，从他的描述中，我认为那根本不是什么束带蛇，而是珊瑚蛇——一种拥有空心毒牙的蛇。这种蛇很危险，与眼镜蛇同属一个亚科。珊瑚蛇与另外两种无毒无害的蛇——猩红蛇（scarlet snake）和猩红牛奶蛇（scarlet milk snake）极为相似。这3种蛇身上都有猩红色、黄色和黑色，然而珊瑚蛇身上呈现出黑色环状纹。那些环状纹的边缘是黄色环状纹，而另外两种蛇身上则呈现出黄色环状纹，其边缘是黑色环状纹，正是由于如此细微的色差变化，才直接意味着生与死。

第二天，罗德按照约定来到了岛上，把我接回去，让我又重返我所逃离的工作和烦恼之中。

"尽快回到这里来吧,"告别时,比利大叔站在码头上说,他的白发在风中飘扬。"在北方所有的引擎、汽车和飞行器中间,你会很容易受伤的,还是在这南方安全啊。"

第 9 章 蚋莺巢穴探寻记

The Gnatcatcher's Nest

5月的一天，3个爱鸟者前往弗吉尼亚探寻鸟巢，在清晨5点私闯民宅，偷吃面包，却被主人友好地接待。进入树林时，他们就发现了褐头鸭和美洲雀的巢穴，还发现了一对吱吱尖叫的灰蓝蚋莺。欣赏完小嘲鸫的歌唱，又偶然发现黑白森莺的巢穴——5只雏鸟开始一动不动，后来突然一齐张开了嘴喙；一群乌鸦报复大雕鸮，对其穷追猛打；鱼鹰在树上筑巢，结果大量的堆积物害死了那棵树；红头美洲鹫的巢穴深藏在绿刺下面，入侵者会遭到雌鹫吐出的腐物迎头痛击……天色渐暗，正当寻鸟活动即将结束时，奇迹出现了：苦苦寻觅多年的灰蓝蚋莺巢穴，原来就在一棵冬青树的枝条上，外面覆盖着伪装的地衣，看上去就像瘤节……

清晨 5 点，私闯民宅偷吃早餐

那种奇异的召唤来自一个 5 月的下午。那一整天，即便是这座城市的天空也呈现出春天般的蔚蓝。在这城市的沸腾和骚动上面，一行摇摆的大雁一度高飞而过，在羊毛般的白云映衬之下，显现出墨黑的色彩。接着，从我那个位于喧嚣的街道之上 13 层楼的办公室窗户中，我看见了下面的一个小小的院落，院落中绽放着一大片奶油色的木兰花（magnolia）——就在前一夜，那些花朵就星星点点地盛开在一道砖墙上。

稍后，一只蝴蝶拍着带有凹槽的黄褐色翅膀，穿过开着的窗口飘了进来，那只蝴蝶的身体下侧印着银白色的希腊式问号，而对于我们，那是分号。

鸟儿正从南方飞回，花朵正在绽放，蜜一般美妙的 5 月正在询问我为什么要被这些砖、石、铁囚禁在办公室,远离那些美妙的野生动物?而那些动物正通过柔和的空气和春天所有的景色、气味和声音,给我发来了信息。

接着,电话就响了起来,听筒中传来了博物学家遥远而微弱的声音。

"今夜我们要穿过费城,到弗吉尼亚进行一场寻找鸟巢之旅,给你留了一个卧铺,一起去吧。"

子夜时分,我就登上了开往南方的火车,找到了卧铺。在吸烟室,我又找到了博物学家和银行家,多年来,在我们一起前往野外探访的那个六人组中,他们是两个重要成员。这一次,他们要前往一个偏僻的小村庄,去研究某些南方鸟类的筑巢习性,而且,他们就像我一样,都毫无理由、说走就走地实施了这次旅行——银行家抛开了他的银行,而博物学家则抛开了他的业务实践。

"在春天的天气中,缺乏所有的预兆,在5月,没有什么规则会保持不变。"博物学家经过观察后如此说道。

我们坐着交谈了一小时,话题当然都是往昔我们进行的冒险活动,在泥沼,在偏僻的群山……后来,我躺在卧铺上,好像还不曾进入梦乡,就被人粗鲁地拖了下来,只穿了少数衣服,手里还提着打开的袋子,在清晨5点就被扔在弗吉尼亚的一个小火车站冷清的站台上。当我匆匆穿完衣服,打量四周,却看不见一个人影,只有3幢房子矗立在附近。我从以往的经验中得知,如果能看见和听见够多的新的鸟类,或者找到一系列很有趣的鸟巢,银行家和博物学家不吃一点儿东西，就可以整天到处乱跑，而我忍受不了饥肠辘辘的状态，于是这次就坚持要先去找点东西果腹，然后再踏上寻鸟之旅。透过附近最大的那幢房子的窗户，我们看见里面的餐厅，餐桌上放着一条面包和一罐糖浆。于是我们开始敲门，起初还小心翼翼，后来敲得越来越猛，声音越来越大，但就是没有人应声出来开门。我试着推了推，却发现门根本没锁，于是我们相互看了看。很快，我们这3个本来很受人尊敬的公民就闯入陌生人的房子，在餐厅里坐下，像强盗一样对着面包和糖浆狼吞虎咽了起来。

刚吃完最后一点儿面包屑，楼梯上就响起了一阵脚步声，一个满脸温和的小个子男人出现了，他的双眼闪烁着明亮的蓝色，身上穿着一件洁净的衬衣，但没有衣领。他走进餐厅说道，"你们这些先生，"他的语气中有些不满，"星期天清晨5点就在我的房子里面喧闹什么呢，真见鬼！"

银行家距离那位主人最近，只见他抹了抹黏糊糊的嘴巴，便开始了一番滔滔不绝的演讲，平时在工作中，他就习惯对银行董事会发表这样的演讲，迫使成员们赞同他的意见。不过，上校——这当然是我们的主人的头衔，很快就打断了他的演讲。

"先生们，如果你们能安静一些，那么就请在我的房子里自便吧，喜欢什么自取就是，别客气，"他操着南方口音说道，"我的妻子马上就会下来，给你们做一顿比面包和糖浆更可口的早餐。她可能要稍晚一点儿下来，"他继续说道,语气中透露出一丝歉意，"你们看，我们有 11 个孩子，若要给他们都穿上衣服，肯定需要一些时间。"

几分钟之后，我们就遇到了上校夫人，还有那 11 个孩子中几个年纪大一点儿的孩子，我们坐下来享用面包、炸鸡、无限量供应的草莓和奶油。在南方，我们只能吃到这些食物。

上校是个热心人，也很客气，熟络之后，他坚持要我们在那天晚上回到他的家中做客。我们后来才发现，上校其实很不简单，他不仅拥有 7 个农场，而且还是那个县里最著名的公民之一。

半个小时之后，我们就吃得很饱了，心满意足地告别了上校一家，沿着乡村街道前行。途中，我们还不断唠唠叨叨，惊叹南方人的殷勤好客，并试图设想要是在北方，3 个衣冠不整的旅行者在清晨 5 点私闯民宅，偷吃主人的面包而被捉住，究竟会发生什么。

5 只尚未睁眼的雏鸟突然一齐张嘴

离开上校的家之后，我们很快就来到了树林中，那片树林主要是由纤细的长叶松构成的，但到处有那种特别奇异的树木——多刺楤木（Hercules-club），其结实的树干长满了锋利的刺，叶片足足有 0.9 米长，因此又俗称"赫拉克勒斯之棒"。那片布满沙子的平地上，铺盖着呈现出柔和的亮蓝色的鸟足堇菜，而在棕色的松针上面，不时会有一株皇后杓兰犹如玫瑰色的灯盏闪闪烁烁。

我们一路前行的时候，博物学家用拐杖连续叩击一截松树残桩，却不料惊扰了一只褐头鸭，它立即从一个距离地面大约2.4米的小洞中轻快地飞了出来。这只可爱、沉默而呈土褐色的小鸟，犹如雀鹀一样，朝着一边扬起了脑袋。这是我第一次见到这种鸟儿的南方类型。它的巢穴就在树洞中，巢穴里面铺着蛛网和松果的裂瓣，还容纳着6枚象牙白的蛋，蛋上面则布满了肉桂色的小点。

在这只褐头鸭的家园那边，在一丛纠缠的绿刺（green thorn）中，我发现了一只美洲雀的巢穴，里面有3只蛋，所有的蛋上面点缀着浓郁的巧克力色和淡紫色的大斑。就在此时，一对灰蓝蚋莺从一棵树的顶端发出了声音，不断朝着我们吱吱地尖叫，犹如戴菊鸟（kinglet）那样轻快地飞来飞去。这两只鸟儿都具有黑色的脑袋和眼睛，翅膀上有白色斑块，白色的覆尾羽中有两根长长的羽毛。正当那只白胸鸭（white-breasted nuthatch）一边咕哝，一边在树上跑上跑下的时候，那对蚋莺也在四周飞翔，同时不断吱吱地作声。

不久，一只小嘲鸫就在远处优美地唱起歌来，我们意识到，我们实际上处于梅森—迪克森线（Mason and Dixon's line）[①]的南面。我们在凝神谛听了那只小嘲鸫的歌唱表演之后，一致得出这样的结论：猫鹊与褐弯嘴嘲鸫——那个华丽的大型歌剧的歌手，都喜欢有听众，还把树端当作表演舞台。当这两种鸟儿处于最佳状

---

①美国宾夕法尼亚州和马里兰州的分界线，也是美国南北区域的分界线。

态时，两者都堪称小嘲鸫的对手。尽管如此，小嘲鸫始终处于最佳状态，歌声出众，而听者从另外那两种鸟儿那里所听到的，也多半是普通的歌唱表演。

越过小嘲鸫，前行了不远，我们还有幸听到了另一种南方鸟儿——黄喉林莺（yellow-throated warbler）的歌声，那种歌声听起来很像是蓝鸲。黄喉林莺拥有亮丽的黄色喉咙，眼睛上面有一条黑线，就像黄腹地莺（Kentucky warbler）身上的标记，而且它们的身侧还显现出黑色和白色，这样的特征让我们想起纹胸林莺。足够奇怪的是，第二年，小小的一波黄喉林莺就入侵了宾夕法尼亚，我们三人在保利（Paoli）附近发现了一些黄喉林莺，而我的儿子格登（Gurdon）——我家中真正的鸟类学家，在距离我家不远的哈弗福德市辨认出了一只。

让我们想起自己置身于南方的另一种提示物，就是看见一条体形硕大的松蛇，那条蛇浑身呈棕褐色和奶油色，顺着松针蜿蜒滑动，很快就消失在一层枯叶铺就的地毯下面。相当恰当的是，就在看见了那条蛇之后不久，银行家就在树林中发现了一个空瓶子，上面贴着"止痛片"字样的标签，标签上还印着这样的配方："酒精59%，乙醚30%，无害植物提取物11%。"我们一致同意，只有当人处于很严重的痛苦状态时，才会去服用这样一种混合剂。

我有幸找到了下一个巢穴。当时，我正在赞美一片片鸟足堇菜透过树林而到处显现出来时，突然就看见一个古怪的黑白圆花饰。不过，那个圆花饰将自身分解成了新生的白色羽绒毛和黑色嘴喙——原来，那是5只黑白色的小莺，拥挤在一个隐藏得很巧妙的巢穴之中，那个巢穴用枯叶构成，里面铺垫着细根。此时，那只亲鸟离开了巢穴，一边围绕着我轻快地飞翔，一边还精力旺盛地"责骂"。我以前也见过这种鸟儿的蛋，上面点缀着细小的黑色斑点，但此次未能有幸发现，所找到的只是那些刚刚孵化出来的幼雏。

那一天，那5只雏鸟很懂得保护自己，即便是我靠近它们，它们也保持着一动不动的状态，沉默无声，紧闭眼睛，体色完全跟周边环境融为一体。说实话，要不是它们的5个脑袋在地面上构成了那个很有规则的图案，我是绝不可能把它们从隐藏的巢穴中的枯叶中辨认出来的。只有当我在它们的旁边坐下，手里拿着铅笔记录那个巢穴及其筑巢材料时，它们最终才显现出生命的痕迹——那5只雏鸟突然一齐张开了嘴喙，仿佛想要我给它们喂食。

由于这是我初次发现黑白森莺的巢穴，我非常愉快，因此久久地坐在那里，贪婪地注视着它们。对于乏少经验的外行人来说，鸟巢似乎是无足轻重之物，但是，发现一个罕见的鸟巢，会给你带来一种难以描述的魅力和无限的愉悦。在鸟类学中，约翰·巴勒斯第一次确定了黑喉蓝林莺巢穴的位置，而且知道当时大约有20种鸟巢尚不被人发现。对于他来说，那肯定是十分令人激动的时刻！难怪，正如他在日记中所记录的那样，由于他的面前有着这样的可能性存在，因此他就更喜欢踏上寻找鸟巢之旅，而不是去参加林肯的第二次总统任期的就职典礼。

发现一个罕见的鸟巢，无疑会让人产生小小的激动之情，这就像藏书家在一大堆根本不曾考虑过的书卷中意外地发现了一卷《帖木儿》（Tamerlane），也像集邮者在一包旧书信中发现了一张米尔伯里瑞临时邮票（Millbury stamp）。每个人的嗜好是自己特有的财富，没有人能从他那里将其夺走，任何人也不应该以挑剔的态度看待他的热情。

在其他人继续向前搜寻之后，我还对那个巢穴恋恋不舍，曾两三次返回那里，朝我新发现的鸟巢看上最后一眼。我这时才发觉那只身上有着细小条纹的亲鸟正在辛勤劳动，给那些浑身光秃秃的、尚未睁开眼睛的雏鸟喂食，把形形色色的蛴螬和苍蝇塞进它们张开的嘴喙。

一群乌鸦对大雕鸮穷追猛打

另一个容纳着雏鸟的巢穴，属于一只卡罗来纳山雀，那是银行家在一截紫树残桩的洞孔里面发现的。在那截残桩悬垂的侧边的软木上，那只小鸟挖掘了一个小洞，因此它的巢穴入口就得到了保护，免遭风吹雨打。巢穴里面，容纳着3只小鸟和一只腐坏的蛋。那些雏鸟正处于初生羽毛的阶段，身上的黑刺尖上呈现出略带黄色的白色。当我们把它们捉出来，并排放在一根细枝上拍照的时候，每一只雏鸟大张着嘴巴，仿佛要显出自己在整个过程中有多么地无聊和厌倦。

卡罗来纳山雀的体形比它在北方的兄弟略小，性情更温和，翅膀上的白色也更少，它发出的鸣叫为"滴——滴——奥"，而不是北方兄弟的那种"奇卡迪——迪——迪"的叫声。

此次发现之后，我们在很长一段时间内都没有什么新的发现。过了一阵，银行家又在距离地面约 1.2 米之处发现了一个白眼莺雀的巢穴。那个巢穴是用腐木碎片和野草茎所构成的，完全用蛛网牢牢地系在一起，里面铺垫着一条条葡萄藤细长的皮和精细的草丝，但里面空空如也。像往常一样，这个巢穴的下面部分悬晃着一条狭长的树皮和一截绳状物，这个不整洁的细节总是出现在白眼莺雀的巢穴上。随后，我发现了一个鱼鹰巢穴，发现过程并不困难，因为它位于一棵枯死的松树顶端，堆在巢穴中的树枝可谓过于庞大，可以装满一大车。一般来说，鱼鹰和白头海雕（bald eagle）的巢穴由于比较庞大而显得沉重，最终都会害死它们选择来筑巢的那棵树。那个鱼鹰巢穴中，容纳着 3 枚乳白色的大蛋，上面优美地点缀着巧克力所呈现的那种棕色。当我们坐在那个巢穴下面的时候，那只鱼鹰围绕我们盘旋，发出一种呼啸般的音符："楚、楚、楚。"不时还发出一种刺耳的摩擦似的鸣叫，听起来就像红松鼠发出的那种唧唧声。

在那个鱼鹰巢穴下面，我们一度躺在高高的干土堤上，试图翻译、转换那些鸟语的片段，还讲述了以往冒险活动中发生的那些长长的、漫无休止的故事，这是令鸟类学家很愉快的事情。突然，从距离我们 400 来米远的一片树丛中，一只棕色的大鸟振翅飞了出来，后面有一群呱呱鸣叫的黑色乌鸦正精力旺盛地穷追不舍。我们举起望远镜对准那个逃亡者，很快就辨认出那不过是一只大雕鸮。原来，在冬天的那几个月，大雕鸮这个黑暗中的死神不断折磨着那些沉睡的乌鸦，令其苦不堪言，而现在乌鸦又开始了报复行动——只要它们发现猫头鹰被阳光照射得半瞎的时候，就总是疯狂地对其追逐。这次，经过一番逃避，那个逃亡者终于躲进了一片浓密的松林，而那些喧闹的追逐者无法进入，那些不绝于耳的呱呱声最后才逐渐消失。

在那棵鱼鹰筑巢的树下休息良久之后，我们继续前行。接下来的发现属于博物学家。当他走过一堆到处缠绕着绿刺的灌木时，他无意间用脚踢了一下，而从那堆灌木下面，顿时传来了一阵窸窸窣窣的巨大响声，紧接着，一个硕大的暗色物体便匆匆跑进开阔地，腾空起飞——那是一只红头美洲鹫，脑袋呈红色，翅膀边缘为黑色。博物学家精神可嘉，他爬到那些绿刺下面去了。一番搜寻之后，我们在一根木头下面发现了两枚肮脏的白色的蛋，其大小如同火鸡（turkey）蛋，上面有棕色的斑块和斑点。此时，那只飞走的亲鸟歇落在一棵近在咫尺的树上，古怪地伸出它那深红色的、赤裸的脑袋。突然，辽阔的天空中露出一个小黑点，由远而近，越来越大，那是雄鹫，再过了一分钟，雄鹫盘旋而下，落到树上，紧靠在其伴侣的身边。我们离开的时候，那两只冷酷的大鸟一动不动，犹如黑色的女巫直勾勾地盯着我们。博物学家激动地告诉我们，根据他以往的经验，这种红头美洲鹫通常在洞穴或者空心木头中筑巢，但要爬进去可不是一件轻松容易的事情，因为雌鹫具有一种令人厌恶的习性，那就是一旦有入侵者进入它的巢穴，它会把胃里的腐物统统呕吐到对方的身上。

搜寻多年，终于找到灰蓝蚋莺的巢穴

在上次的冒险之后，我们就分开了，大家单独行动，各自朝着不同的方向进行搜寻，直到傍晚才会碰头。正当我穿过干燥的树林搜寻之际，我突然听见了一阵旋律，那歌声有些类似猩红丽唐纳雀缓慢而吃力的乐句，听起来犹如声音沙哑的知更鸟。尽管如此，这支歌比猩红丽唐纳雀的歌更柔和、更模糊。又过了一分钟，我就确定了那个歌手的位置，看见了它正是那种南方鸟儿——玫红丽唐纳雀(summer tanager)，这是我第一次看见这种鸟儿。尽管，玫红丽唐纳雀的翅膀比其余部位的颜色要暗一些，但它没有它的北方兄弟的黑色翅膀，而且每一片羽毛上面有着一种粉红的色调，那种色调赋予这种鸟儿的羽毛以难以描述的浓郁。雌鸟的胸脯上为浅黄色，当它飞翔的时候，似乎就像是奶油色。这两只鸟儿发出的报警性音符都是"皮图、皮图"。

随后，正当我用望远镜观察那对鸟儿的时候，我突然听到了猩红丽唐纳雀那熟悉的责骂声"奇克——尔、奇克——尔"，举目望去，只见一只华丽的、火红的鸟儿正在飞向北方的路上，它拍动黑色的翅膀，轻快地飞到一棵树上，那里紧靠着玫红丽唐纳雀。能够目击这两种如此绚丽的鸟儿肩并肩地栖息在一起，可真是难得的机会，于是，我静静地、久久地研究它们，一直到那只北方鸟儿终于起飞，继续朝着北方前进。

我放下了望远镜。就在那对玫红丽唐纳雀栖息的枝条尽头，我偶然瞥见了它们的巢穴——在我快乐地研究它们身上绚丽而陌生的色彩之际，我完全忽略了其巢穴的存在。比起北方的猩红丽唐纳雀的巢穴，它们的巢穴更薄，牢牢系在粗枝尽头的分叉处，平放在那里，里面还没有蛋。

这漫长的一天快要结束了。头上，一只赤肩鵟绕着圈子盘旋，越升越高，它那凶猛的叫声穿过空气传下来。在一棵大松树的脚下，我突然偶遇了一小簇美丽的皇后杓兰，它们在长茎上摇晃，在浅浅的珍珠色的暮色中，它们看上去犹如大株的风信子（jacinth）。

在这些皇后杓兰那边，是一条林间路，我沿着那条路前行，来到了一片到处点缀着冬青树的偏僻之地，在发黄的草丛上，冬青叶片带着凹槽，多刺，露出了深绿色。在那里，在渐渐隐退的光芒中，我拿着拐杖来回击打，仍抱着一线希望：在这漫长一天的最后时刻，我会发现某种南方鸟儿的珍宝——也许是斑翅蓝彩鹀（blue grosbeak）的巢穴，要不就是巴氏猛雀鹀（Bachman sparrow）的蛋。然而，我可没有这么好的运气，当天色暗下来，让我似乎再也找不到更多鸟巢的时候，我就折身回到了树林中，准备在那里跟朋友们碰头。而就在此时，卡罗琳夜鹰（chuck-will's-widow）在远处用一个宁静的嗓音说："快——威尔——威尔，快，威尔——威尔。"相比我们北方的三声夜鹰回荡的那种三合音，这种声音听起来大不相同。

突然,东方出现了一丝光亮。那轮圆月的边缘旋转到了世界的边缘上面,犹如一个浅金色的水泡在地平线上停了片刻。随后,当我仰望淡黄色的天空时,在渐渐暗淡下来的光线中,天空变成了深紫罗兰色,我等待了一整天的奇迹就出现了:一棵深深地映照在天空的冬青树上,在一根距离地面大约4.5米的枝条上,我能清楚地看见一个巢穴,其隐藏得很巧妙,外表宛若一个覆盖着地衣的瘤节,仅仅是它那映在天空上的锯齿状边缘,才暴露了它的存在。

片刻之间,我真不敢期盼那就是我如此长久寻找的鸟巢。尽管如此,我举起望远镜对准它仔细观察,我能看见一条长着白色羽毛的长尾巴露出了巢穴边缘。于是,我走过去踢了下那棵树,一只灰蓝蚋莺随即发出一声响亮的尖叫,溜了出来,在暮色中四处轻快地飞掠。片刻之后,有只雄蚋莺也加入了伴侣的行列,那两只鸟儿看起来犹如微型的猫鹊,有着灰色的背部、浅色的胸脯和长长的尾巴,在我的四周轻飞。

这个巢穴几乎就像是红喉北蜂鸟(ruby-throated humming bird)的巢穴,只不过它约有5厘米深。这个巢穴由金色的草丝构成,外面覆盖着灰绿色的地衣,用蛛网紧紧地固定着,巢穴里面,铺垫着乳棕色的蕨类植物的毛。这个结构被置于一片天然地衣上面,两者如此巧妙地融为一体,以至于你几乎不可能辨别哪些是天然地衣,哪些是用来伪装的。巢穴里面,有5枚浅蓝色的小蛋,蛋上面密密麻麻地点缀着红棕色的斑点,看起来就像放在美丽的首饰盒中的珠宝。从那时,我就发觉蚋莺的巢穴是我们在这片大陆上发现的最优美的鸟巢,甚至比蜂鸟(humming bird)的巢穴还美,因为它要大一些,巢穴口子的大小恰好如同 50 美分硬币,而蜂鸟的巢穴口子则稍稍大于 25 美分硬币。

多年来,我都只是听说过这种巢穴,却从来不曾真正找到过。曾几何时,在鸟类迁徙期间,我在 5 月的新泽西的溪流上划独木舟,有幸看见过一只灰蓝蚋莺;当我踏上前往迪斯默尔大沼泽①(Great Dismal Swamp)的旅程之际,我在冬季的弗吉尼亚再次发现了一对这样的鸟儿;当我在一年的春天划船穿过马里兰北部的一片恶臭的沼地,寻找蓝翅黄森莺巢穴的时候,我也看见了这种鸟儿;后来,我还前往宾夕法尼亚西部,寻找这类鸟儿的巢穴,那里靠近西弗吉尼亚边界线……然而,在弗吉尼亚发现的这个灰蓝蚋莺巢穴,将始终深深地留在我的脑海中。这也许就成了我寻找鸟巢的最有趣的历险活动。

---

① 位于美国弗吉尼亚州东南和北卡罗来纳州东北部的沿海平原上,在诺福克和伊利莎白城之间。

第 10 章 古道探索记

Lost Road

6月的一天，从康沃尔出发，沿着一条古道去寻找一座老房子，那里面可能隐藏着意外的财宝。沿途，古老的"边界榆树"、祖先的老房子、狼岩等旧地一一出现在眼前，各种童年旧事也随之浮现在脑海。古道上，肥皂草散发出清新的气味，金翅雀沉降似的飞来飞去，花白旱獭摇摇摆摆走向石墙，北方杜鹃正在怒放，橙顶灶莺巧妙地隐藏巢穴，颚花迎风招展、点头示意，披肩榛鸡四处漫步……那座老房子就在前面的山冈上，仿佛在述说着往昔的荣光。走向远处的湖泊，途经一个仙境：在黄喉虫森莺的歌声中，地面铺满鹿蕊和松针，兰花庄严地摇曳，空气中弥漫着杜鹃花香，两只受惊的鹿子骤然逃向远方……潜入湖泊畅饮冷冷的泉水，然后翻山越岭，突然就来到了一条喧闹的州立公路上，仿佛重返人间……

出发前往老房子，寻找隐藏的财宝

伊甸园可能更可爱，或许乐园也更美丽，但在今天的大地上，没有哪个地方能比 6 月的康沃尔更美。此时，这里的山丘上覆盖着一簇簇盛开的桂花，还有一丛丛如火燃烧的粉红杜鹃（pink azalea）。小溪周围，挤满了一片片野生勿忘我（forget-me-not），犹如一条条细长的青绿色带子越过绿色草甸。在每一片密丛中，鸟语四起，各种莺雀发出奇异而悦耳的竖琴音符，此起彼伏，不绝于耳。

6 月的一天，我从那里出发，去寻找一座隐藏在那些山丘中间的老房子。两年前，我有 3 个擅长步行的朋友就徒步穿越了康涅狄格，在这期间收获颇多。他们告诉我说，远在北戈申（North Goshen）和康沃尔之间的某处，他们在树林深处找到了一座宅邸的废墟。因此，今天我把一包午餐塞进衣兜，就上路去寻找那座老房子，还暗暗下定决心，不找到那座房子就不回来。

以前，我也寻找过那座房子，却不料迷失在一些被遗忘的古道构成的迷宫中。不过未能如愿，我们仅仅在一座山丘上发现了一家古老的客栈，那里已成为残垣断壁。1781 年，当罗尚博①（Rochambeau）的军队从罗德岛向弗吉尼亚挺进，去协助俘获康华里②（Cornwallis）时，军官们就待在康沃尔的这家小客栈里，而士兵们则在附近的田野上安营扎寨。在那些战时的日子里，即便是在隆冬，这家小客栈旁边的道路上，也黑压压地挤满了从纽黑文（New Haven）前往奥尔巴尼（Albany）的雪橇和运货马车。如今，那条路早已像那座小旅馆的废墟一样，空寂无人。

那一天，我在那里无意间发现了旧玻璃瓶的一些诱人的碎片，还有一个洛斯托夫特盘子（Lowestoft plate）的一块碎片，一只用小树枝做成的破茶杯，还有用来盛托迪酒的平底大玻璃杯的碎片。这些残留物都隐藏在阁楼屋檐下面，很可能是粗心的仆人在 150 年前将其放在那里的。房子附近，我还发现了一口被扔在田野上的铁锅，锅里有一个洞孔，在那口锅经历了一个世纪的树液熬制之后，我将它放进了一个木盒子保存了起来。

在那些废弃的房子中，你总有机会去发现意外的宝藏。多年

---

① 法国将军（1725—1807），曾率法军支援美国独立战争。
② 美国独立战争期间的英军副总司令。

以前，在迪伯尔山（Dibble Hill）上，我就拜访过一座在树林中马上要坍塌的房子，在那里发现了一个制作精致的壁炉台。那个壁炉台是用那种有凹槽的白松（white pine）制作而成的，上面有一种特别轻快、雅致的图案。我正要将它回收利用，却不料心里涌起一种新英格兰人特有的良知，阻止我将其带走。然而几年后，我再次前往那里，却发现那座房子已经倒塌，那个壁炉台已被砸成了碎片，真是可惜。

不过，在另一处废墟中，我从垃圾堆里拯救出了一只熟铁制成的门把手，其两端都有喇叭形的新月。后来，我在那儿附近建起了一座房子——"树端"，也就是我在康沃尔的家。如今，那只门把手就安装在那里的书房门上。不仅如此，我的一个朋友还发现过一只制作得很出色的大壶，大壶闪烁着深沉的蓝色，上面还环绕着一条黄金带子，完好无损地搁放在一个地窖里的梁上；另一个朋友则发现过一对黄铜制作的壁炉柴架，当时那对柴架就隐藏在一根旧烟囱里面。

因此，在那天早晨出发的时候，我就梦想自己能在那座老房子的废墟里找到什么浮财。而在那座难以抵达的隐蔽的房子中，确实可能隐藏着一切——要是我能找到的话。

祖先的老房子，形形色色的轶事

我匆匆经过康沃尔最古老的居民——那棵"边界榆树"

（Boundary Elm），那棵榆树位于半月地（Half Moon Lot），曾经作为一个地标，标注着3个农场接壤的那个角。这是一棵巨树，最早肯定生长在一片森林中，因为它的树干在拔地而起15米之后，才出现了第一根粗枝。回到大约1750年的那些历史记录中，它作为一棵著名的树而被屡屡提到。跟其他已知年龄的树木相比，它肯定有300岁了，在康沃尔的27座已经命名的山丘中间，它无疑是一个冷酷而粗壮结实的幸存者，是从印第安人狩猎、狼群嚎叫的那些日子里残存下来的。

靠近"边界榆树"，有一棵葡萄酒杯状的小榆树，那是我所见过的最完美的榆树。很多年前，当人们把大量树木从这片牧草地的那一端砍倒、清除出去的时候，我的一个叔叔看到这棵榆树很美，便将其从斧子下拯救了出来，让它立在那里自由地生长。因此，这棵榆树就总是因为我的那位叔叔的名字而闻名于当地。

在这棵榆树那边，矗立着我的曾祖父在一个多世纪之前建造的那座房子。当年，在安装房子栋梁的时候，当时还是10岁男孩的叔祖约翰（John），为了庆祝这一事件，竟然把头倒立在距离屋基12米的那根巨大的橡木栋梁上，让下面的人无比担心。当他重新回到地面时，他的父亲才长长松了口气，紧接着便伸出手狠狠地扇了他一巴掌，以示训诫。

后来，叔祖约翰成了康沃尔的著名医生，他曾经常常骑着一匹黑马，一天24小时不分昼夜地翻山越岭，去给那些分散在各处的病人看病。骑马旅行的时候，他总是蔑视马肚带或者道路，常常不会系牢马鞍，就骑马穿越最黑暗的夜晚，沿着他烂熟于心的那些小径和小道，径直越过乡野，前往目的地。

在曾祖父的房子那边，居住着布德尔·罗杰斯（Boodle Rogers），这位老兄常常在夜里劳动，完成他的大部分耕耘工作。他的妹妹嫁给了乡村铁匠尼尔斯·华兹华斯（Niles Wadsworth），尼尔斯有一副精美的男低音嗓子，在唱诗班里唱歌。当马戏大王巴纳姆（Barnum）把珍妮·林德[①]（Jennie Lind）带到纽约开演唱会的时候，尼尔斯就打算南下纽约去听她唱歌。但是，他的妻子坚决反对，她警告他说，要是他去听一个戏剧女演员唱歌，那么自己就再也不会跟他说话了。结果他真的去了，她当然也就真的不再跟他说话了。那之后，他们在一起生活了20年，但她从那一天起，的的确确就再也没对他说过一句话，即便是在他奄奄一息地躺在临终之床上的时候，她也一言不发。而尼尔斯的父亲在教堂祈祷时，恰好就坐在屋顶漏雨处下面，雨水长期滴在他的身上，而教堂的委托人迟迟没有修好。于是在一个下雨的星期天，他干脆在教堂中打起了雨伞，这一举动很快就引起了注意，屋顶漏雨处也立即修好了。

我转身离开，走上了通往康沃尔山谷（Cornwall Hollow）的那条孤独的古道，途经了狼岩（Wolf Rock）——一大块几乎高达2.4

[①] 19世纪瑞典女高音歌唱家（1820—1887）。

米的灰色花岗岩石，紧靠在路边而矗立着。那块岩石下面，有一个铺垫着枯叶的洼地，以前印第安人就常常在那里睡觉。那个时候，这条路是从长屋（Long House）延伸出来的古老的印第安小道的一部分，而长屋则是凶猛的"六民族"（Six Nations）对纽约州北部的称呼。每一年，两个浑身彩绘的易洛魁族印第安人战士都要沿着那条小道而来，从康涅狄格的附属部落收集贝壳串珠的贡品。那块岩石的顶部，有一个平坦的空间，那里长满了瓦苇蕨（polypody fern），我的高祖母经过那里时，曾经看见一只灰狼（gray wolf）蹲伏在上面，把脑袋搁放在两只前爪上，在她沿着那条路前往山谷时俯视着她。

那一天，当我经过所有这些熟悉的地方和其他很多旧地时，我处处遇到了各种沉寂。那些曾经命令似的、可爱的、沙哑的嗓音，如今全都寂静了下来，我童年时的那些男人和女人，如今早已作古，仅仅留存在我的记忆中。

被遗忘的古道上，长满奇花异草

漫长的下山路，沿途镶嵌着菊苣（chicory）那神圣的蓝色，就好像依附于最为枯燥无味的生活的梦幻。途中，我一度还路过了一大片肥皂草（bouncing-bet）——我们祖先常常利用的那种肥皂草（soapwort）来盥洗，其玫瑰色和白色的花朵散发出一种清新、健康的气味，而不是香气。这片花圃很大，那些肥皂草多得足以给整个一家的孩子搓洗身子。我摘下一捧叶片放进衣兜，后来用它们在小溪里洗手，欣赏它们泛起的肥皂泡。不单是这种植物，甜椒（sweet-pepper）丛的叶片也同样具有去污作用。

路边，黑色和黄色的金翅雀飞来飞去，它们那沉降式的飞行姿势看起来很古怪，飞行时还唱出金丝雀一般的歌。这些小小的流浪者不负责任，对自己的家庭事务似乎漠不关心，一般来说，到了6月，筑巢问题往往就困扰着其他鸟儿，而这些金翅雀显得从容不迫，反正它们是最后的筑巢者，常常要到8月才开始筑巢、产卵。在康沃尔，另一种常见的鸟儿就是栗胁林莺，这种莺有着白色的面颊、红棕色的身体和金色的冠冕。它的歌声中常常混淆着红尾鸲和黄莺的音符，但与红尾鸲和黄莺的歌通常不同的是，其歌声的结尾处有一种颇为爆炸性的"威——楚"之声。它所唱的另一支歌则有点儿像棕顶雀鹀的歌，而它的第三支歌，就我所能记录下来、转述成文字而言，是一种"鲁尔、鲁尔、奇、奇、奇"的声音。

在那个长长的山丘脚下，我听见了一声响亮的呼哨，紧接着是一连串动人心弦、咯咯的轻笑声。很快，我就看见一只胖乎乎的花白旱獭（woodchuck）摇摇摆摆地走向一道石墙。那只旱獭看起来就像是一头小猪，身上的灰色和黄褐色相间，尾巴竖起，那样子很可爱。

随后，我走向那深深的山谷平坦的地面，在康沃尔，那里以"洼地"而闻名。就在我抵达那里之前，我意外地遇到了一丛正在怒放的北方杜鹃，一片散发出檀香木（sandal wood）一般香气的燃烧的玫瑰,那是最美的杜鹃之一,远远超过了生长在更远的南方、颜色较浅的裸花水竹叶(nudiflora),以及纯白色的禾叶贝母兰(viscosa)。

我在树林边缘翻过那道石墙,更靠近那丛杜鹃观察时,让我有了第一次小小的历险活动——当你自由自在地漫步于康沃尔的山丘间,这样的历险活动就始终会发生。就在我的前面,一只鸟儿犹如耗子般在地面上奔跑,其背部呈现出橄榄棕色,胸脯上有条纹,脑袋的冠冕上有赭色的斑块,这样的外貌赋予它那个家族以"金冠岩鹨"(golden-crowned accentor)的响亮称号。它那垂下的翅膀表明其巢穴就在不远处,于是我开始到处搜寻,结果很快就发现它的巢穴位于一丛越橘(huckleberry)散开的细枝下面,被一株野生的洋菝葜(sarsaparilla)所遮蔽。那个巢穴完全用树叶和草构筑而成,侧边的口子拱起,样子犹如老式的荷兰火炉,因此这种鸟儿就获得了一个更为普遍的名字——橙顶灶莺。那个巢穴中容纳着4枚蛋,蛋的较大一端上面,环绕着一圈血棕色的斑点。这个巢穴一如既往地隐藏得很奇妙,要不是那只鸟儿自己主动给予我帮助,我是绝对不会找到那里的。就在橙顶灶莺的家那边,一株颚花(bellwort)生长在一块长满青苔的石头上,旁边还有一条潺潺歌唱的鳟鱼溪。从3片光滑的绿叶的基础上,一根长茎欣欣向荣地冒出来,在那根长茎的尽头,4朵金绿色的花迎风招展,朝我点头示意。与此同时,那条金色和棕色小溪的水面上投映着斑点,溪水整天发出一种单调的汩汩声,对着那些花朵歌唱。

就在那株颚花那边，一片老鹳草（cranesbill）在翠绿色的溪岸上闪亮。由于红花半边莲（cardinal flower）是深红色的代表，穗裂龙胆（fringed gentian）是深蓝色的代表，因此老鹳草也是最纯洁的、最生动的粉红色的代表。

越过山谷，我终于抵达了一条几乎被遗弃的古道，它一路通往最难行的山丘，自从基督教徒攀登艰难山（Hill Difficulty）以来，那座山丘很可能是人们所知的最艰难的山丘了。我不断向上攀登又攀登，途中经过了两座农舍，那两座农舍很别致，犹如燕子巢一般依附在山腰上，位于古老的牧草地中间。在那里，绽放的月桂覆盖在大片大片的玫瑰和积雪上面。

路遇披肩榛鸡，搜寻古老的房子

终于，这条古道变成了一条被水流磨损的小道，越过光秃秃的大圆石，一路向前延伸。这样的情形很难让人相信在100年前，它曾经是通往诺福克（Norfolk）镇的一条主要干道，有很多商旅在上面来来往往。

刚刚拐过一个弯，我就突然意外地遇到了一只母鹧鸪，它带着一小群幼雏，幼雏的样子可爱，身上有条纹，呈现出树叶的那种棕色。其中一只幼雏跑进了一个耗子洞，另一只则在一片叶子下面匍匐爬行，当我寻找其他幼雏时，它们竟然全都消失不见了。那只亲鸟一见到我，便迅速溜进了一丛灌木，不断发出一种咕哝似的音符，很像是白胸鸭发出的。当我拾起躺在叶片下面的那只小鸟时，它起初还装死，接着，正当它感到我的手掌在它的周围合拢之际，它再也无法承受那种压力，便突然开始楚楚可怜地发出吱吱的叫声。那只老鹧鸪一听到这个声音，便立即从灌木丛中冲了出来，来到了开阔地，把自己完全展现在我的眼前：它的尾巴上有黑边，还有白色条纹，犹如扇子一样展开，它的环状领圈在脑袋两边膨胀了起来。紧接着，它就犹如蛇一样嘶嘶作响，又犹如猫一样咪咪叫着，几乎来到了我的脚下，对着地面疯狂地拍打翅膀。我再也不忍心逗弄那只可怜的鸟儿，便把我握着的幼雏放回地面，同时还拯救了另一只爬进洞孔而进退不得的幼雏。那两只小鸟获释后，立即跟着母亲进入了树林。片刻之后，我就听到了那只老鸟发出一种柔和的、低声吟唱的咯咯声，我知道，它正把自己获救的幼雏呵护在它那很有力的翅膀下面。

越过这一家子披肩榛鸡，我开始朝着高处艰苦地跋涉，一番努力之后，抵达了顶峰，举目四望，只见大地上所有的王国似乎在我的面前铺展开来。一圈又一圈山丘呈现出绿色的顶端，围绕在我的四面八方，而在远处，高高耸立着胡萨克山脉（Hoosac Range）那些君主般的山峰、那具有石塔的熊山（Bear Mountain）、那具有两个山顶的狮头山（Lion's Head），而在所有这些山峦之上，那座圆顶山（the Dome mountain）犹如天空上的一个蓝色水泡，扬起了它那强有力的头颅。

随后，我转向东方，在一片片沼泽和密林那边，我的眼睛捕捉到了树木中间的一个闪亮的湖泊。那个湖泊犹如一只银色的大浅盘一样闪耀着,仿佛是有人不小心遗失在林中的。于是,我拿出一张关于戈申和诺福克镇的地质测绘图,在上面徒劳地寻找关于那个地点的湖泊的记录,结果却一无所获。看起来,这要么是海市蜃楼产生的幻象,要么就是我正面临着一次伟大发现的重要时刻,而这样的发现,也许会把我的名字与山普伦①(Champlain)和哈得孙②(Hudson)以及其他未知水体的发现者的名字并列在一起。

接着,我朝着南方眺望:就在我前面的那座山冈上,矗立着我久久寻觅的那座老房子。尽管经历了一个半世纪的风吹雨打,被一代人所忽视、遗忘,但那座古老的宅邸依然显现出往昔的荣光:房子有一根白栎制成的栋梁,足足有15米长,完全由手工劈砍而成,显得很光滑,全长的树干上没有一个瘤节和一点儿瑕疵。屋顶安置得很低矮,具有向上延伸的优雅的曲线,前门上面的装饰线条,白木制成的破败的转角橱柜,用60厘米宽的白松木板铺就的地板,巨大的壁炉和石头大烟囱,都述说着往昔的日子——那时,人们放进房子的东西远远不止木头和石头,他们梦想和希望的某些东西,也统统进入了他们的建筑。

---

① 法国探险家(1574—1635)。
② 英国航海家及探险家(1565—1611)。

在楼上的一间卧室里，一个拆开的窗户框住了一幅自然风景图，我良久地伫立在那前面欣赏：在附近的山丘那边，在高耸的胡萨克山脉那边，卡茨基尔山脉（the Catskills）本身犹如薄膜似的蓝色之云隐隐地铺展出来，我们这些生活在较低海拔的人很少看见这样的风景。华盛顿山（Mount Washington）那一派蔚蓝的头颅，高耸在它们上面，直插云边，上面似乎还覆盖着皑皑白雪。

在那座废弃的房子里面，在那发白的木板框住的自然风景画中，我久久地注视着眼前的安宁和极度的静谧。随后，我转过身去，却不料我的眼睛捕捉到了另一座近在咫尺的房子，它就在我的眼皮子底下，以至于完全逃脱了我的注意：在距离我还不到60厘米远的窗台上，有一个菲比霸鹟（phoebe）构筑的巢穴，巢穴用青苔和泥巴建成，5只肥硕的幼雏挤得满满当当，当我靠近它们的时候，它们竟然一点儿也不害怕，还对我信任地张开了嘴喙，仿佛要我给它们喂食。

我在这座房子中快乐地探索了一个小时，却没有发现隐藏的财宝，也没发现密室——在古老的宅邸里面，总有可能发现这样的东西。曾几何时，就在宾夕法尼亚，我的一个朋友和他的妻子穿过这样一座房子而漫游时，就有所收获。当时，我的朋友把妻子留在楼上的一个房间里，自己则走到房子外面，去欣赏那古老屋顶的突出部。

"那个房间里面有多少个窗户？"他朝着上面大声问她。

"有两个。"她回答。

"喔，从这下面看上去有3个。"他大声地回应。

"密室！"他俩立即激动地惊叫了起来。

经过他们的仔细搜寻，结果他们发现了一个具有内置式五斗橱的壁橱。我的朋友爬到五斗橱上面，找到了一块可以滑动的墙板，一拉开，他就进入了一个小小的房间，房间里面有一个窗户、一个床架、椅子、衣架和烛台。后来他们发现，那座房子结果是"地下铁道"[①]（Underground Railway）一个曾经的站点，在以往南方盛行蓄奴制的日子，这条通道用来帮助黑奴逃往加拿大。

穿越仙境，走向隐藏的湖泊

然而，在这座阿普利（Apley）房子里面，我却没有如此的好运，最终只得恋恋不舍地离开，朝着先前看见的那个在远处闪耀的湖泊进发。我越过湿软的牧草地，经过一丛丛在镇子中任何地方都无法找到的覆盆子（bilberry）、高灌蓝莓（high-bush blueberry），进入较远处的树林。灌木丛如此密集，遮住了视线，让人辨不清方向，以至于我在片刻间就失去了目的地的所有踪迹——我从山冈上看得如此清楚的那个水体似乎不见了。我在密集的灌木丛中艰难地推进，突然发现自己来到了一条路上，而那条路似乎就通

[①]美国历史上反蓄奴组织帮助黑人逃往美国非蓄奴州或加拿大的地下通道。

向我要前往的那个方向。

尽管这条路隐藏在森林的深处，但它并不是烧制焦炭者和伐木者开辟出的那种林间路，显然是一条古老的干道，两边都有石墙，在那部分覆盖它的密丛中，还留有水沟和涵洞的遗迹。

我一路前行，越来越深入森林。突然，我的两边响起了一群隐夜鸫的歌声，它们犹如仙女唱诗班中的歌手，轮流吟唱着野性而缥缈的音符。在大地上的很多美丽的地方，我都听见过它们的魔幻之歌，但与那天它们在那条迷失之路上迎接我的合唱相比，以往的那些歌稍逊风骚。

更远处，一只鸟儿在高高的树端上歌唱："维——呜，维——呜，维——呜，威特。"我辨出那是橙胸林莺的三支歌之一。这种鸟儿具有橘红色的胸脯，犹如一块火炭在绿叶间轻快地飞来飞去。它的巢穴通常构筑在高高的铁杉上，由松树的细枝构成，里面铺垫着毛发般的细根，是寻找鸟蛋者努力获得的战利品之一。曾几何时，我出现在不下 3 个这种鸟巢的现场，但可惜的是，那些巢穴都不是我发现的，迄今为止，我还从来没有亲自发现过一个像这样的鸟巢。

这条路上，到处横七竖八地躺着最近被砍倒的树木，因此我不得不翻过树干，穿越倒在地上的枝条而奋力推进。我疑惑：究竟是谁会如此不嫌麻烦地砍倒这些树，来阻挡一条业已荒废的古道呢？

随后，那条古道穿过绿色草甸，途中，我三次来到最近被烧毁的房子所留下的屋基。巨大的石头台阶依然留存在深长的草丛中，不时还会有一处吊桶竿，但那些房子本身则消失了，即便是前院的苹果树和梨树的树皮，也被一圈圈地剥掉了。那些树要么已然死去，要么奄奄一息。我努力回忆，却根本想不起自1812年以来，还有什么人对康涅狄格进行过入侵，竟造成了如此巨大的破坏。但看起来难以置信的是，除了在战争期间，如此的浩劫根本不可能祸及这样一片乡间。

到处生长着的丁香(lilac)丛，呈现出大片大片隐隐约约的紫色，它们被留了下来，整个古道弥漫着它们散发的芳香。其中一些丁香丛很大，其种植日期肯定是在那些失落家园的建造之日。在这里，我始终会记得一丛丁香，那是一丛白丁香（ white lilac)，就在那条失落而偏僻的古道旁边，在一大片深绿色的叶片映衬之下，犹如一堆积雪。

在废弃的田野那边，在那曾经是人们家园的烧焦的木材的深坑那边，这条古道再次穿过树林，抵达了高地上的一道山岭。此时，我从路上转向一边，想去看看一只有着灰色脑袋、黄色胸脯的黄喉虫森莺，它正敞开歌喉，唱出"斯威特尔，斯威特尔，斯威特尔"的调子，我突然就发现自己置身于这样一个迷人的仙境：地面上铺着灰白的鹿蕊（caribou moss）和一片片金色的松针，那里有大片大片的粉红月桂树（pink laurel）、杓兰（moccasin flower）——那些可爱的玫瑰红的兰花，在柔风中点头示意，空气中弥漫着杜鹃的芳香。在更远的山坡下面，我遇到了它们的女王——一株巨大的兰花，它呈现的不是浅浅的玫瑰红，却燃烧着一种柔和的深红，仿佛是被来自内部的某种光芒所点燃的。它庄严地摇曳，而正当我跪在它的面前，我发现它跟所有的女王一样，被凶猛之物守护着——因为紧靠着我的身边，响起了一条蛇发出的那种充满威胁的呼呼声和凶猛的嘶嘶声。

那种声音让我本能地跳开。我怀疑，跟我年纪一般大的人能否在立定跳远中胜过我，但是，当我落到地面上，我又不得不嘲笑自己：原来，在靠近那株兰花的一块岩石上，躺着一条长约 0.9 米的牛奶蛇。它的尾巴拍打在枯叶上面，嗡嗡作响，就像是响尾蛇发出的声音，因为它把自己伪装成一条凶猛而危险的响尾蛇，所以倏然之间让人害怕。眼前，那条蛇刚刚蜕去身上的老皮，全身露出一副光辉的新装，呈现出深浅不一的华丽的棕色，还镶嵌着黑色；它的眼睛为赤褐色，犹如鞋子上小小的纽扣；它的信子有黑色的叉子，不断吸进吐出。当我把它从地上拾起来，它就发出恶毒的嘶嘶声，试图咬我，想要展现自己是多么凶猛而致命的动物。实际上，牛奶蛇或黑边乳蛇（spotted adder）两者都无毒无害。人们在牛奶场周围频频发现它的身影，尽管它的名字跟牛奶有关，但它只是在那里寻找耗子，而并不是牛奶。

我最终释放了它。它从一边愤怒地翻转到另一边，不断扑打着身子，然后就消失在枯叶和苔藓之中，跟周边的环境完美地融为一体。当我看着它消失时，我又想起了在那片松林荒地曾经有过的一次经历——跟一个自称是蛇类专家的老黑人之间的对话。

那一天，我捉住了一条王蛇的大型样品，将其带了回来，准备作为礼物送给动物园。那种黑白的大蛇对于北美所有毒蛇的毒液都具有免疫力，在公平的搏斗中，它能杀死可能遇到的任何响尾蛇。那个黑人朋友一看见那条王蛇，便开始讲述起一系列蛇的故事。我至今还记得，其中的一个故事有点儿离奇，是关于一头不知名的奶牛：在他父亲的农场上，那头奶牛的乳汁突然干涸了，当人们观察奶牛的活动时，却发现它在每天下午会前往牧场远远的一端，发出动人的哞哞声。听到它的叫声，一条牛奶蛇便会爬出草丛，吸饮奶牛的乳汁。当人们杀死那条蛇，那残缺不全的蛇身里喷涌出了好几升牛奶。在那条蛇死后，那头奶牛便渐渐憔悴下去，最后也死了。

这是一个非常悲伤的故事，听起来就像大多数关于蛇的故事一样真实，但其实很离奇，因为体形最大的牛奶蛇的胃仅能容纳4茶匙的东西，它所能吸饮的牛奶，还不如一只鸟儿多。

路遇两只鹿，关于鹿的回忆

在仙境那边，我穿过一片密林回到古道上，我前面的灌木丛中突然响起了一阵沙沙声：在距离不到23米的地方，两只红棕色的鹿突然跳起来，其中一只是雄鹿，头上长着一副精美的头角。它逃离得如此匆忙而慌乱，以至于被绊倒了，前腿跪在地上，与此同时，它的伴侣——一只眼里充满野性的雌鹿，停下来等它。随后，它们俩就再次全速奔逃，当它们跳跃着穿过灌木丛的时候，它们白色的尾巴和臀部就露了出来，看上去犹如雪白的旗帜。

现在，如此之多且较为罕见的野生动物正在回归，对于我来说，这无疑是一种幸福。200年之后，驼鹿重新出现在马萨诸塞，麋鹿（elk）出现在宾夕法尼亚，河狸（beaver）出现在新泽西，起初它们见人就逃，现在也足以野性。至于鹿，在康涅狄格的西北角，它们的数量越来越多。无论是生于康沃尔的父亲还是祖父，他们从来都不曾在那个镇子的辖区内见过一只鹿。然而就在不久前，我在邻居的花园中看见了5只鹿，还在路上看见了更多的鹿，跟放牧的奶牛混在一起。

一天早晨，在日出时分，我在一列早班火车上。正当火车拐过一个急弯的时候，我远远地看见了一只体色华丽的雄鹿，它正在豪萨托尼河中饮水，听见火车隆隆驶来，大为惊恐，便一下子跳到了河岸上，伫立在那里，竖起耳朵注视着火车隆隆驶过——透过那年夏天待在城里的很多个闷热的日子，那个场景依然在我的脑海中栩栩如生。

那一天之前，我在康沃尔最近一次看见鹿，是在湖泊山（Pond Hill）的顶上。在湖泊山上，任何事情都有可能发生，那里有我的父亲射杀第一只野鸽子的白桦树，但令他没有想到的是，当年那种鸟儿一群群飞过的情景再也不会出现了。在湖泊山的坡上，我初次发现那些美丽的兰花肩并肩地生长着，那是紫粉红的美须兰（calopogon）和淡粉红色的红朱兰（pogonia）。靠近湖泊山的顶峰，我看见过第一只狐狸，发现过第一个蜂鸟的巢穴——那种小小的珠宝盒子，外面覆盖着地衣，里面铺垫着蓟花冠毛，用蛛网束缚在一起。在那里，几年前还有"赫恩的松树"（Hen's Pine）——一棵由赫恩从伐木者的斧子下拯救出来的巨树。赫恩是一个逃亡的奴隶，他当时用一根铁棍来管理我祖父的农场，他要求死后把他和他的小提琴、斧子和鞭子一起埋在那棵树的脚下。那里有苹果树泉（Apple Tree Spring），在那道泉水的一棵野生苹果树下，无数小小的贝壳随着上浮的水泡不断冒出来；还有白桦泉（White Birch Spring），据说那里有一个幽灵守护者。因此在湖泊山上，你总会期待意外的出现。

当时我带着我的一个小女儿，那一天她初次到湖泊山朝圣。我们一路攀登，爬上了羊头（Sheep's Head），即那座山顶上的一片光秃秃的牧草地。我的小女儿还爬到了倾斜岩（Tipping Rock）上，那是一块平衡于另一块石头上的大圆石，看起来摇摇欲坠，十分危险，仿佛随时会滚落到下面1.6公里之处的克里姆湖（Cream Pond）中。我把她留在那里，独自进入附近的一片树林去寻找鸟巢，正当她快要看不见我的身影的时候，一只身材硕大的雄鹿从树林远远的一处走了出来。那只雄鹿骄傲地扬起脑袋和头角，犹如影子一般从山腰上飘下来，在距离我的小女儿还不到1.8米的范围之内经过。那只雄鹿很高，因而没有闻到从地面升起的气流中带有我的女儿的气味——鹿和狐狸一样，主要依赖嗅觉来作为避开危险的安全手段。那只鹿经过之际，我的小女儿把一只手爱抚地伸向它那柔软的鼻子，它那流质的棕色眼睛才看见她。它怀疑地喷出鼻息，接着就停了下来，鹿和孩子就那样相互对视，直到那只雄鹿听到我从树林中出来的声音，才迅速离开。随后，它就像彼得兔（Peter Rabbit）一样"踢踏、踢踏、踢踏"地跑下山冈，轻松地一跃，就跳出老远，越过灌木丛和大圆石，而它尾巴的白色旗帜在后面挥舞着，犹如彼得兔那粉扑一般的尾巴。在我的小女儿的一生中，她永远难忘那次相遇的情景——她跟树林中的野生动物兄弟的相遇。

误入水库之后，不知不觉就到了诺福克

绕出了这么大的一个圈子，我又重新回到那条迷失之路上，一路前行，终于来到了一条小径，小径穿过树林，就像主要干道一样，上面到处布满了倒下的树木，十分难行。穿过树林，我终于瞥见了一丝水的闪耀，便欣喜不已。我加快步伐前行，最后发现自己置身于从老房子中看到的那个湖泊的岸上。那个湖泊肯定有近1.6公里宽，周围的湖岸上没有人烟，也没有房子，万籁俱寂。面对如画的湖光山色，我欲罢不能，立即脱下衣服，跳进湖里游了出去，直到我能感到一股股冷的泉水在我下面喷涌而出，随后，我一个猛子潜下去，在距离水面3米之下，深深地、久久地畅饮了一大口冷冷的泉水。后来，我感觉清醒了许多，长久的徒步带来的疲劳也消除了大半，我便游回岸边，穿上衣服，沿着湖岸前

行，欣赏我刚刚发现的湖泊。让我万万没想到的是，刚绕过一个弯，我就突然看见了某种让我的发现变得无足轻重的东西，一下子就傻了眼——一块巨大的招牌，上面用强硬的语言声明，凡是在水库中游泳的人，都会受到罚款和监禁。我这才发现，这个湖泊原来是一家供水公司的水库。

得知了情况之后，我大惊失色，赶紧偷偷地溜回古道，意识到一家供水公司既然烧毁了房子，给树木一圈圈地剥了皮，而且还摧毁了一条具有一个世纪历史的古道，他们究竟会不会真的考虑要终身囚禁我。幸运的是，我在那里没有遇到巡逻艇，也没有遇到武装守卫，而且很快就回到了古道上。

在那天下午剩余的时间里，我都沿着那条古道前行，翻越一座座山丘，穿越一片片密林，直至暮色降临，我突然摆脱了树林中的孤寂状态，来到了一条州立公路旁边：公路上，汽车川流不息，发出呼呼作响的奔流声。正当我困惑地举目四望的时候，一个人从附近的一座房子中走了出来，跟我打招呼。

"我在这里居住了 10 年了，"他说，"你还是我所见过的第一个从那条古道上走出来的人。"

他告诉我，我所在之处距离诺福克大约有 6.4 公里。一个小时之后，我疲惫不堪，双脚疼痛无比，便从镇子里给家里打电话，叫家人开车过来接我回去。等车的时候，我躲在那个美丽的镇子迷人的免费小图书馆里，在那里休息、读书。

接近午夜时，我们开车抵达了克里姆山，驶过半月地的时候，在一轮渐亏的月亮下，前方雾蒙蒙一片。突然，我们看见 3 只鹿的眼睛穿过雾霭盯着这边，犹如炽热的绿宝石一样闪烁着绿光。于是，我们停下车，沿着车灯射出的光芒穿过田野，一路上小心翼翼，尽量走在灯光之中，不踩到外面去，直到我们来到距离那 3 只鹿还不到 1.8 米的范围之内，这才看清前面有一只雌鹿。它的两边各站着一只身上布满斑点的幼鹿，这 3 只鹿都被从车上射来的明亮的灯光所吸引，因此一动不动地站在那里。

我们和鹿足足面对了一分钟后，那种魔咒才被打破。顷刻间，那 3 只鹿迅速奔逃而去。我在那一天最后的记忆，就是那些野生动物的充满野性的美丽的脸。

第 11 章 鸟巢探寻记

Collections and Recollections

春天，一行人前往树林去寻找一只横斑林鸮的巢穴，那只大鸟十分机警，还没等人靠近，便钻出树洞展翅飞走了。收藏家爬上树干，从树洞中获取了3枚蛋，众人离开之际，那只横斑林鸮却遭到了一群前来寻仇的乌鸦的穷追不舍……沼泽中，四周只听得到佛罗里达水鸡的声音，却始终不见其身影，后来一对水鸡竟主动现身，原来是想诱人远离它的巢穴！为了保护散落在草丛中的幼雏，难得一见的王秧鸡也主动出现，试图把人引开。大雕鸮在蓝鹭的栖息地筑巢，那么，蓝鹭幼雏究竟会怎样呢？攀上树端探寻鹰巢之际，两只老鹰怒不可遏，朝探索者的脑袋猛扑下来……随着多年的探寻，一些珍稀鸟巢的秘密也一一被揭开：旋木雀、灰冠虫森莺、灰喉地莺、孤鸫、长嘴秧鸡、小黑秧鸡……

我们还没靠近，横斑林鸮就飞走了

在我的生活中，有一些最快乐的日子，是跟那些鸟蛋收藏家一起度过的。他们自称寻找鸟巢的人，对自己的嗜好如此热情而激动，以至跟他们在一起，也算得上是一种愉快吧。尽管如此，他们却相当怜悯地看待我，因为我并不会分享他们的发现。然而，我认为自己有更好的选择。尽管一盒盒棕色的鸟蛋让我感到冷漠，但是，我绝不会忘记我所踏上的那些寻鸟之旅和在荒野中度过的日日夜夜，也不会忘记发现罕见的鸟巢时所带来的激动，还有了解了我以前不曾知道的鸟类生活的秘密时所产生的愉悦之感。其中，一个收藏家把横斑林鸮的家庭生活介绍给了我，让我颇感愉快。

其实，在我家周边方圆160公里的范围之内，猫头鹰家族的成员都很少，相比那个黑暗中的死神大雕鸮，我对其他种类的猫头鹰都不太熟悉。1926年3月15日，我们出发去探索距离新泽西的普林斯顿（Princeton）不远的一片树林，因为前一年，收藏家在那里发现了一个猫头鹰巢穴。4月6日，那个巢穴中容纳着两只雏鸟和一枚腐坏的蛋。这个时节，一只赤肩鹭在800来米开外筑巢，但那个天空的"雌虎"——横斑林鸮，绝不会容忍任何猛禽对手跟自己同栖于一片树林中。于是，在一天夜里，它就率先发起了突然袭击，将那只待在巢穴中的赤肩鹭几乎撕成了碎片，让它的羽毛到处飘散，血肉横飞，骨头的碎片撒满了那棵树。

那个月，天气异常凛冽、寒冷。我们出发的时候，温度计指示气温还不到9℃，在我看来，这样的天气下，任何敏感的鸟儿都不敢繁衍后代，而那一天恰好是这种日子的完美代表，天空无云，呈现出冰蓝色。太阳的亮光试图要融化空气中的霜，但空气极为寒冷。在没有叶片的灰褐色树木的映衬之下，一棵棵山毛榉（beech）和红花槭显露出古银色，在沼泽的浅黄色草丛中间，一片片白镴色的冰到处铺展开来，犹如女人的头发在风中飘扬。

我们在一个小站下了火车，沿着一条支路行进了好几公里，穿越一片冻结的沼泽。沼泽中，到处是憔悴的枯树，看上去犹如散落在一蓬蓬草中间的墓碑。不远处，一只冬鹪鹩（winter wren）如同耗子在地面上奔跑，一只灯草鹀（junco）露出白色的裙裾，唯一的一只白眉歌鸫（redwing）在树端上对着自己吱吱嘎嘎地歌唱，还有很大一群喋喋不休鸣叫的椋鸟（starling）。在那些纷乱的声音之中，那只白眉歌鸫发出了一阵阵歌声，时而犹如小小的、破裂的音乐水泡，上升到椋鸟的喧嚣之上。偶尔，那群椋鸟中的某些模仿者也颇具天赋，会模仿其他鸟儿，其中一只模仿早来的扑翅䴕召唤春天的鸣叫——"快、快、快"，那种声音仿佛在点名似的；另外两只完美地模仿鹌鹑的叫声，两者都发出了美洲鹑的声音，而且后来还发出那种召唤鹌鹑集合的叫声。从一棵白栎树的顶端，传来了一种咕哝似的欢乐的音符，我们看见白胸鸭在上层枝条周围跳动，脑袋朝前上下移动，它就像啄木鸟一样，始终都得退下来，还有那个爬树者——美洲旋木雀，始终得飞下来。前面更远一点儿，我们听到了一种口齿不清的音符，那是一只凤头山雀（tufted titmouse）发出来的，它浑身黝黑、灰白，身侧有一丝黄褐色，就在它穿过下层林木轻快飞行之际，它朝我们显示了它那整洁的小小冠冕和乌亮的眼睛。终于，我们来到了小径上的一个地点。就在那里，收藏家告诉我们说，猫头鹰筑巢的那棵树已经遥遥在望了。

我们举目到处张望，却根本没能找到我们认为横斑林鸮会筑巢的那棵树。最后，收藏家向我们指了指一棵倾斜的山胡桃（hickory），告诉我们说那只猫头鹰筑巢的树洞就在那棵树的另一边。于是，我们穿过树林，绕出很大一个圈子朝那里行进，当我们距离那棵树大约还有45米的时候，从树干侧边一个宽宽的浅洞中露出了一张凹形的大脸。那张脸上有钩状的嘴喙和直勾勾盯着的黑眼睛。原来，那只大鸟透过那棵树的侧边，用它那传声器一般的耳朵听到了我们来临的声响。又过了片刻，它便将身子拖拽到了那个洞的边缘上，展开翅膀，犹如灰白的影子箭一般飞走了。

它飞翔之际，其身子显现出一只大鸟的形态，看起来凶神恶煞、结实健硕。我们见状，便在树木间退回来，坐在一根木头上，等它飞回来。尽管它的身躯如此之大，但它身手敏捷，因为它飞了还不到 45 米，便完全从视线中消失了，很可能在一根树干后面的粗枝上蹲了下来。在那里，它那灰色和棕色的羽毛跟树皮的颜色完全融为一体，致使我们根本无法把它分辨出来。

收藏家爬上树干，收获了 3 枚蛋

不过，等了 10 分钟之后，我们就看到一个影子在远处的树干中间移动，朝着我们这边飞过来。过了片刻，那只猫头鹰就歇落在一根粗枝上，因为距离太远而无法看清。大约又过了 5 分钟，它就靠得如此之近了，以至于我们可以透过望远镜看清它的一举一动。此时，它的羽毛被风吹得蓬松，它的形态看起来就像一个参差不齐的大黄蜂（hornet）巢穴，悬挂在一根枝条上，直到你瞥见它那奇怪的、凹形的脸，才会把它辨认出来。就像所有的猫头鹰成员一样，它无法转动自己的眼睛，因此只得不断把脑袋从一边转到另一边。那种动作很古怪，犹如人一样盯着你看。有时候，它还会把脑袋几乎转出一个四分之三的圆圈。因此，一眼看上去，它似乎是把脑袋直接转过去，观察它栖息之处的正背面。它的每一片羽毛边缘呈现出白色和浅黄色，体色多为黑色和棕色，但从一段距离开外看上去，那种体色的整个效果是灰色的。这种鸟儿，给人留下最深印象的就是它那洞孔般的黑眼睛，与大雕鸮的那种金色眼睛相去甚远。它的双眼从那张沉陷下去的脸盘上空洞、茫然地盯着外面，看上去犹如鬼怪的脸。当我们观察它的时候，它突然径直飞向它筑巢所在的洞穴，而它那双巨大的翅膀，被上面的绒毛压住了，因此没有发出一丝声音。抵达那个洞孔之后，它就栖息在边缘上，然后一头偷偷溜了进去，而它那长着覆尾羽的尾巴羽毛从边缘上露了一下，很快就消失在洞孔之中。

在新泽西的塞勒姆（Salem），我也曾看见过一只横斑林鸮。那只猫头鹰在飞行中全速接近它筑巢的树洞，但显然丝毫没有让自己减速。就在它进入巢穴的那一瞬，我的一个朋友给它拍摄了一张快照，相机显现出了迅速得让肉眼根本无法追踪的事情：正当它抵达巢穴的时候，那只大鸟做出了一个翻筋斗似的转变。它逆向拍动翅膀，让自己的飞行在片刻间减速下来，接着它把双脚伸向前面，悄悄地溜进洞中。你可能无法想象，一只体形如此硕大的鸟儿会施展出如此精妙的飞行之术。这只猫头鹰显然还不是技术有多娴熟的飞鸟，然而，它拥有那个家族中最敏锐的听觉。因为我朝着那棵树推进了还不到几步，它就听到了动静，再次飞走了。有些鸟儿的听觉特别敏锐，常常会给我留下深刻的印象。我还记得，有一次我拜访一只北美黑啄木鸟，那是一种身上呈现黑白色的罕见的大鸟，其顶冠火红，体形大得几乎就像乌鸦。它的巢穴位于一棵高高的树上，巢穴大约有60厘米深。然而，我们一旦进入其巢穴90米的范围之内，那只鸟儿就听到了响动，就会受惊飞走了。

此次我们探访的那只猫头鹰巢穴并不高，距离地面几乎还不到 5 米，然而它位于一根倾斜的树干内部，很难抵达。此时，只见收藏家紧紧系上脚扣，沿着树干一步一步地向上攀登，与此同时，我们从下面大声呐喊，为他加油。以前有人——很可能是一个浣熊猎人，把一枚铁道钉打进了那棵树的一侧，显然那是很多年前的事情了。因为，树皮现在早就长出来了，几乎把那枚大钉遮住了，只露出它存在于那里的痕迹。不一会儿，收藏家就抵达了一个地点，在那里，他能俯视树洞。接着，他的脸上就偷偷露出了一丝缓慢而颇为满意的笑容。

"有 3 枚蛋。"他狂喜地喃喃说道。

接着，他做出的动作颇有一点儿杂技的味道，让人根本无法相信他这把年纪的人动作竟然会如此灵巧。为了获取里面的蛋，他需要让自己的身子摇摆到附近，把一只手臂尽可能地伸进洞孔。那种姿态看起来很危险，仿佛他的脚扣上的钉齿从树干上松脱了下来。我们暗暗捏了一把汗，感到他很可能会不可避免地掉下来，折断胳膊和腿，最后很可能会折断脖子。

尽管如此，这样的灾难并没有发生。在获取鸟蛋的过程中，他虽然尽了最大的努力，但其指尖也只能刚刚触及那几枚蛋，很长时间内都无法取出来。最后，他打湿了他那冷僵的手指，使其具有一定的黏性，才成功地将一枚又一枚蛋滚到树洞底部较高的那一边，将其安全地收入囊中。接着，他小心翼翼地从自己扭曲、变形的姿态中伸展开身子，慢慢爬下来。又过了片刻，我们就在欣赏、赞美这一整窝新鲜、完美的横斑林鸮的蛋了——从收藏鸟蛋的人的立场上来看，这完全不算用卑鄙手段获得的战利品。那些蛋尽管还不如其他鸟蛋标本那么浑圆，但都呈白色，类似小小的鸡蛋。

横斑林鸮遭到大群乌鸦追击

那个巢穴本身不过是一个空洞，只有30厘米深，而里面所铺垫的也不过是一些干枯的栎树叶片和羽毛。正当我们准备动身离开的时候，我们突然听到众多乌鸦在远处呱呱地叫了起来。那种声音古怪而凶猛，肯定事出有因，绝非偶然。这让我想起了以前的一次寻找鸟巢的经历。当时，我和另一个朋友为了听到野火鸡（wild turkey）的那种奇特的咯咯的叫声。我们在一大早就结伴出发，来到了目的地——宾夕法尼亚北部的七座山（Seven Mountains）上。在天边出现一丝鱼肚白的时候，那群野火鸡的领头者将从它所栖息的那棵树上发声，咯咯地鸣叫一两次，而那是它在一整天里发出的唯一的声音。

正当我们接近一棵铁杉下垂的枝条时，一些乌鸦突然从头上飞了过去。我正在惊讶之际，我的朋友却一把拉着我蹲伏在密集的枝条下面，隐藏了起来。接着，他就开始模仿猫头鹰，发出了那种深沉而又瓮声瓮气的音符。他不愧为口技高手，把那种声音模仿得极好。因此，这听上去简直就是横斑林鸮的声音，除了那个音符保持着同样的音高，而不是下降的全音调，其余的声音几乎一模一样。

我的朋友刚一开始模仿着发出这样的声音，立即得到了头上那些凶猛的呱呱叫声的回应。随着他的每一次模仿，那些呱呱声也就越来越多，越来越大，不绝于耳，直到天空中密密麻麻地挤满了乌鸦，形成黑压压的一片。不到5分钟，几百只乌鸦从四面八方赶过来，在我们的上面不断盘旋、呱呱鸣叫，到处搜寻那个怪物——原来，在冬天的那些漫长的黑夜里，乌鸦们必须把脑袋插到翅膀下面沉睡，或者因为天气寒冷，其眼睛周围敏感的肌肉开始冻结，致使它们根本睁不开眼睛。而就在此时,那个怪物会如此要命地折磨它们，常常令其痛苦不堪。而且,那个飞行死神会穿过黑暗到处搜寻它们，且乐此不疲。如此一来，乌鸦们根本就没有机会进行抵抗，如此一来它们都对那个家伙恨之入骨。在白天，无论何时何地，它们只要遇到那个吸血鬼，就要呼朋唤友，群起而攻之，进行复仇之战。

那天清晨，我们在那里潜伏了好一阵，不断模仿着猫头鹰的鸣叫，欺骗那些乌鸦。而那些浑身乌黑的家伙不明就里，从各处飞往我们藏身之处的上空，直到那个地方形成了一个盘旋的、涡流状的、呱呱鸣叫的乌鸦大漩涡。最后，当我们站起来走出藏身之地时，那些乌鸦才明白了是怎么回事，便突然沉寂了下来。不到一分钟，它们全都飞离了现场，四散而去，很快就消失得无影无踪。

今天，在大白天，乌鸦们显然看到了它们无比憎恨的宿敌。因为就在我们离开的时候，我还对那只横斑林鸮看了最后一眼，却发现它正穿过远处的树端落荒而逃。而那一大群呱呱鸣叫的乌鸦则紧随其后，穷追不舍，就像名副其实的"天空的猎犬"在展开不依不饶的追捕。

那只水鸡试图诱惑我们远离它的巢穴

6月，在经历了闷热的三个下雨天之后，我的下一个晴朗、凉爽的假期就开始了。白天，银行家装备着一台完美得可笑、价格完全不合理的照相机，与我结伴来到了新泽西的沼泽地。那片平坦的乡野中，到处有堤坝和沟渠，然而，那些宽阔的草甸中却积满了水，有大片大片的沼泽地，还有湿淋淋的、错综复杂的牧草地。麻鸭（bittern）在里面隆隆地鸣叫，鸡鹭（marsh hawk）在地面筑巢，丘鹬在4月黄昏渐渐转暗的天空上大声唱起晚祷之歌。

那种深陷的砖房无处不在，隐藏在大片大片凉爽的树林中，它们有着荷兰式屋顶和山墙窗，这样的风格要追溯到威廉·佩恩的时代。迪克（Dick）跟我们在一起，这位狩猎监督官对所有野生动物的名字很熟悉，对那片野性的、到处积满了水的乡野了如指掌，对每一条小路、堤道和沼泽小径都熟记于心。一条被洪水淹没的小路消失在充满香蒲和泥淖的沼泽中。在那里，我们没有浪费时间，而是径直走进泥淖，但刚一脚踩下去，就立即沉陷到了几乎在腰部的位置。于是，我们把手表、刀子和钥匙之类的物品集中在一起，放进上衣最上面可用的衣兜，以免被水浸湿，同时用一只手把外套高高地举过肩头，涉水前行。在那片沼泽中，我们的四面八方立即响起了一种嘲笑的咯咯声，那声音听起来有点儿像潜鸟（loon）

发出的疯狂的笑声。

"那是佛罗里达水鸡（Florida gallinule），"迪克说道，"你能听到它的声音，却始终看不见它的身影。"他的解释显示了他对野生动物的博学。

是的，我多么熟悉那种水鸡！去年，我在特拉华的一片恶臭的沼泽中度过了一天，但大部分时间待在麝鼠的房子上。与此同时，那些水鸡就在我的四面八方发出嘲笑声，有时候距离我还不到1.8米，可是我就从来没有瞥见过它们一眼。然而今天，有关水鸡的所有的"潜规则"，恐怕要成为意外了。那些看不见的鸟儿在嘲笑我们之后，就开始大显身手，扬起歌喉唱了起来，其中一只叫出"卡克——卡克——卡克，库——库——库"的声音，第二只很像雌珍珠鸡（guinea en）那样咯咯地饶舌，第一只则认真地叫道"考、考、考"，就像很多被带到这片沼泽来生活的鸥所发出的声音。

随后，从隔着一片清澈水域的芦苇丛中，一只奇异的鸟儿突然游了出来，其颜色呈石板蓝，嘴喙和顶冠呈现出珊瑚的那种绚烂的深红色。随着它的每一次划动，它的脑袋都要猛然拉动一下。这正是佛罗里达水鸡！又过了一分钟，它的伴侣就游到了它的身边，同它肩并肩前进，完全暴露在我们的目光下。我们断定，那对鸟儿肯定在附近筑有巢穴。它们从巢穴中主动现身，试图把我们引开，远离它们的巢穴。果然，片刻之后，迪克就大喊了一声，原来他在距离堤道约6米之处的香蒲丛中发现了那个巢穴。那个平台大约有30厘米厚，是用断裂的香蒲构筑而成的，平台上搁放着一个宽宽而平坦的巢穴。巢穴用灯芯草和香蒲编织而成，里面容纳着8枚浅咖啡色的蛋，蛋上面还点缀着大大小小的红棕色斑点。后来，当我再次来到那个巢穴观望的时候，我听到在我们那边传来了物体溅入水中的声音，仿佛是某只大动物正在奋力穿过积满水的草甸。原来，在那开阔的水域中，那只雌水鸡展开双翅拍打着水，吸引我的注意力。当我观察之际，它朝着岸边游去，还在地面上拍打翅膀，默默地期盼我离开它那珍贵的巢穴。后来，银行家发现了一个被水冲毁的褪色的巢穴，里面有两枚蛋；开阔的沼泽中，在一个由灯芯草堆积而成的平台上，迪克又清清楚楚地看见了另一个巢穴。我们都在疑惑，这些蛋究竟是如何逃避鱼鸦（fish-crow）的掠食的——在那个地区，鱼鸦毕竟是所有筑巢繁衍之鸟所恐惧的对象。过了不久，在附近的灌木丛中，就在一个构筑于距离水面不到60厘米的王霸鹟（kingbird）的巢穴里，我们找到了答案——原本热爱树木的王霸鹟在这里筑巢，也算得上是一种记录了。王霸鹟不会让乌鸦接近到距离自己的巢穴90米的范围之内，显而易见，这种鸟儿不仅守护着自己的家园，还守护着邻居的家园。

我们久久地赞美那4枚白色的蛋，蛋上面点缀着牛血似的棕色斑块，这些无疑是我们美洲最美的鸟蛋。

不久，银行家就发现了下一个巢穴，那是一只弗吉尼亚秧鸡（Virginia rail）的巢穴。那个巢穴筑在地面上，位于沼泽边缘湿淋淋的牧草地，由草丝构成，容纳着7枚略带浅黄的白色的蛋，上面还有红褐色的斑点。后来，他又发现了这种鸟儿的另一个巢穴，里面有 6 枚蛋。弗吉尼亚秧鸡浑身呈斑驳的棕色，嘴喙很长、很弯，双腿和脚趾也很长，尾巴却较短，向上卷起，这些都是秧鸡的典型特征。这种鸟儿犹如猪一样在沼泽中咕哝发声，而且还像它的表亲水鸡那样，常常让人能闻其声，而不见其身。

难得一见的王秧鸡突然出现在我身边

到了这个时候，情况变得严峻起来：我花了好大的代价，才把我家里的一个年轻博物学家带出来，进行野外探索，而他从小到大都深信自己的父亲在发现珍稀的鸟巢方面，具有无与伦比的才能。然而让我汗颜的是，到目前为止，我仅仅发现了一些沼泽带鹀（swamp sparrow）的巢穴，其中一个巢穴里面搁放着斑点优美的蛋。蛋的表面上，微微地呈蓝色，还环绕着一圈棕色的大斑。此外，我还发现了红翼歌鸫（redwing blackbird）的巢穴，其中一些巢穴中有蛋，然而大多数挤满了刚刚孵化出来的幼雏，那些浑身毛茸茸的小家伙大张着嘴巴，等着喂食。我还发现了长嘴沼泽鹪鹩（long-billed marsh wren）搁放着蛋的巢穴，其中也许有十几个巢穴被仔细检查过——因为这种颇有天赋的鸟儿具有一种古怪的习性，那就是它不仅会构筑好几个巢穴，而且还会使用其中的每一个巢穴。迪克也发现了一个这样的巢穴，但那只鸟儿已经死在自己的蛋上面了。

长嘴沼泽鹪鹩的巢穴是用沼泽草（marsh grass）编织而成的，

状若湿漉漉的球体，里面铺垫着香蒲的绒毛。在北美所有的鸟蛋中，这些蛋的颜色堪称最深，上面点缀着深深的肉桂般的黄褐色。尽管如此，有时候也有一窝蛋是纯白色的，那一天，我们遇到了一个收藏家，他声称自己最近就在那片沼泽中有所收获，发现了这样一窝纯白色的蛋。

  当然，上述巢穴都无法跟已经发现的那些珍宝相比。随后，正当我误以为自己即将重拾信心、重整旗鼓的时候，一个重大的时刻就到来了：从密集的沼泽草里面，突然传出来尖尖的咕哝声，紧接着，就在我的前面，一只秧鸡疾奔而出，其外貌几乎就像是弗吉尼亚秧鸡，只不过体形要大得多——准确地说，大约有12.7厘米。就这样，我第一次看见了王秧鸡（king rail），这可是珍稀鸟类，尽管很多鸟类学家梦寐以求，却一直没见其身影，也没听到过它的声音。除了人们几乎不知道的那种小小的黑黄秧鸡（black and yellow rail），这种王秧鸡通常是所有秧鸡当中最为胆怯的。但现在，这只特殊的王秧鸡却准备来到我的身边，展开双翅绕着圈子移动。有时候，它会一览无余地展现在我的眼皮底下，发出一种咯咯的咕哝声。一位杰出的鸟类学家曾经写道：据他所知，现在还没有人听见过王秧鸡究竟如何鸣叫。而当我观察这只王秧鸡的时候，它发出了3个音符：一个音符是令人震惊的尖尖的咕哝声，是它突然冲进我的视野时发出的；第二个音符是一种柔和得多的咯咯的咕哝声，是它在深长的草丛中进进出出时发出的；第三个音符则是一种很低沉的喃喃抱怨似的声音，是它没有发出前两种音符时连续不断发出的。有好几次，它到了距离我还不到60厘米的范围之内，转动它的脑袋和长长的弯嘴威胁我，还一直用险恶的红眼睛侧视着我。当然，它这样的行为自然而然就让我断定，附近肯定隐藏着一个巢穴。于是，我开始在一个直径大约9米的圈子内搜寻每一寸土地，结果却一无所获，还招来了千百万只蚊子的叮咬。最后，我不得不呼唤其他人过来帮忙。在一个多小时中，我们就驻扎在那里，围成一个严密的圆圈，仔细搜索那片沼泽，却只在沼泽边缘上的一蓬草的中心发现了一个巢穴，那个巢穴巧妙地隐藏在深长的草丛中，但空空如也。我们一度还在泥淖中发现了一枚新鲜的龟蛋，银行家企图说服我认定那是王秧鸡刚刚下的蛋。我们年轻的博物学家又发现了一只已死去的王秧鸡幼雏，其外貌看上去就像是黑鹅绒的鸡雏。后来，我们还发现了另一个空空荡荡的巢穴，里面有一只刚刚孵化出来、已经死去的秧鸡幼雏——这些情况，都让我们确信附近肯定有一窝王秧鸡幼雏，就隐藏在深长的草丛中，它们都是从第一个空空的巢穴中溜出去的，而那只雌王秧鸡正试图保护它们。

无论如何，这都给了我们一生中非常难得的机会：在最接近的范围内能看到王秧鸡。

偌大的空间让我无法说到黑鸭和它的一窝幼雏，还有迪克在另一片沼泽中发现的那只勇敢而跛足的加拿大黑雁（Canada goose），或者被我迅速处理掉的那条红腹水蛇，也无法说到那个奇异的雀鹀巢穴——里面有4枚呈现出很浅的黄褐色的蛋，迪克试图让我们相信那是尖尾沙鹀（sharp-tailed sparrow）的蛋，但大家最终断定，那是沼泽带鹀的蛋，只不过很反常、很怪异而已。

我们一路前行，来到了一片草甸，草甸上长满了一种梗茎浑圆的沼泽草。突然，我听见短嘴沼泽鹪鹩（short-billed marsh wren）——我们东部这些州里体形第二小的鸟儿，从四面八方唱了起来："奇普——奇普——奇皮，奇皮，奇皮，奇普。"它就那样歌唱，还不时飞到空中，露出它那浅黄的身体的一侧，黑色、白色和赭色是它的体色。随后，我们就开始搜寻。在深深的草丛中，迪克、我的那位男孩博物学家和我都发现了一些巢穴，用干枯的草丝编织在绿色的茎梗上，状若圆球，里面铺垫着鹪鹩羽毛，这些巢穴构筑得非常优美，但都空空如也。

接着，银行家就过来了，他在附近漫无目的地蹒跚而行，但他最终庆祝自己发现了一个巢穴，里面有整整一窝蛋。我们几乎无法相信，但的的确确存在：在距离地面大约 30 厘米之处，他向我们指出了一个由枯草丝构成的球体，其侧边有一个孔。跟我们发现的那些巢穴的样貌相比，那个巢穴几乎不怎么好看，里面却容纳着 7 枚纯白色的蛋——产卵孵化、繁衍后代，毕竟是鸟类筑巢的目的。

攀向鹰巢之际，两只老鹰猛扑下来

透过 4 月的雨雾，刚刚发芽的麦田，在山丘的映衬之下，看起来犹如一块块被切割成正方形的绿宝石。我们3人正在南部的特拉华寻找鹰巢。远处露出一座高高的圆形山丘，山丘四周环绕着发白的沼泽地，沼泽边缘生长着一株株鹅掌楸（tulip-poplar），而就在那些树上，也许有100个用树枝构筑而成的巢穴。在那些巢穴周围，一些蓝灰色的大鸟要么在天上翱翔，要么在地上漫步，我们认出那个地点是大蓝鹭——我们东部这些州里体形最大的鸟儿的筑巢之地。这些流浪者从南方回到了家园——它们的筑巢之树，准备好在那个月的晚些时候开始繁衍后代的任务，很快就会在巢穴中产下天蓝色的蛋。当它们栖息在巢穴附近，它们那浅色的嘴喙就犹如玻璃一般闪耀。然而，在整个栖息地，一个巢穴却被一只大雕鸮占据着，那只猫头鹰同样在哺育自己的两只幼雏。远远望去，我们能看到那只凶猛的亲鸟的两撮耳朵似的毛或者"头角"，从那些构成巢穴的树枝上面露出来。随后，它就犹如一只巨大的蛾子，展开宽宽的、压抑了声音的翅膀飘走了。我们想知道的是，在大蓝鹭孵出幼雏的时候，如果那只大雕鸮还在那里，这个筑巢之地的蓝鹭幼雏究竟会发生什么。

正当我们观察那些鸟儿围绕筑巢之树盘旋时，一个黑点突然出现在半空中，远在飞得最高的那只大蓝鹭之上。我们赶紧举起望远镜观察，却瞥见了一个雪白的脑袋和一只尾巴，还有一对在蓝天上笔直地伸展开来的翅膀，跟鱼鹰或者红头美洲鹫那种向上弯曲的翅膀大不相同。

"白头海雕！"我们不约而同地叫了起来，知道我们正在接近那个空中之王的势力范围。

再向前走出好几公里,我们就来到了特拉华湾(Delaware Bay)边上的一棵枯树下面,那棵树的顶端堆满了枯枝,足足可以装满一大车。多年以前,我们就发现那棵树显然被一个鸟类集团所占据了。因为在2月,一只大雕鸮就在那里筑巢。之后的3月,一只白头海雕又占据了那里。两个月之后的5月,一只鱼鹰则将其据为己有……尽管如此,这个巢穴如今被遗弃了,虽然我们不断扫描天空的各个角落,也没能看见一只鹰的踪迹。一只毛脚鵟(rough legged hawk)一度飞过,但那只黑色的鹰按理说属于更远的西部,而不是这里。一对结成伴侣的黑鸭也飕飕飞过天空,寻找某个干燥的堤岸,它们会在那里的一丛灌木下面构筑巢穴,巢穴边缘铺垫着雌鸭胸脯上脱落的绒毛。随后,我们听见了红腹啄木鸟高声的鸣叫,瞥见了它那灰白斑点的背部。稍后,在田野上的一片迟迟不化的积雪中,我们发现了一只双领鸻(killdeer)的巢穴,这种鸻的脖子上有两道黑色状纹,它们野性的鸣叫从北方三月灰白的天空传递下来。

在一片宽阔的沼泽中央,在一些高高的树端上,我们终于发现了好几大堆树枝,看起来很可疑,也许上面有鸟类筑巢。于是,我们穿过泥淖、水域和纠缠着那些具有倒钩的绿刺一路推进,最终到了那些树下。那3棵树上是鱼鹰遗弃的巢穴。那个时候,太阳正在西沉。在西边800米的一棵高耸的枫香树上,我们又发现了另一个巢穴,而此时到了我们即将折身回去的时候了。我们浑身湿透，脏乱不堪，但最终经过一番努力，还是抵达了那里。但我们还没来得及靠近，一只鹰几乎立即腾空而起，从那棵树上飞出来，发出"弗利特、弗利特、弗利特"的声音，当它在巢穴上空盘旋的时候，对于体形如此硕大的鸟儿来说，这种小小的音符听起来实在有些荒诞。很快，它的伴侣闻声而来，飞到了它的身边。当我们当中的一个人来到树下，开始朝那个巢穴攀爬上去的时候，那两只衣着华丽的鸟儿就围绕着那棵树不断盘旋。就在他攀登的中途，那两只凶猛的大鸟都张开嘴喙，展开利爪，迅速朝他飞扑下来。然而，就在距离他的脑袋大约还有 4.5 米的空中，它们又猛地转身离开了，越飞越高，最终消失在天际。看起来，那个攀登者绝不可能到达那个巢穴的顶部，因为巢穴堆积的树枝足足有 1.8 米厚，而且，那些堆积的树枝又朝四面八方伸展出来，挡住了去路。然而，他并没有因此放弃，却把脚扣深深地嵌入树干，开始突破那一大堆厚厚的枝条，将其一根又一根地拉扯出来，终于在巢穴的一边的树枝中挖掘出了一条隧道。穿过这条隧道，他就可以把身子吃力地拽到树端上。抵达树端之后，他发现一个装饰着破碎的树皮、铺垫着干枯的苔藓的空洞，里面只有一枚蛋，那枚蛋略带蓝色和白色，大小与鹅蛋相仿。

上去容易下来难。像往常一样，下来的过程远比上去的时候要危险得多。此时，只见他把身子垂到那条隧道之中，而且还不得不像一只钟摆那样，在距离地面大约 23 米高的地方不断摇晃，直到他能把脚扣深深地嵌入下面的树皮。当他最终安全地抵达地面时，我们才终于长舒了一口气。

稍后，当我们在暮色中驱车驶过湿软的草甸时，就在那叮当作响的雨蛙音符中间，我们听到了唯一从地面传来的声音。那个声音犹如夜鹰的音符，尽管夜鹰要在一个月之后才会回来，但这个声音仿佛就属于它。那个声音再次响起："皮恩特、皮恩特、皮恩特。"我们突然分辨出，那是丘鹬罕见的晚祷的开场白。当那只丘鹬在我们上面的暮色中四处狂喜地盘旋、唱起情歌的时候，突然，从幽暗的天空的各个区域，落下了一连串响亮的、悦耳的音符。接着，那只丘鹬就歇落下来，用它刚开始歌唱时使用的夜鹰音符完成了歌唱。

那天晚上稍晚的时候，我们停留在一家老客栈，围坐在一堆熊熊燃烧的篝火旁边，大快朵颐地吃着客栈提供的食物，对于我们这些疲倦不堪、饥肠辘辘的鸟类学家来说，仿佛那是最美味的晚餐。

多年探寻，揭开了一个个鸟巢的秘密

后来，在那一年7月的一个灼热的日子里，我们沿着新泽西一片偏僻的海滩漫游，寻找生活在那个地区的某些鸟儿的巢穴。正午的时候，太阳怒射下来，热得让人根本无法行走。于是我们钻进一片蜡杨梅密丛遮阴，在里面一边休息，一边吃午饭。在那芳香四溢的密丛阴影中，收藏家告诉我们他最初发现孤鹬（solitary sandpiper）巢穴的故事。春天，在那种鸟儿飞向它所繁衍后代的大北方的途中，它会屡屡出现在溪流沿岸，在它飞翔的时候，它展开的尾巴显现的白色要多于斑腹矶鹬，而且呈现出带有白色斑点的棕色，而斑腹矶鹬则呈现出带有黑色斑点的棕色。

这些年来，这些鸟儿的秘密都被一一揭开了。然而很多年来，没有人能发现小小的旋木雀的巢穴，那种鸟儿身上呈现出带有斑块的棕色和灰色，常常在树干一路盘旋而上，寻找微小的昆虫来果腹。不过，它的巢穴最终也在枯树松弛的树皮下面被找到了。然后，在加拿大东北部和西北部，我们分别发现了灰冠虫森莺和灰喉地莺（Connecticut warbler）构筑在泥炭藓沼泽中的巢穴。尽管如此，很多年来，还一直没有人能发现孤鹬的巢穴。

最后，在几年前一个5月下旬的日子，在加拿大的阿尔伯塔（Alberta），一个定居者正坐在自己的木头小屋前面，他无意间注意到一只大鸟飞进一棵低矮的落叶松（tamarack），歇落在一个废弃的知更鸟巢上。他走过去查看了一番，结果发现那只鸟儿正是孤鹬。它的巢穴用泥巴构筑成碗状，保持着经历了冬天风暴之后的样子，那个定居者在里面发现了4枚堪称最美丽的蛋，美得可以任由你想象：这些白色的蛋略带灰色，有一些细长的黑色线条点缀着栗色和淡紫色的斑点，由此，孤鹬巢穴的秘密也终于揭开了。

吃完午餐之后，我们决定穿过一片片招摇的绿色沼泽草，朝着内陆搜寻。在这个过程中，我有幸发现了第一个巢穴。当时，我正沿着一个小小的盐水潭边缘前行，那个水潭的边上镶嵌着灯芯草丛。突然，我看见一个由干枯的芦苇搭成的平台展现在我的面前，平台上有一个巢穴。那个巢穴有一个绿草编织成的顶盖，里面容纳着13枚乳白色的蛋，蛋上面点缀着乌贼墨色的紫色的斑点。那就是长嘴秧鸡（clapper rail）的巢穴——自从我孩提时代在长岛海峡（Long Island Sound）边缘的盐碱草甸上发现它们以来，我就再也不曾见过了，今天能在此发现，也算是极大的幸运了。

没过多久，博物学家也发现了一只海滨沙鹀（seaside sparrow）的巢穴。那种鸟儿有浅灰色的喉咙，胸脯上没有条纹，还时常发出"奇——比、奇——比"的音符。

银行家则发现了另一种海洋雀鹀——尖尾沙鹀的巢穴，那种雀鹀真的很美：它的眼睛上面有一条橘黄色和黄色的带子，双翅的弯曲处有一个黄色的斑块，还时不时发出一种虚弱的音符，那种声音听起来犹如昆虫在鸣叫，也有点儿类似蝗草鹀（grasshopper sparrow）的叫声。

斑腹矶鹬幼雏纹丝不动，呆若木鸡

接下来，那一天伟大的奇遇就来了。正当我们在一块细长的、长满有光泽的黑草（black-grass）地前行的时候，我们偶然遇到了一大片草丛，草丛上缠着一朵朵牵牛花（morning-glory）。当我们经过的时候，收藏家漫不经心地伸出手杖，对着那一大蓬草轻轻一击，一只鸟儿顷刻间就溜了出来，其体形比家麻雀（English sparrow）要小，长着尖尾巴和明亮的红眼睛，瞬间就消失不见了。

我们仔细搜寻那片草丛,发现了一个完全由草丝构成的巢穴,其方圆不过约7.5厘米,里面容纳着4枚蛋,蛋上面微弱地点缀着红棕色的小斑点。收藏家一见到那些蛋,便不由自主地狂叫了起来:"小黑秧鸡(little black rail)!"

在秧鸡家族中,小黑秧鸡是体形最小的成员,这种鸟儿体长只有12.5厘米,呈深灰蓝,脖子背部有一个红棕色的斑块,在东部所有这些州里,它的巢穴也最难发现。

这只小鸟在我们的四面八方鸣叫起来,却从未腾空飞过,最后像一个影子一样偷偷溜过草丛。有好几次,我们都听到了它发出的音符,那是一种微弱的"克里、克里、克里"的声音,有点儿类似耗子的尖叫。其间,我们一度离开了那个巢穴去别处探寻,然而在返回的时候,却发现那只鸟儿重新栖息在巢穴上孵蛋。我们围绕着巢穴走出一个完整的圈子,试图捕捉它的身影,给它拍照,而它突然就消失了。我们未曾看见有任何动作。任何生物似乎也无法突破我们围成的严密的圈子而逃走,但它就那样凭空消失了。尽管如此,片刻之后,那只小鸟又栖息在巢穴上了。下一刻,它又消失了,似乎在不断地跟我们捉迷藏。

就在小黑秧鸡的巢穴那边,一只斑腹矶鹬突然飞了起来,发出悦耳而哀伤的鸣叫:"皮——埃普,皮——埃普。"当我们静静地站立在那里观看的时候,它拍动新月形的翅膀,围绕着一小块杂草丛生的地面而飞转。通过它的动作,我们立马就断定了它在那个地点附近的某处有一窝幼雏。于是,我们躲藏在一丛灌木后面观察它,等到它匆匆溜进草丛，那模样实在让人忍俊不禁，仿佛是它再也无法忍受远离自己的小家庭，得立即赶回来。我们见状，便拔腿尽可能迅速奔向那个地方。那是一小片海滩水草（beach grass）和海滨一枝黄花（seaside golden rod）。然而，还没等我们到达那只鸟儿歇落之处，它就再次飞了起来。当我们更靠近那个地点的时候，那只亲鸟便疯狂地绕着我们而飞翔，还歇落在我们面前的地面上，拖着那仿佛断了的翅膀，试图把我们引开。

面对这样的诡计，我们自然不会上当，片刻之后，我就看到了4只小小的斑腹矶鹬蹲伏在我前面的草丛中，它们仿佛都冻僵了似的，一动不动待在那里。当我偶然看到它们的时候，其中的一只幼雏刚刚迈出了一步，只见它把小小的脚伸到半空中，仿佛僵化在那里了，姿势特别可笑。另外3只幼雏则蹲伏下来，它们的体色跟它们藏身其中的枯草颜色奇妙地融为一体，很难辨认出来。它们长着最明亮的黑眼睛，体色为略带浅黄色的棕色，一条细长的黑色天鹅绒带子从背上向下延伸，体形大约是你始终期待去遇见的那种最可爱的小鸡仔。即便是捉住它们，将其一一拾起来的时候，它们也一动不动，更没有发出一丝声响。片刻之后，那只小小的亲鸟就歇落在我们的脚下，对着我们的鞋子疯狂地拍打翅膀，随后又穿过草丛爬行离开，试图说服我们去追随它。

见此情形，我们再也不忍心去折磨它了，便把那些小小的幼雏全都放下来，让它们肩并肩排成一行。而直到此时，它们依然僵直着身子且纹丝不动，仿佛变成了石头。然后，我们回到那丛灌木。片刻之后,那只小小的鸟儿飞扑下来,落在我们留下它的幼雏的那个地点。当它把那些可爱的宝贝呵护在它那迅疾的翅膀下时,我们听到了一阵小小的、快乐的、低沉的音符组成的合唱。

第 12 章 游隼探索记

The Peregrine Falcon

我深入荒野，路过震耳欲聋的瀑布，进入鹰隼筑巢之地，沿着岩缝小心翼翼地爬下悬崖，来到了鸭鹰——游隼的巢穴。那浅浅的洞穴中开满了野花，布满了鸟类的羽毛和遗体，却丝毫不见鸭鹰的身影。令人奇怪的是，一只鸭鹰竟然在费城热闹的市中心生活了两年。5月初，我与收藏家结伴前去探寻鸭鹰巢穴时，一路上鸟语花香，贴着崖壁进入鹰巢。那只雌鹰早已飞走，巢穴中只留下3只刚出生没几天的雏鹰。此时，雌鹰在天上遭遇了一只体形更大的红头美洲鹫，便立即展开追捕，猛扑下去，重创了对方的翅膀，尽管如此，美洲鹫还是侥幸逃脱了。不过，一只斑腹矶鹬就没有那么幸运了。鹰巢中，一只雏鹰翻倒在悬崖边上，双腿乱踢，随时可能掉下深渊，情况岌岌可危……

跟随儿子踏上探索鹰巢之旅

当我们沿着孤独的道路和迷失的小径回家的时候,落日呈现出一派风吹过的火焰色和炽热的紫罗兰色。随后,那种颜色就渐渐变为一种古玫瑰色,还有薄雾般朦胧的蓝色。此时,一片狭长的黑黝黝的松树矗立着,徒劳地尝试从大地上遮挡天空的光辉。当我们快速地路过之际,一片长长的银灰色湖泊回响着日落的声音。我对那个孤独的鹰隼国度投去最后一眼,看见了一只美洲麻鸭。那种罕见而孤独的鸟儿,一动不动地立在莎草(sedge)之中,在闪烁的水波映衬之下,显现出黑色的轮廓。

那一天,我们在黎明时就出发了,一路驱车向北行驶了80公里,前往巴什比什(Bash-Bish)的孪生瀑布,在伯克希尔县(Berkshire County)全境内,那可是最可爱、最孤独的瀑布。此行,我们计划到那里去拜访一只鸭鹰（duck hawk）——也就是老世界①（the Old World）所称的游隼（peregrine falcon），那只鸭鹰在那里安家，这个季节的早些时候，我的一个儿子就发现了那个巢穴，便带着我们前往。在往昔盛行养鹰行猎的日子里，游隼——那种漫游的鹰隼，犹如短耳鸮（short-eared owl）一样遍布于世界各处。但在天空的贵族中，它的地位并不高，仅仅位列伯爵。在那些天空的贵族当中，金鹰（golden eagle）是皇帝，矛隼是国王，苍鹰（goshawk）是王子，岩隼（rock falcon）是公爵。尽管如此，游隼却是天空的速度之王，也许是飞得最快的鸟儿。

在这片乡野，因为游隼常常捕猎野鸭，于是我们就把它称为"鸭鹰"。帆布背鸭（canvasback duck）和红头鸭（red-headed duck）每小时能飞出110公里，绿翅鸭（green-winged teal）每小时能飞出158公里，已经堪称神速了，然而鸭鹰能轻松地超越它们，并在半空中伸出利爪予以一击，将其猎杀。

上午10点左右，我们就开始攀爬一条开辟于大革命之前的林间路。当年，那里有家制铁厂，它依靠瀑布的水源来运转，在新英格兰地区堪称规模最大。如今，那些建筑物曾经坐落之处长满了参天巨树，唯有四处散落着熔渣和被封闭的土堤，还显露出当年著名的科佩克制铁厂（Copake Iron Works）曾经的所在。

---

①指欧洲。

我们接近那道瀑布时,四处立即响起震耳欲聋的咆哮,犹如拍岸碎浪的冲击声或者强劲有力的疾风的声音,灌满了我们的耳朵。随后,当我们走过弯弯曲曲的道路上的最后一个拐弯处,那种受到了压抑的水流声似乎成了一种坚定而有力的呐喊。我们看见那两道"孪生"的激流泛起泡沫,从30多米的高处朝我们冲下来,洁白如雪。在那两道瀑布之间,那块魔鬼拇指(Devil's Thumb)高耸而起,毫不动摇地沉睡着——那是一大块黑黝黝的三角形岩石,隔开了两道瀑布。

我们把鱼竿匆匆地放在一起,设法在很短的时间内把十几条肥硕的鳟鱼钓上岸来。此后,在小船的中间位置,一阵警铃大声响起,警告我们。这让我们记住了那瀑布的光辉、沉思的森林带来的宁静。"晚餐!晚餐!晚餐!"它就那样坚持不懈地叮当作响,直到我们捡来月桂树的枯枝——用来煮饭的最佳木材,生起一堆篝火,煎炸鳟鱼和6只鸡蛋,才及时平息了我们辘辘的饥肠。

填饱肚子之后,我把最年幼的儿子留下来照看汽车,我则跟随我家里的那位博物学家出发,踏上了世界上独一无二的最陡峭的小径。经过一番艰苦的攀登,我们终于到达了一块巨大的碗状灰色花岗岩边缘,边缘下面是120米的垂直深谷,距离对面也有120米。或许,在远古时代,某一次被遗忘的大灾难,某种大自然的力量之火犹如利剑一般,最终劈开了这块岩石,将其挖空。

当我们站着歇息的时候,黑白森莺的歌声犹如微弱的、吱嘎作响的车轮声,从深处朝我们传递过来。与此同时,黑喉绿林莺则栖息在铁杉上歌唱："树，树，喃喃低语的树。"这是巴勒斯转换过来的说法，而陪伴我的家庭博物学家则更为实际，他将其转换成了"奶酪，奶酪，再要一点儿奶酪"。随后，黑喉蓝林莺唱起那沙哑、缓慢的歌，而且它毫不怕人，近在咫尺地向我们展示它那暗淡而美丽的深蓝色斗篷，还有它的翅膀上的正方形的白色斑块。

顺着岩缝爬下悬崖，隼巢却空空荡荡

那片崖壁上，有一条狭长的裂缝，里面覆盖着酒红色的耧斗菜（columbine），裂缝从悬崖上倾斜而下，延伸到鹰隼在那年春天筑巢的突岩上。我们沿着一条陡峭而滑溜的小径，小心翼翼地顺着那条裂缝爬下去，一路上，幸好崖边生长着花楸树（mountain ash）和小小的铁杉，挡住了我们俯瞰悬崖下面的视线，这才让我们一直紧张的神经稍有舒缓。只是在一个地点，行走才变得十分危险：在那里，我们不得不攀过一块垂直而下、大约 30 米的突岩。我们跳到另一边，落脚处距离那 30 来米深的垂直深渊还不到 30 厘米。于是我们紧紧地抓着灌木，落到了岩石上，并及时阻止身子向前倾，随后，我们沿着弯弯曲曲的小径前行，一直来到小径从崖壁上突出的一块岩石的结束之处。我们格外小心地翻过那块岩石，尽量不让视线去俯视下面，摇晃着身子，朝着悬崖荡进去，结果发现自己一下子就置身于一个最宽阔、最浪漫的地点，真是难以想象。

要是我被一帮强盗推举为首领——尽管这样的情况如今不可能发生，我也会选择那个鹰隼的巢穴作为藏身之处：在那里，上面有一块拱起的岩石遮住下面的空间，从而形成了一个浅浅的洞穴，里面密集地生长着蔚蓝色的蓝铃花（hare bell），还有一丛丛浅浅的纯粹的粉红色老鹳草，而洞壁上则环绕着一片片黑柄铁角蕨（ebony spleenwort）。那些野花中间，有一处土壤被挖掉了，其大小如同一个晚餐时使用的盘子，深约7.5厘米，那就是鹰隼在那年春天所筑之巢。一块小小的突岩从洞穴分叉伸出来，被鹰隼当成了垃圾堆，在那里，我们发现了一只披肩榛鸡的脚、一只扑翅䴕和一只毛啄木鸟的羽毛，还有一只美洲鹑的遗体、一只鸽子的嗉囊，那个嗉囊里面呈橄榄绿，盛满了小小的鹅卵石。

回到洞穴，我们坐在野花中间歇息，被一簇簇浅金色花朵的灰山茱萸（panicled dogwood）和山槭（mountain maple）的幼苗所遮蔽，聆听着远在下面的瀑布发出隆隆的咆哮声。飞泻的水花中，散发出冷冷的芳香，混合着铁杉的香气，朝我们飘上来。此时，一只小蚊霸鹟（chebec）在簇拥的白桦间鸣叫。在那块圆形露天竞技场似的灰色花岗岩对面，远处的山腰犹如一块奇妙的东方地毯，呈现出棕色、银色和深绿色。

每隔10秒钟，一滴水会从上面那块拱起的岩石上掉下来，落进下面的深处。于是我们轮流捧着手掌，去接住那些滴下来的凉水，深深地畅饮起来。接近傍晚的时候，我们才离开那里，原路返回停车处。在那道深壑中来得如此之早的暮色中，看见我最年幼的儿子那孤单的身影正等着我们。当黑暗犹如一块缎子爬上峡谷之际，那道瀑布的咆哮声几乎变得更沙哑、更具威胁。我的小儿子尽管非常骄傲，不可能告诉我们离开后他有多么孤单且孤独多么严重地消耗了他的勇气，但我也绝不会忘记。我们拐过那个角落大声呼喊他的时候，他脸上露出如释重负的神情。那一天我们离开他不久后，我最后的记忆，就是那个小小而孤单的身影如此耐心地等着我们回到他的身边。现在，我再也不会让他在漫长的一天结束时等待我了。

虽然我们在那道峡谷中停留、搜寻了很久，我们从巴什比什瀑布回去的时候，也没能看到一只鸭鹰。也许，这样的情况与鹰隼的习惯一致：当时机一到，那一窝凶猛的鸭鹰幼雏就在饥饿的迫使之下学会了飞行，从此告别了父母，前往更好的狩猎场，各自谋生去了。

在市区看见鸭鹰，前往荒野寻觅鹰巢

让人奇怪的是，我第一次看见鸭鹰的身影，却是在费城热闹的市中心。一个冬日，我正在口述一份简报，从我那间高出地面13层楼的办公室内部，我偶然瞥见了一对狭长的翅膀在天上一闪而过。于是，我赶紧把身子远远地探出窗外去观望，却看见一只鸭鹰穿过雾蒙蒙的空气迅速飞翔，我把身子探出窗外的姿势如此危险，以至让我的速记员大惊失色。后来，我发现那个流浪者——一只成年的雄性鸭鹰，把那尊站在市政厅顶端的威廉·佩恩塑像

的帽子当成了巢穴，那个地方高出下面的街道大约170米。它在那里生活了两个冬天，成了所有鸟类学家的快乐，也成了这座城市的一大奇观。它舒服地捕食那些敢于进入公共建筑区域的所有的鸽子，直到后来被一个年轻的律师射杀。那个家伙简直就是个破坏者，在整个国家，那样的破坏者无处不在，他们大肆捕杀野物，使得各种珍稀的和其他的野生动物都濒临灭绝。

正当我观察那只鸟儿时，它总是一如既往地给我留下深刻的印象：它的方式很像它在北方的小兄弟食雀鹰。不过相比之下，鸭鹰体形当然要大得多，几乎有赤肩鵟那么大，但它的飞翔方式和翅膀、尾巴的运动方式，跟我们这种较小的、更为常见的食雀鹰相同。而且，当鸭鹰飞翔的时候，它会猛然扭动尾巴来平衡身体，而当食雀鹰栖息在树端的时候，你会看见它也这样扭动着尾巴。

在费城第一次看见鸭鹰后的那个春天，我又有了一次机会，去研究那种高贵鹰隼的家庭生活。

那一年的5月7日，我来到了蒂隆——宾夕法尼亚北部的那个古怪的苏格兰人和爱尔兰人村子。我离开火车卧铺下车，要在那里跟收藏家碰头，他早就确定了那个村子外面的一个鸭鹰巢穴的位置。

夜晚刚刚溜走，天空镀着一层银色，空中弥漫着鸟语花香，而山毛榉灰白的细枝和绽开的粉红色叶片构成了花饰，在黎明的映衬之下，显现出玫瑰色的花边那被磨损的图案。在东边，天空犹如某只巨大的海贝内部，点缀着金色、珍珠色和蔚蓝色。接着，太阳犹如打开的火炉之门，在地平线之上红彤彤地燃烧着，新的一天开始了。

在一座建于大革命之前的老木桥上，我跟收藏家碰了头，我们一起从桥上跨过朱尼亚塔河（the Juniata river）。这条河流并不是蓝色的，而呈现出灰绿色，泛着泡沫一路流过村子。头顶上，这个季节最初的歌莺雀为我唱起歌，但我很难把它的歌声从紫朱雀的歌声中分辨出来。我们一路穿过沉睡的村子，途经很老很老的房子，那些房子周围旋绕着古怪的栅栏，而栅栏则是用铸铁奇妙地制成的。在如今的日子里，我们再也看不见如此精美的手工艺品了。

在村子的那边，我们就来到了那个鹰隼的国度。那片土地布满了高高的山丘、奔流的小溪和远远地向南延伸的深谷。南方的鸟儿常常穿过这些山谷，渗透到这片北方的乡野之地，跟它们在北方的兄弟融合。在那些笼罩着紫色烟霭的山丘间，盛开的樱桃树犹如幽灵一般显现出来。绿色的山腰上，到处有大片大片呈现出印度蓝的草夹竹桃（phlox），还有紫荆（redbud）生动的鲜红色花朵形成的长长的飘带。空中弥漫着森莺的嗡嗡声，白眉灶莺（Louisiana waterthrush）唱起一支歌，很像是栗肩雀鸦唱出来的：先是发出两个高昂的、引导性的音符，紧接着是一阵回荡的音符片段，整个歌声在一阵水花般的呢喃声中渐渐消失。随后，从呈现出一派灰色、绿色和白色的远远的溪流对面，一只美洲雀呼哨一般发出双重音符，十分可爱："威普尔，威普尔，威普尔。"它的鸣叫犹如来自南方的气息。

刚刚接近鹰巢，雌隼就飞走了

在村子那边大约 3.2 公里之处，我们来到了一座高高的山丘，山丘顶上，有一块远远伸到外面的突岩，上面长满了暗绿色的铁杉。

收藏家告诉我说，一只鸭鹰就在那里筑巢，为了证明这一点，他突然用力鼓掌，发出响亮的声音。这个声音刚一响起，一只青灰色的鹰隼就从那道悬崖的侧边展开狭长的翅膀，箭一般地射入空中。它的尾巴上有覆尾羽，胸脯呈略带浅黄色的白色，另一方面，这些特征在真正的游隼身上是没有的。此外，它的腹部显现出狭窄的黑色印记。即便是在远处，我们也能清清楚楚地辨出两条宽宽的条纹在它的嘴喙边汇集，看上去就像是一撮黑色的小胡子朝两边翘起，那就是游隼的典型标志。

那只隼飞翔的时候，还发出一个响亮的、沙哑的音符，那声音有点儿类似鸭子的嘎嘎声，里面却奔流着一种吱嘎作响的特性。当它迅疾而猛烈地拍动翅膀时，它那钩子状的金色嘴喙就在阳光下不断闪烁。那巨大的双脚显现出柠檬黄，那具有覆尾羽的尾巴则显现出白色。片刻间，它就穿过空气翱翔，划出一道优雅的弧线，纯属速度的典型化身。随后，它拍动长长的翅膀，箭一般地射出去，犹如一颗流星迅速地飞走了。

它的鸣叫唤醒了雄隼，雄隼本来栖息在鹰巢侧边一块烟囱般的巨型岩石上面，此时，它飞到了伴侣身边，跟它一起抱怨、抗议我们的出现。雄隼的音符比雌隼的音符要缓慢，而且还有点儿慢吞吞的，比起它那凶猛的伴侣来，它的体形足足要小三分之一。当我们观察的时候，它们在天空中不断翱翔、攀升，越来越高，最终在蓝天上仅仅显出两个黑点。

环绕那座山丘，我们从另一边穿过密集的铁杉林向上攀登，而早在我们到达顶峰之前，那只隼就重返巢穴了。终于，我们到达了山顶，从光秃秃的峭壁上，我们能远远地看见对面那片野性、孤寂之地。就在我们下面，那弯弯曲曲的朱尼亚塔河两岸生长着铁杉，对面的山腰上依然呈现出棕色，在一块块嫩绿色上面，到处有一片雪白的美洲唐棣（shadblow）显现出来，而那些嫩绿色，则是一些最早发芽的树木的新叶构成的。

我们小心翼翼地穿过那些滑动的页岩石，终于来到了悬崖边上，却遭到了一条急剧垂直下降 30 来米的山谷的挑战。我们的前面，一棵发育不良的樱桃树生长在悬崖边上，收藏家低声对我说，那个鹰巢就在蔓生的粗枝下面两三米的一块突岩上。于是，我紧紧抓住一根结实的枝条，平躺着身子，把脑袋和肩头远远地探出去观察下面。起初，我什么也没看见，因为崖壁在我下面开始向内弯曲，那种幅度遮挡了我的视线，于是我又把身子再向外探出一点儿，这才瞥见了一个钩子状的黄色嘴喙，还有一只犹如黑色玻璃碎片般闪耀的眼睛。当那只正在孵化幼雏的隼腾空而起，飞上天空的时候，传来了一阵犹如火箭的奔腾之声，它飞翔的时候，那长长的翅膀实际上几乎已经扇到了我的脸上，它一瞬间就飕飕穿过空气，飞出了将近 100 米远。

天空之战：雌隼攻击红头美洲鹫

于是，我紧紧抓住那些坚韧的枝条，设法把身子支撑在一块烟囱般狭窄的岩石上。那块岩石恰好一路通往下面的突岩，因此我没费太大的劲儿，就到达了那个鹰隼筑巢之地。那里由一大块云母片岩组成，由于上面拱起的岩石将其遮住，使其免遭风吹雨打、日晒雨淋。在那里的一些小小的骨头上面，仅有一枚腐坏的蛋，其大小与鸡蛋相仿，呈现出浅黄色，上面还有棕色斑块。那种色块犹如法国波尔多红葡萄酒溅洒在上面。根据收藏家多年的经验，他说那种标本具有最美丽的记号，因为在他的一生中，他先后遇到过十几窝不同的鸭鹰蛋，比较之下，他才得出了这样的结论。

虽然那枚蛋很美丽也很罕见，但我对巢穴里的其他居民更感兴趣——光秃秃的岩石上，直接朝向空中之处，栖息着3只刚刚出生没几天的雏鹰。

借用老驯鹰人的话来说，那3只雏鹰身上都覆盖着细小的白色羽毛，有着白色的嘴喙、傲慢的黑色眼睛、黄色的腿和爪。尽管它们小小的肚子已经吃得鼓鼓胀胀，但它们还是连续不断地发出烦躁的、饥饿的叫声，要求喂食。它们浑身长满了出生时的绒毛，看起来就像是一个个硕大的粉扑。巢穴中，我还发现了一只草地鹨（meadow lark）和一只毛啄木鸟的羽毛，此外还有一只鸳的脚。除了这些遗物，那块突岩很干净，因为鸭鹰夫人始终是能干的主妇，总把自己的家打扫得干干净净。

我小心翼翼地蹲下身子,与那3只凶猛的雏鹰并排坐在突岩上,观察那只雌隼穿过天空而转动。它在飞翔之际,还不时发出刺耳的鸣叫。

正当我透过望远镜盯着它时,却不料一只黑色的红头美洲鹫出现在视野中,它拍动那长着须边的翅膀,在群山之上旋转、突然改变方向。我们在这么靠北的地方竟然能发现红头美洲鹫,这很奇怪,但是,就像那些美洲雀一样,红头美洲鹫也是从南方出发,沿着向北延伸的漫长的山谷一路飞上来的。收藏家曾经有过这样的发现:那条山谷一边的洞穴里,有一只红头美洲鹫的巢穴,而山谷的另一边,则有北方渡鸦(northern raven)的巢穴——在这里,那些本来很少相遇的北方和南方的鸟类形成了融合。顺便说一句,那个渡鸦巢穴里有7枚蛋,打破了那种珍稀鸟类一窝蛋数量的纪录。

此时,红头美洲鹫冷酷的黑色翅膀从树上空显露出来,而那只游隼犹如一颗流星朝它射过去。尽管红头美洲鹫的体形要大于飞来的攻击者,但它从未尝试去自卫,却停下了它那庄严的翱翔,犹如一只硕大的乌鸦疯狂地向上拍动翅膀。一开始,那只隼便徒劳地尝试抢占有利地位,占据上风,以居高临下地予以对方致命性的一击,这样的打击通常会让猎物立即毙命。

透过望远镜,我能看见那只美洲鹫拍动翅膀全力飞翔,它的红头紧张地向前伸出,试图飞到那只隼之上。美洲鹫尽管具有更大的翼展,但过了不久,那只隼的速度优势就开始奏效了,它赶上了对方,最终稳定地盘旋在那只较大的鸟儿冷酷的黑色身躯之上。随后,那只隼犹如一道无声的闪电,突然飞扑到美洲鸳的身上,用它那犹如拳头一样攥起的利爪予以对方可怕的一击,俯冲之后又立即上升,划出一条扫掠性的曲线,消失在山丘后面。那只红头美洲鸳不顾一切,绝望地拍动翅膀,下降得越来越低,直到消失在树端中间。我一度认为它在隼的攻击之下非死即伤,可是一会儿之后,我又瞥见了它的身影,在树端上空偷偷摸摸地盘旋,然而,它的一只翅膀遭到了那只隼的沉重打击,上面一些羽毛被扯掉了,留下了一个巨大的缺口。那只隼直要是接对着美洲鸳的头部或背部狠狠一击,尽管对方体形更大、身体更重,但那样的打击也可能让其一命呜呼。

一只雏鹰翻倒在悬崖边,岌岌可危……

我久久地坐在那个鹰巢中,把双脚悬吊在外面的空中。在那条山谷的对面,图赛山(Tussey's Mountain)高耸而起,那座山是以一场边界战争中的一个英雄来命名的。往昔的日子里,因为那片土地存在着争议,英国人、法国人和可怕的"六民族"频频发动战争,试图将其据为己有。

一些云朵可能不时会飘过来,遮暗那座山,透过那些云影,绽放的野樱桃树犹如一块块夏天的积雪露了出来。

沿着溪流,一只斑腹矶鹬唧唧地鸣叫。前一年秋天,我的一个朋友在五月岬看见了一只鸟儿逃脱了鸭鹰追捕,也许那个幸存者就是如今这只斑腹矶鹬的兄弟。那一天，一只矶鹬一路轻轻掠过水面，就在那时，一只鸭鹰突然从天而降，朝着它猛然飞扑下来。那只小小的矶鹬一边拼命地飞逃，一边发出唧唧的尖叫，然而，那个飞行死神片刻间就扑到了它的上面。紧接着，正当鸭鹰的利爪在它上面忽闪的时候，那个逃亡者突然像鸭子一样潜到了水下——这跟花白旱獭在紧急情况下会突然蹿到树上一样，十分罕见，因为通常来说，矶鹬既不擅潜水，也不擅游泳，只有在紧要关头才会如此铤而走险。

那只隼失手之际，甚至没有回头看一眼，便自顾向前飞走了，片刻之后，那只小小的涉禽（wader）才浮出水面，从翅膀上把水抖掉，一跃而起，朝着岸上飞去。此次遇险，全靠它多才多艺，才保住了一条小命。

今天，这只鸟儿就没有如此幸运了，当它拍动新月形的翅膀，划出一条曲线，绕过河流中的一个拐弯处的时候，它那野性而悦耳的音符就渐渐消失了。

最初我临近鹰巢，还没进入的时候，那只凶猛的雌隼便听到了我的响动，便箭一般射了出去，却不料在起飞之际不慎把一只雏鹰撞翻在地。此时，那只雏鹰正躺在悬崖边，疯狂地踢着腿，而它体形太胖，根本无法翻转过来，因此它稍有不慎，便会掉进深渊，情况岌岌可危。于是，我赶过去把它从那个危险的姿势中救了出来，让它重新挺直地端坐在巢穴中。在那里，它骄傲地挺立着，让它那双黄色的大脚伸展在自己前面。显然，它在为自己遭遇的不幸而责备我,当我把它捡起来,它竟然还对着我发出了险恶的嘶嘶声,而当我停留在那里,它一直都瞪着眼睛怒视我。

  当我终于动身离开那块突岩,只听见那只雏鹰发出了一声响亮而短促的尖叫,我对那个鹰隼家园扫了最后一眼,看见那只雏鹰笔直地栖息着,正得意洋洋地拍动那双残桩似的翅膀,它显然还确信自己在没有援助的情况下,仅凭一己之力便顺利地把我逐出了那个鹰巢。

诗人译者 | 董继平

译著年表

诗集　　1991年《奥克塔维奥·帕斯诗选》
　　　　1995年《四季的枫叶：多伦多诗选》
　　　　1998年《纸上幻境：布洛克诗选》
　　　　1998年《秋天奏鸣曲：特拉克尔诗集》
　　　　1998年《从两个世界爱一个女人：勃莱诗选》
　　　　1998年《时间与水：二十世纪冰岛诗选》
　　　　1998年《玫瑰祭坛：索德格朗诗全集》
　　　　2002年《安东尼奥·马查多诗选》
　　　　2002年《伊凡·哥尔诗选》
　　　　2003年《索德格朗诗全集》
　　　　2003年《W·S·默温诗选》
　　　　2003年《托马斯·特兰斯特罗默诗选》
　　　　2003年《阿蒂拉·尤若夫诗选》
　　　　2003年《二十世纪冰岛诗选》
　　　　2004年《卡瓦菲诗歌精选》

2004年《洛尔迦诗歌精选》

2011年《特兰斯特罗默诗选》

2012年《欧美诗歌典藏丛书》(共5卷)

随笔　　2005年《清新的野外》

2015年《自然札记》

2015年《鸟的故事》

2015年《猎熊记》

2015年《秋色》

2018年《探访大灰熊》

2018年《荒野漫游记》

2018年《动物奇谭录》

2018年《追寻野蜂蜜》

小说　　2017年《了不起的盖茨比》

自然物语丛书(第一辑)

这个世界的启示在荒野

无论你是在山林、湖畔、路边,还是在人类可以前往的所有荒野,都可以用约翰·巴勒斯的观察方式来探究自然。

——《自然札记》

鸟类世界与人类世界惊人地相似,充满了战争与爱情、欢乐与悲哀。

——《鸟的故事》

自然物语丛书(第一辑)

这个世界的启示在荒野

梭罗从季节的变迁、泥土的气味、种子的成长与果实的成熟中,捧出这些朴素然而闪光的文字。
——《秋色》

出人意料的是,一个政治家以优美的文笔描述了危机四伏的野外狩猎生活。
——《猎熊记》

自然物语丛书(第二辑)

每一个生命都值得敬畏

这是美国博物学家、著名自然文学作家、"落基山公园之父"埃诺斯·米尔斯作品在中国的首译。
——《荒野漫游记》

本书叙述了作者在山野间漫游时对北美最大的陆地野生动物——大灰熊进行探索的种种经历和真实奇遇。
——《探访大灰熊》

自然物语丛书(第二辑)

每一个生命都值得敬畏

地球上的一切生物都绝非呆若木鸡,造物主为自己可爱的小动物创造了一个个奇迹。
——《动物奇谭录》

当人们被困在水泥格子中大口喘息时,这样一本佳作却给我们带来了绿色的呼吸。
——《追寻野蜂蜜》